Gerda Stauner
Grasmond

Gerda Stauner

Grasmond

Zeitgeschichtlicher Roman

SüdOst Verlag

Bibliografische Information der Deutschen Nationalbibliothek

Die Deutsche Nationalbibliothek verzeichnet diese Publikation in der Deutschen Nationalbibliografie; detaillierte bibliografische Daten sind im Internet über http://dnb.dnb.de abrufbar.
ISBN 978-3-86646-763-7

Für Sabina

Alle in diesem Roman handelnden Personen und der Ort Fichtenried sind frei erfunden. Ähnlichkeiten mit lebenden oder verstorbenen Personen sind rein zufällig.

1. Auflage 2016
ISBN 978-3-86646-763-7

www.gietl-verlag.de

Titelfoto: Christian Segerer

Prolog – 15. Juli 1973

Ich muss sie aufhalten, sonst sind wir verloren! Der Satz schleicht wie eine Schlange durch seine Gedanken, packt ihn blitzschnell – und ist im nächsten Moment verschwunden. Er steht ratlos da, schaut sich im Wald um und weiß nicht, was er hier sucht. Die trockenen Äste knacken bei jedem Schritt im lichten Unterholz. Die Gegend ist nicht so feucht und kalt wie im Frühjahr, vielmehr strahlt der Boden eine angenehme Wärme aus. Die herrlich roten Brombeeren versprechen eine reiche Ernte und auch die Schlehensträucher biegen sich schon unter der Last der dunkelblauen und verlockend glänzenden Früchte. Wie gerne wäre er wieder ein Kind an der Hand seiner geliebten Großmutter und würde ihr dabei helfen, die Schleherbirrln einzusammeln, um daraus einen köstlichen Saft zu kochen. Bei dem Gedanken an etwas zu trinken, merkt Anderl, wie trocken seine Kehle ist, und er wünscht sich nichts sehnlicher als einen Schluck Wasser.

Für einen Moment wird sein Kopf klar, kehrt ins Jetzt zurück. Er ahnt, dass die Schlange ihn in einen Strudel von längst Vergessenem und Verdrängtem hineinziehen will. Er muss sich dagegen wehren, muss im Hier bleiben, darf nicht abgleiten. Er muss stark bleiben für seine Tochter, muss ihr endlich die Wahrheit sagen und somit den Schwur brechen, den er seiner geliebten Theres geleistet hat. Ich darf nicht zulassen, dass dieses Verbrechen weiter zwischen uns steht, ermahnt er sich selbst.

Der klare Augenblick und mit ihm der feste Vorsatz, sich der Vergangenheit zu stellen, verfliegt genauso schnell, wie er gekommen ist. Gebettet auf einem Nest aus Tannennadeln und trockenem Moos, fällt er in einen zufriedenen Dämmerzustand. Die Vögel um ihn singen, wie ihm scheint, nur für ihn. In der Ferne untermalt das Rauschen eines Baches die wunderbare Musik. Durch das lichte Blätterdach fallen die Sonnenstrahlen beruhigend auf Anderls Haut. Er hat seinen Frieden gefunden, ist mit allem im Einklang. Die unangenehmen Gedanken sind mit der Schlange verschwunden und haben einer großen Müdigkeit Platz gemacht. Jetzt ist der Moment gekommen, um sich endgültig von dieser Welt zu verabschieden.

In dieser Sekunde spürt er, wie eine Wolke die Sonne über ihm verdunkelt, und macht die Augen wieder auf. Verwirrt bemerkt er, dass neben ihm seine Tochter kniet und seine Hand hält. Gerne würde er sich der Verlockung hingeben, die Augen wieder zu schließen und das Ungesagte ruhen zu lassen. Aber tief in seinem Inneren weiß er, dass nun die Zeit gekommen ist, den Bann zu brechen.

Teil I – Juni 1973
Walburga

„Vaatter, Vaaatteeer!“, tönt es in der stillen, sternklaren Nacht. Walburga geht die enge Dorfstraße entlang, niemand ist um diese Zeit unterwegs. Vereinzelt brennt Licht hinter geschlossenen Gardinen. Nirgendwo kann sie den Vater entdecken. Überall auf dem Hof hat sie gesucht, im Haus, im alten Heuschober, im verwaisten Kuhstall, im klammen Kartoffelkeller, in der kleinen Werkstatt. Langsam breitet sich Panik in ihr aus. Anfangs war es nur ein Flattern im Magen, doch je mehr Zeit vergeht, und je länger der Vater verschwunden bleibt, desto mehr ergreift sie vom gesamten Körper Besitz. Bis in die Fingerspitzen kann sie mittlerweile die lähmende, kalte Angst spüren. Trotz der lauen Sommernacht fröstelt sie in ihrer weißen Schwesterntracht. Kopflos ist sie losgelaufen. Ohne sich umzuziehen oder eine Weste mitzunehmen.

Vor ihr tauchen zwei Scheinwerfer auf. Ein Auto rollt heran und bleibt vor ihren Füßen stehen. Ihr Mann Clemens kommt direkt aus dem Krankenhaus. Er kurbelt das Fenster herunter und schaut Walburga fragend mit seinen sanften, grauen Augen an.

„Hast du ihn immer noch nicht gefunden? Na komm, steig ein. Wir suchen zusammen das Dorf ab. Er läuft uns bestimmt über den Weg.“

Dankbar lässt sich die brünette Frau auf den beigen Beifahrersitz fallen und dreht den Temperaturregler des Fahrzeugs auf die höchste Stufe. Nach einigen Minuten entspannt sie sich, ihre Fingerspitzen werden wieder warm. Sie gibt ihre verkrampfte Haltung auf und schmiegt sich in den weichen Sitz. Langsam fahren sie jede Straße und jeden Weg im Dorf ab, leuchten mit den Scheinwerfern in jeden Hof und jeden Winkel hinein. Doch niemand ist zu sehen, keine Menschenseele ist unterwegs. Die Anspannung kommt zurück. Nervös fingert sie an den goldenen Ohrringen herum. Ein Geschenk von Clemens zum zehnten Hochzeitstag. Seitdem trägt sie den Schmuck täglich.

Vor einiger Zeit hatte sie schon bemerkt, dass der Vater immer vergesslicher wurde. Wirklich beunruhigt hat es Walburga bisher nicht. Mit 75 Jahren ist er nicht mehr der Jüngste, stellt sie nüchtern fest. Im Krankenhausalltag trifft sie ständig Menschen seines Alters, die weitaus verwirrter und desorientierter sind, sich alleine nicht mehr zurechtfinden. Aber so schlimm steht es um den Vater noch lange nicht. Ab und zu liegt sein vorbereitetes Mittagessen unangetastet im Kühlschrank, wenn sie abends von ihrer Schicht heimkommt. Dann macht sie ihn nachdrücklich darauf aufmerksam und er verspricht, in Zukunft besser auf sich zu achten. Seine Kurzatmigkeit und seine Müdigkeit machen ihr dagegen Sorgen.

Wieder fühlt sie das leichte Flattern am ganzen Körper. Sie richtet sich in ihrem Sitz auf, reibt die Handflächen aneinander und will so das klamme Gefühl vertreiben. Aber es hilft nichts. Der unangenehme Eindruck verstärkt sich, ihr Magen krampft. Sie sackt auf dem Sitz zusammen und presst die Arme fest vor den Bauch. Eine Erinnerung blitzt auf. Die gleiche Empfindung hatte sie schon viel früher in ihrem Leben. Damals, als ihr auf der Flucht der Liebste genommen wurde.

Ferdi. Als Schulmädchen war sie unsterblich in ihn verliebt. Er war ihr Anker, gab ihr Halt in der schwierigsten Zeit ihres Lebens. An seiner Seite malte sie sich eine glückliche Zukunft aus.

Wieder hört sie den Schuss in ihrem Kopf. Damals drang er zwar nur sehr gedämpft durch die dichtstehenden Bäume. In ihrer Fantasie aber entstand ein schallendes Echo, welches sie lange Jahre bis in ihre Träume verfolgte und sich fest in ihr Gedächtnis einbrannte. Ihr Freund Ferdi wurde kaltblütig erschossen und hat sie alleine zurückgelassen.

„Halt an!", ruft sie ihrem Mann zu und reißt die Beifahrertür auf. „Ich brauch frische Luft."

Sie stürzt aus dem Wagen und lehnt sich mit Stirn und Handflächen an die Holzwand des einsamen Bushäuschens am Straßenrand. Clemens kommt eilig um den Wagen herum und berührt zart ihren Rücken. Sie atmet die Nachtluft in tiefen Zügen ein. Die Nähe ihres Mannes wirkt entspannend und gibt ihr Halt.

„Geht's wieder?", fragt er besorgt und beugt sich zu ihr hinunter, um ihr einen Kuss auf die Wange zu drücken. Dabei fallen ihm seine dunkelblonden Haare in die Stirn und er streicht sie mit einer lässigen Handbewegung wieder nach hinten.

Sie nickt langsam. Clemens strahlt Ruhe und Gelassenheit aus, überträgt diese auch auf seine Umgebung. Dafür liebt sie ihn.

„Na, dann steig ein. Wir fahren zurück. Vielleicht steht er mittlerweile vor der Haustür und wartet auf uns. Einen Schlüssel hat er bestimmt nicht mitgenommen."

Dankbar über die aufmunternden Worte richtet sie sich auf und nimmt im Auto Platz. Sie streift die Sandalen von den Füßen und vergräbt die Zehen im flauschigen Teppich. Der helle Stoffbezug des Beifahrersitzes ist angenehm weich unter ihren Händen. Wie ein Kokon umhüllt sie das luxuriöse Innere des Fahrzeugs. Walburga fühlt sich beschützt und behütet. Mit einem Mal ist die Schwere verschwunden und mit ihr all die düsteren Gedanken. Als sie auf den Hof fahren, streifen die Scheinwerfer für eine Sekunde die verwitterte Holzbank vor dem Haus und lassen die Umrisse von Anderl erkennen, der mit eingesunkenen Schultern dort sitzt. Nachdem das Auto zum Stehen gekommen ist, stürzt Walburga erleichtert auf den Vater zu.

„Wo woart's ihr denn? I woart hier scho seit a halb'n Ewigkeit, und koa Mensch is dahoam."

Sein Tonfall ist dabei nicht verärgert, eher verstört. Nervös zupft er kleine Holzspäne von seiner Arbeitshose. Sein Gesichtsausdruck erinnert die Tochter an den eines kleinen Jungen, der ängstlich vor den Scherben eines Vorratsglases mit zerstreuten Süßigkeiten steht.

„Aber Vater, mir hom di überall g'sucht. Du woarst weäih vum Erdboden verschwund'n."

„Des kann gor ned sei. I hob die ganze Zeit hier g'sessn."

Mit hochgezogenen Brauen und tiefen Falten auf ihrer sonst so glatten Stirn greift sie dem alten Mann unter die Arme und geht mit ihm ins Haus.

Melchior

Hellwach geht Melchior über den Domplatz. Es ist noch früh am Morgen, aber die Hitze der kommenden Stunden lässt sich bereits erahnen. Die Pflastersteine unter seinen Füßen geben noch angenehm die Wärme der vergangenen Tage ab. Blinzelnd blickt der Zwanzigjährige mit den auffallend grünen Augen zu den Domspitzen, welche rußig schwarz und glitzernd vom Tau in den tiefblauen, bayerischen Himmel ragen. Wie hat dieser alte Kasten wohl vor Hunderten von Jahren ausgesehen, als er noch nicht unerbittlich von stinkenden Abgasen bedroht und zerstört wurde, kommt es ihm in den Sinn. Ist das wirklich das Schicksal eines mühselig und unter größten Anstrengungen von Menschenhand erschaffenen Meisterwerks? Dass es langsam vom Dreck in der Luft und von Taubenkot zerfressen wird?

Das, was in der gotischen Kirche veranstaltet wird, interessiert Melchior wenig. Schon als Dreikäsehoch hat er sich lieber auf dem Fußballplatz als in der Nähe der Kirche herumgetrieben. Die Begeisterung für diesen Sport hat ihm sein österreichischer Vater Clemens in die Wiege gelegt und ihm bei seiner Geburt den passenden Namen gegeben. Der Lieblingsspieler seines Vaters war in den 50er Jahren Ernst Melchior. Da ihm der Vorname Ernst zu ernst war, hat er kurzerhand den Nachnamen des Fußballers für seinen Filius ausgewählt, und nun darf sich Melchior, Jahrgang 1953, mit diesem etwas ungewöhnlichen Rufnamen herumschlagen.

Mit der Kirche an sich, und der katholischen im Besonderen, will er nichts mehr zu tun haben. Als Kind auf dem Land kannte er freilich nichts anderes. Nur durch einen Zufall entging er dem Schicksal, zum Ministranten ausgebildet zu werden. Nach seiner Kommunion stand für die Mutter fest, dass er einen Großteil seiner Freizeit in der Kirche und nicht auf dem Fußballplatz verbringen sollte. Für den damals Neunjährigen kam es dank eines kleinen Unglücks anders. Im April 1962 war von Frühling nichts zu spüren und der Dorfweiher noch sehr kalt. Ein Ausrutscher beim Spielen am Ufer und einige Minuten im zehn Grad kalten Wasser hatten für eine deftige Lungenentzündung gereicht. Seine dreiwöchige Bettlägerigkeit fiel just auf den Zeitraum, in dem die neuen Messdiener angelernt und in die Kirchengemeinde aufgenommen wurden. Im darauf folgenden Jahr kam niemand mehr auf die Idee, ihm das sakrale Amt aufbürden zu wollen. So konnte er sich weiterhin ohne Einschränkung auf dem Bolzplatz vergnügen.

Schon komisch, welchen Aufstand die frommen Katholiken in und außerhalb ihres Doms an Feiertagen veranstalten. Das Gebäude an sich ignorieren sie und lassen es sogar verkommen, stellt er fest und betrachtet die zerbröckelnde, schwarze Außenmauer des Doms. Sein Chef, der Redakteur Neubauer, hatte ihm gerade erst erzählt, dass das gotische Bauwerk die einzige Kathedrale Bayerns sei, die nicht dem Bistum, sondern dem Freistaat gehöre. Der Erhalt von St. Peter hat wohl nicht oberste Priorität, vermutet Melchior. Aber wieso sollte es dem Dom anders ergehen als der restlichen Altstadt, die marode unter Auspuffgewölk dahindümpelt.

Er löst sich aus seinen Gedanken und macht sich gespannt auf den Weg zum Termin. Kurz überprüft der junge Mann, ob er alles dabei hat und sein Aussehen auch dem eines ordentlichen Journalisten entspricht. In der ledernen Aktentasche, einem Erbstück seines Großvaters, findet er seinen Block und diverse Schreibwerkzeuge verstaut. Eine Kamera hat er nicht dabei. Es soll nur ein kurzer Text erscheinen, ohne Foto. Er fährt durch seine blonden, schulterlangen Haare, streicht das ungebügelte T-Shirt über seinem flachen Bauch glatt, begutachtet seine helle Cordhose und die ausgelatschten Turnschuhe und befindet sein Äußeres für gut.

Endlich ist es soweit, freut er sich und spürt, wie eine angenehme Aufregung seinen Körper durchströmt. Nun kann ich zeigen, dass ich nicht der weltfremde Junge bin, für den die Mutter mich hält. Ich werde ihr zeigen, dass ich erwachsen bin und sehr wohl mit Schreiben mein Geld verdienen kann! Sie wird akzeptieren, dass ich meinen eigenen Weg finden muss! Ich werde ihr beweisen, dass mein Entschluss richtig war und ich ein guter Journalist werden kann.

+++

Der Haidplatz ist voller Menschen, als er verspätet und erhitzt dort ankommt. Er spürt sofort die spannungsgeladene Atmosphäre. Wie durch eine unsichtbare Wand sind zwei Gruppen voneinander getrennt. Auf der einen Seite befindet sich das illustre Völkchen rund um den Verein der Altstadtfreunde, bestehend aus bärtigen, langhaarigen Studenten, Müttern mit Kleinkindern in farbenfrohen Tragetüchern, Männern in Schlaghosen und Frauen in Blumenkleidern. Viele von ihnen kennt er von den Vereinstreffen, die er seit einem halben Jahr regelmäßig besucht. Er nickt ihnen freundlich zu.

Auf bunte Leinentücher haben sie in großen, schwarzen Buchstaben ihre Forderungen geschrieben: „Kein Durchgangsverkehr in der Altstadt!“, „Der Haidplatz ist kein Parkplatz!“ und „Erhaltung der mittelalterlichen Bauten!“. Einige in der Gruppe stehen ihren Gegnern lachend gegenüber, andere unterhalten sich angeregt. Melchior kann ihnen ansehen, wie wichtig sie ihr Engagement nehmen und mit welchem Eifer sie ihre Stadt verteidigen wollen. Sie scheinen bereit für den Kampf um den Erhalt der Patriziertürme, der engen Gassen und der verwinkelten Hinterhöfe.

Dem gegenüber registriert Melchior eine graue Masse von konservativen Bürgern mittleren Alters. Die meisten Männer tragen dunkle Anzüge und Hüte, die Frauen einfarbige Kostüme in gedeckten Farben und Handtaschen. Mit versteinerter Miene stehen viele von ihnen wartend da. Ein rotgesichtiger, untersetzter Mann verleiht seinem Unmut mit den Worten „G’schlamperte Hippiebrut“ Ausdruck, wird aber sofort von seiner Frau zur Ruhe gemahnt. Die werden wohl eher den Oberbürgermeister und seine Abbruchpolitik unterstützen, folgert der angehende Redakteur. Geistige Stadtzertrümmerer hatte sie Stadler, einer der Vorstände der Altstadtfreunde, beim letzten Vereinstreffen genannt.

Kurz vor Veranstaltungsbeginn geht ein unruhiges Murmeln durch die Reihen. Angespannt warten alle auf den Oberbürgermeister, der diesen Termin einberufen hat. Die Stadt will sich zum Bayerischen Denkmalschutzgesetz, welches im Oktober in Kraft treten wird, und die Folgen für

Regensburg äußern. Der junge Journalist ist gespannt, wie sich die Abrisspläne der Verwaltung mit dem Denkmalschutz vereinen lassen.

Melchior ist im Auftrag der Zeitung vor Ort, er soll seinen ersten Artikel schreiben. Er hat sich vorgenommen, unparteiisch zu bleiben und die Leser objektiv über die möglichen Städtebaumaßnahmen zu informieren. Der Entwicklungsplan der Verwaltung sieht für ihre autofahrerfreundliche Variante viele Abrisse und Neubauten vor. Für die Gruppe der Altstadtfreunde kommt der Abbruch der jahrhundertealten Bauwerke nicht in Frage. Sie wollen den Verkehr weitgehend aus der Innenstadt verbannen und durch ein planvolles und sorgfältiges Sanieren der heruntergekommenen Häuser Wohnraum mit modernem Standard für jedermann schaffen. Privateigentümern, die ihre Altstadtanwesen lieber gezielt verfallen lassen, um die Grundstücke anschließend mit hohem Spekulationsgewinn zu verkaufen, soll ein Riegel vorgeschoben werden.

Als er den Oberbürgermeister mitsamt Gefolge auf den Platz treten sieht, bekommt er plötzlich Zweifel, ob er sich seine Neutralität bewahren kann. Die vier Männer sind ihm von Grund auf unsympathisch. Siegessicher begrüßen sie vereinzelt Befürworter ihres Stadtentwicklungsplans. Ihre Gegner betrachten sie geringschätzig und mit abwertenden Blicken, wie der junge Journalist verärgert zur Kenntnis nimmt. Melchior ermahnt sich selbst im Stillen, seine eigene Empfindung außer Acht zu lassen, und holt den kleinen Notizblock und den Bleistift aus der abgegriffenen Ledertasche. Als die Vierergruppe an ihm vorbeikommt, schnappt er einen Gesprächsfetzen auf.

„Hätten die Amis 1945 ein paar Bomben mehr über der Altstadt abgeladen“, so raunzt ein dicker, stark schwitzender Mann dem Oberbürgermeister unter vorgehaltener Hand zu, „dann könnten wir uns den ganzen Zirkus hier sparen!“

Der Dicke legt dem Oberbürgermeister vertrauensvoll die Hand auf den Unterarm und flüstert ihm zu: „Wenn du es nicht schaffst, diese zerzausten Widerständler mundtot zu machen, dann endet hier deine politische Laufbahn in diesem Provinznest. Die Regierung duldet in dieser Sache keine Einmischung von Seiten der Bürger."

Diese offensichtliche Drohung scheint das Stadtoberhaupt nicht aus dem Konzept zu bringen, gut gelaunt nimmt er den Platz vor der wartenden Menge ein und beginnt seine Ansprache: „Grüß Gott meine lieben Mitbürger! Ich freue mich sehr, dass Sie sich so zahlreich hier eingefunden haben. Unsere schöne Heimat soll für die Zukunft gerüstet und als Wirtschaftsstandort ausgebaut werden. Aber gleichzeitig wollen und müssen wir dies im Hinblick auf das geplante Denkmalschutzgesetz sehr behutsam angehen. Dies alles kann natürlich nicht ohne kleinere Einschnitte geschehen. Gerade unsere Altstadt bedarf einer zeitgemäßen und autofahrerfreundlichen Verkehrsführung und einer architektonischen Aufwertung. Dies kann man wunderbar am Beispiel des 1965 entstandenen Kaufhauses am Neupfarrplatz vom Merkur-Horten-Konzern mit seiner ansprechenden Wabenfassade erkennen."

Sofort bricht ein kleiner Tumult unter den Gegnern aus. „Die scheußlichen Hortenkacheln kannst du dir an den Hut stecken! Wie ein Feigenblatt klebt die Alte Wache vor der hässlichen Fassade dieser Konsumburg. Wir wollen eine verkehrsberuhigte Innenstadt und keine riesigen Kaufhäuser. Weg mit den Autos und den Parkplätzen!", schreit ein junger Student dem Bürgermeister aufgebracht entgegen und beginnt, selbst gedruckte Flugblätter zu verteilen. Auch Melchior bekommt eines davon in die Hand gedrückt und liest aufmerksam die darauf wiedergegebene Rede, die erst vor ein paar Tagen der Städtebauminister Dr. Hans Jochen Vogel in Bamberg gehalten hatte: „Ich glaube, hinter der Bewegung der Altstadtsanierung steckt ein tiefer menschlicher, ein humaner Protest. Ein Protest gegen die zu ökonomische Stadt, die ihren Erfolg zu einseitig am Wachstum des Sozialproduktes misst. ... Demgegenüber stellen sich unsere historischen Altstädte als eine Art Gegenmodell dar. Als Modell einer menschlichen Stadt, die den Einzelnen nicht überwältigt, sondern ihm Halt gibt, die ihm Identifizierung erlaubt und seinen Bedürfnissen nach Schönheit, nach Harmonie, nach edlen Formen und wohl proportionierten Flächen und Räumen

Rechnung trägt. Solche Altstädte rechtfertigen besondere Anstrengungen unserer Gesellschaft. Wir brauchen solche Alternativmodelle als Mahnung, als Herausforderung, als Anschauungsobjekte, die es uns erleichtern, die Mängel und Fehler unserer gegenwärtigen Stadtentwicklung zu erkennen und den Kurs dieser Entwicklung zu korrigieren.“ [1]

Der Oberbürgermeister, jetzt etwas unschlüssig, dreht sich zu dem schwitzenden, dicken Mann mit Halbglatze und bespricht unter vorgehaltener Hand mit ihm die Lage. Kurz darauf wendet er sich wieder der Menge zu: „Ich übergebe nun das Wort an den Staatssekretär Schmiedl, der heute extra aus München angereist ist.“

Daraufhin tritt der Dicke souverän vor die Zuhörer.

„Guten Morgen, viele von Ihnen werden mich bereits kennen. Als Staatssekretär vertrete ich unsere bayerische Regierung in München. Uns liegt dieses heikle Thema genauso am Herzen wie Ihnen hier vor Ort. Wir wollen unser Bayern gemeinsam stark für die Zukunft machen und unser historisches Erbe dabei nicht vergessen“, beginnt er seine Ansprache.

Der Redner hat eine ungemeine Präsenz, dies spürt auch Melchior stark und blickt sich verwundert um. Auf einmal ist es in der Menschenmenge ganz ruhig geworden. Gebannt warten die Zuhörer, was als Nächstes kommt. Doch entpuppt sich der Politiker als reiner Phrasendrescher. Melchior schreibt sich die Stichworte „Ausbau zum attraktiven Wirtschaftsstandort“, „Marktfähigkeit“, „Zukunftsorientierung“ und „neue Wege gehen“ auf. Wie die mittelalterliche Stadt dabei erhalten werden soll, erwähnt Schmiedl mit keinem Wort. Das war auch nicht anders zu erwarten, denkt der junge Volontär mürrisch. Erhalten ist wohl das Letzte, was die Stadtverwaltung und die Staatsregierung wollen.

Die Rede von Vogel hat ihn berührt. Ja, er will in einer menschlichen Stadt leben, einer Stadt, die ihm Halt gibt. Allein schon diese Worte rufen ein tiefes Bedürfnis nach Gemeinschaft in ihm hervor. Ist er deshalb aus dem Dorf geflüchtet, wo er sich immer als Außenseiter fühlte? Er kann sich noch gut an seine erste Versammlung bei den Altstadtfreunden erinnern. Neu und etwas verloren in Regensburg, ohne enge Kontakte und mit nur wenigen, flüchtigen Bekannten, hatte er dort eine Ansammlung von Gleichgesinnten vorgefunden, die ihn herzlich aufnahmen, ihm ein Gefühl von Heimat gaben. Sofort hatte er sich wohlgefühlt.

Er ist so in das Flugblatt vertieft, dass er das Raunen nicht wahrnimmt, das durch die Reihen geht. Als dieses immer lauter wird, blickt er auf und richtet seine Aufmerksamkeit wieder dem Redner zu.

„Solche Umstrukturierungsmaßnahmen sind mit einem erheblichen, finanziellen Aufwand verbunden. Dies kann der Freistaat natürlich nicht alleine schultern. Einen Teil werden Zuschüsse vom Bund decken, einen Teil, liebe Mitbürger, muss auch die Stadt selbst dazu beitragen. Ich bin mir sicher, dass der Stadtentwicklungsplan mittelfristig zu unserer Zufriedenheit umgesetzt werden kann. Ich bedanke mich für Ihre Aufmerksamkeit und überlasse das Wort nun wieder dem Herrn Oberbürgermeister. Leider rufen mich meine Verpflichtungen zurück nach München!"

Gelassen wendet er der Gruppe seinen Rücken zu und schreitet mit großen Schritten vom Platz. Trotz seiner kleinen Statur ist er erstaunlich schnell unterwegs. Melchior kann ihn gerade noch einholen. Er will in den Artikel ein Interview mit dem Politiker einbauen.

„Guten Morgen Herr Staatssekretär, ich arbeite für die örtliche Zeitung und würde Sie gerne um ein oder zwei Sätze für meinen Artikel bitten." Als Melchior seinen Nachnamen nennt, bleibt der Dicke stehen und schaut ihn prüfend an. Schließlich gestattet er dem hochgewachsenen Volontär seine Fragen.

„Wie lässt sich das geplante Denkmalschutzgesetz mit den Plänen der Regierung hier in Regensburg vereinen?", will er als Erstes wissen.

Kurz überlegt der Andere. „I hob amal an Anderl mit dem gleichen Nachnamen kannt, vor langer Zeit. Irgendwie host du a Ähnlichkeit mit dem. Kannt des sei, dass Du mit dem verwandt bist?", antwortet der Dicke stattdessen in einem breiten, oberpfälzer Dialekt.

„Ja, des is mei Großvater", erwidert Melchior erstaunt. „Woher kenna Sie den?" Auch er wechselt vom Hochdeutschen in seinen Heimatdialekt.

„Mei, des wor, weäih g'sagt, vor langer Zeit, im Krieach. Gehts eahm guad?"

Melchior berichtet, dass der Großvater gesund sei, er in letzter Zeit aber immer vergesslicher werde. Schmiedl scheint sich bei der Schilderung ein schadenfrohes Grinsen nicht verkneifen zu können.

„Sei doch so nett, und sog eahm an scheäihna Grouß vo mir. Und seiner Frau, der Theres, aa."

Der Staatssekretär überlegt kurz, dann fügt er noch hinzu: „I persönlich halts ja mit der Kahlschlag-Ideologie vum Le Corbusier: Der Kern unserer Städte muss zerschlagen und durch Wolkenkratzer ersetzt werden. Und wo gehobelt wird, da fallen nun mal Späne! Des is aber mei eigene Meinung, des schreibst ned in deiner Zeitung!"

Mit diesen Worten dreht Schmiedl sich grußlos um und eilt in seinem zu engen, braunen Anzug davon. Das Hemd spannt über dem dicken Bierbauch, das Haar um seine Halbglatze klebt auf dem verschwitzten Gesicht und seine kurzen, dicken Finger holen aus der Jackentasche Zigaretten hervor. Melchior beobachtet, wie der Politiker gierig ein paar Züge inhaliert und dann in eine wartende, dunkle Limousine mit Münchner Kennzeichen steigt.

Melchior schaut ihm verdutzt hinterher. Er kam nicht zu Wort, konnte dem anderen nicht sagen, dass seine Großmutter Theres letztes Jahr gestorben ist. Was hatte dieser Mensch im Krieg mit den Großeltern zu tun, wundert er sich. Er selbst weiß nur wenig von damals. Weder seine Mutter noch die Oma oder der Opa haben viel darüber geredet. Immer, wenn dieses Thema zur Sprache kam, reagierten sie verstockt und abweisend. Unter den engen Verwandten gab es keine Opfer, das hat er erfahren. Kämpfe haben in seiner Heimat nicht stattgefunden, die Amerikaner haben Fichtenried ohne Widerstand eingenommen, auch das ist ihm bekannt. Ob ihnen auf eine andere Art und Weise Leid zugefügt wurde und sie deshalb nicht darüber reden wollen? Was weiß dieser Schmiedl?

Die kurze Begegnung mit dem unsympathischen Politiker hat etwas in ihm angestoßen. Es ist, als ob eine lange versperrte, schwere Türe einen

Spalt breit aufgegangen wäre. Er kann erahnen, dass sich dahinter etwas Wichtiges verbirgt. Melchior will herausfinden, was es ist. Vielleicht kann er dann die Zurückhaltung überwinden, die er in seiner Familie und vor allem bei seiner Mutter oft spürt.

Aber im nächsten Moment ist er in Gedanken beim späteren Treffen der Altstadtfreunde, die ihre Ideen zum geplanten, ersten Bürgerfest in Regensburg vorstellen wollen. Darauf freut er sich schon seit Tagen.

Anderl

Sehnsüchtig schaut Anderl in seinem dunkelblauen Kittel von seiner alten Holzbank vor dem Haus den Bauern zu, wie sie ihr Heu einholen. Wie gerne wäre er jetzt mit ihnen draußen auf dem Feld und würde sein Tagwerk verrichten. Ihm ist klar, dass er mit 75 Jahren zu alt für diese Art von Arbeit ist. Seine Gelenke sind schon etwas eingerostet und der Rücken schmerzt oft in letzter Zeit. Auch fallen ihm Namen nicht mehr auf Anhieb ein und er wiederholt sich. Walburga macht ihn bei jeder Gelegenheit mürrisch darauf aufmerksam. Dass er in letzter Zeit häufig Kopfschmerzen hat und ihm beim Treppensteigen die Luft ausgeht, erzählt er der Tochter lieber nicht. Auch nicht, wie müde er sich tagsüber oft fühlt.

Sein Wunsch war, die Tochter hätte den Hof übernommen. Die wollte davon allerdings nichts wissen und so wurden nach und nach die Kühe und Schweine verkauft, ebenso die vielen, nun nutzlosen landwirtschaftlichen Geräte. Nur gegen den Verkauf des Traktors wehrte er sich stoisch. Dieser ist ihm nach all den Jahren ans Herz gewachsen und er kann sich nicht vorstellen, das uralte Dieselgefährt wegzugeben. Schon als junger Mann war er fasziniert von der damals neuartigen Technologie und hatte alles darüber gelesen. Und als sich in den 1930er Jahren der erste Fichtenrieder Bauer ein Fendt-Dieselross zugelegt hatte, war er immer zur Stelle gewesen, wenn es am Motor etwas zu schrauben gab. Mit seinem eigenen Traktor, den er sich Mitte der 1950er Jahre gekauft hat, darf er längst nicht mehr fahren, das hat ihm die Walburga verboten. Er würde sich auf den neu angelegten Flurbereinigungsstraßen verirren und nicht mehr heimfinden.

„So a Schmarrn“, schmollt er vor sich hin. „I leb hier seit 75 Joahr. Blind find i mi in meiner Heimat z'recht!“

Obwohl, Fichtenried hat sich in den letzten zehn Jahren schon sehr verändert, überlegt der alte Mann mit dem löchrigen Strohhut, unter dem sich sein schütteres, graues Haar verbirgt. Er ist nicht besonders groß gewachsen und sehr schlank. Er hat in all den Jahren sein Gewicht konstant gehalten, worauf er heimlich stolz ist. Wenn er die Bierbäuche seiner Nachbarn und Altersgenossen sieht, ist er froh darüber, dass er fast immer nach einer Maß zu trinken aufgehört hat. Wenn er lächelt, erhellen sich seine braunen Augen, sein aufgeschlossenes, fast faltenloses Gesicht strahlt und sein spitzbübisches Wesen lässt sich erahnen. In dem 800-Seelen-Dorf gab es früher einmal 50 Bauernhöfe, die alle von der Landwirtschaft lebten. Heute wird nur noch die Hälfte davon als Vollerwerbsbetrieb bewirtschaftet. Und es werden noch weniger werden, sieht der alte Bauer traurig in die Zukunft.

Welch glücklicher Umstand, findet Anderl, dass die Bahnlinie direkt an Fichtenried vorbeiführt und es sogar einen eigenen Bahnhof gibt. Somit haben diejenigen, die nun anderweitig ihr Geld verdienen müssen, eine gute und einfache Möglichkeit in die Stadt zu kommen.

Mit den vielen Berufspendlern ist leider auch eine Kälte in das kleine Dorf gekommen, die früher für Anderl unvorstellbar gewesen wäre. Die Zeiten, in denen man bei einem aufziehenden Unwetter gemeinsam die Ernte eingeholt und sich gegenseitig bei der schweren Arbeit ausgeholfen hatte, haben die Dorfgemeinschaft eng zusammenrücken lassen. Jetzt begegnet er vielen Nachbarn höchstens am Morgen oder nach Feierabend und mehr als ein „Grüß Gott“ kommt oft nicht zustande. Tagsüber wirkt das kleine Dorf wie ausgestorben. Ob sich die alte Josefa noch lange mit ihrem Lebensmittelladen halten kann, fragt sich der Bauer. Kundschaft hat sie kaum noch.

Die Stille um ihn herum irritiert ihn. Was hat die Burgi gesagt, wo sie hinfährt? Es fällt ihm einfach nicht ein. Wollte sie zum Einkaufen oder zum Frisör? Das Auto, das schwungvoll auf den Hof fährt, unterbricht seine Gedanken. Ja genau, den Buben wollte sie vom Bahnhof abholen, freut er sich.

„Mei Bub, lang woarst scho nimmer dahoam. G'fallts dir in der Schtod so guad?“, fragt er, mehr scherzend als ernst gemeint. Seiner Meinung nach sollen die jungen Leute heutzutage etwas Richtiges lernen. Und wenn man dazu weg muss aus dem Dorf, dann ist das gut so. Auf einem Bauernhof konnte er sich den Buben nie vorstellen.

„Mit deine zwoa link'n Händ bist besser bei da Zeitung aufgehob'n als drauß'n aaf'm Föld", sagt er dem Enkel immer wieder. Walburga wollte zwar auch nicht, dass Melchior Bauer wird. Sie hatte ihren Sohn dazu gedrängt, wie sein Vater Clemens Medizin zu studieren und nach dem Studium im selben Krankenhaus zu arbeiten. Und er sollte während des Studiums daheim wohnen bleiben. Sie wollte ihn nicht ziehen lassen. Insgeheim vermutet Anderl, dass seine Tochter den Buben nicht hergeben kann. Für sie wird Melchior immer der kleine Junge bleiben, über den sie bestimmt. Ihr Verhalten dem Buben gegenüber wird eher durch Härte als durch Herzlichkeit bestimmt, bedauert Anderl.

„Aber wos soll's, sie hod ja partout aa ned des g'macht, wos i mir für sie vorg'stöllt hob. Der Bua hod scho recht, wenn er macht, wos er wüll!"

Lächelnd rückt Anderl ein Stück, um seinem Enkel auf der Bank Platz zu machen und bedeutet diesem mit einem Klopfen auf das verwitterte Holz, sich neben ihn zu setzen. Melchior ist die Freude darüber anzumerken, dass er den Großvater wiedersieht. Wortlos geht Walburga zum Haus, um das Abendessen vorzubereiten. An der Tür hält sie kurz inne und dreht sich um.

„Hülfst mir?", will sie von ihrem Sohn wissen.

„I kumm glei nach", gibt er zurück. „I setz mi nur no zwoa Minuten zum Opa her."

Anderl freut sich, dass er mit seinem Enkel auf der alten Bank sitzen kann und eine kleine Weile seine Gesellschaft genießen darf. Auch wenn der nun auf eigenen Beinen steht und sein Leben selbst in die Hand nimmt, hat er trotzdem das Gefühl, für den Jungen da sein zu müssen. Früher hat Burgi den Buben schon wegen einer einzelnen, schlechten Note sehr stark kritisiert und die vielen, guten Zensuren nicht richtig gewürdigt. Viel Tadel und wenig Lob, das stand häufig auf der Tagesordnung. Vor allem Theres hat dem Enkel in diesen Situationen Mut zugesprochen und ihn tröstend in den Arm genommen. Und seit sie nicht mehr da ist, hat er diese Aufgabe übernommen, auch wenn Melchior schon längst nicht mehr darauf angewiesen ist. Walburga gegenüber konnte er nie so herzlich und einfühlsam sein. Macht ihn das Alter weicher, fragt er sich.

„Du Opa, kennst du eigentlich den Schmiedl, den Staatssekretär?", erkundigt sich Melchior aufgeregt und unterbricht damit jäh Anderls Überlegungen.

Der Name trifft ihn wie ein Blitz. Wie lange hat er nicht mehr an diesen Heuchler, diesen Verbrecher gedacht? Kurz nach dem Krieg war dieser mit Röschl aus dem Dorf verschwunden. Der Röschl kam nach der Entnazifizierung, reingewaschen durch den Persilschein zurück und wurde wieder zum allgemein geschätzten Dorflehrer. Der Schmiedl blieb verschollen. Jetzt ist er also in München untergekommen, der Sauhund! Als Staatssekretär!

Der Groll gegen Schmiedl weicht sofort einem schlechten Gewissen und dem Gefühl, versagt zu haben. Zum wiederholten Mal hadert er damit, damals mit Schmiedl gemeinsame Sache gemacht zu haben. Dann taucht das Bild seiner Frau Theres vor ihm auf und er weiß, dass er keine Wahl hatte.

Der alte Bauer kann sich noch genau an den Prozess vor der Spruchkammer erinnern, in dem über die Täterschaft von Schmiedl während der NSDAP-Diktatur verhandelt wurde. Er selbst musste als Zeuge aussagen und hat wider besseren Wissens dem Angeklagten ein gutes Leumundszeugnis ausgestellt. Den Wortlaut des Protokolls hat er noch im Kopf: „Ich erkläre hiermit an Eidesstatt, dass der frühere Ortsgruppenleiter der NSDAP, Herr Schmiedl, sich allen Widrigkeiten zum Trotz sehr für die im Ort untergebrachten Zwangsarbeiter eingesetzt hat. Nur ihm ist es zu verdanken, dass diesen kein Unrecht geschah."

Und auch den heuchlerischen Ton von Schmiedls Stellungnahme wird er nie vergessen: „Von Germanisierung und Verfolgung der Juden während des Krieges hatte ich keine Kenntnis. Bei uns gab es keine Juden. Kriegsgefangene und Fremdarbeiter habe ich immer gut behandelt. Erst nach der Kapitulation habe ich von den schrecklichen Verbrechen erfahren. Ich fühle mich nicht schuldig."

Bis heute trägt Anderl schwer an der Verantwortung, dass Schmiedl damals nur als Mitläufer eingestuft wurde und mit einer Geldstrafe und einem kurzen Berufsverbot davongekommen ist. Dabei hätte dieser ohne Bedenken das Dorf Fichtenried kurz vor Kriegsende der Zerstörung preisgegeben. Nur um Haaresbreite konnte dies verhindert werden.

Und wieder sieht er das Bild seiner Frau vor sich. Jahrelang hatte er sich eingeredet, dass Theres damals in einer Notlage war und sie keine Schuld traf. Aber stimmte das? War es tatsächlich nur ein unglücklicher Unfall, welcher sich in den letzten Kriegstagen auf ihrem Hof ereignete? Oder steckte doch mehr Absicht dahinter, als er sich eingestehen mochte?

Er schüttelt fast unmerklich den Kopf. Was auch immer damals wirklich vorgefallen ist, ihm waren die Hände gebunden. Er musste zu seiner Frau stehen und dafür in Kauf nehmen, dass eine andere Straftat ungesühnt blieb.

„Nà“, brummt er. „Die hocha Tiere in Minga int’ressier’n mi ned!“ Und damit ist das Gespräch für ihn beendet.

Melchior

Langsam schlendert Melchior die kleine Dorfstraße entlang. Neben ihm läuft eifrig seine Katze Minka, offensichtlich sehr erfreut über den Besuch ihres alten Herrchens.

„Mei Minka. Schod, dass i di ned mit in d'Schtod nehma ka. Aber da würds dir sicher ned gefall'n, zu vü Heiser und Straß'n und zu weng Wies'n und Földer. Aber Mäus' würd'st du da ohne Ende find'n."

Aufmerksam hebt die kleine Katzendame ihren Kopf und schmeichelt eng um seine Beine. Fast so, als ob sie ihn dennoch davon überzeugen wollte, sie mitzunehmen.

„Ich woaß scho, seit die Oma nimmer da is, host as du aa ned leicht. Die Mama hod di ja scho immer recht kurz g'halten und der Opa vergisst in letzter Zeit aa so einiges. Ich kann mir scho vorstöll'n, dass dei Futternapferl oft leer bleibt."

Plötzlich stellt Minka die Ohren auf und bleibt stehen. Mit einem geschmeidigen Satz verschwindet sie im nächsten Gebüsch. Auf jeden Fall kann sie sich selbst noch recht gut versorgen, stellt er erfreut fest und denkt an die arme Maus, die wohl in Kürze ihr Leben lassen muss.

Der Tod seiner Oma vor einem Jahr hat ihn arg mitgenommen. Er stand kurz vor dem Abitur, als sie eines Morgens nicht mehr aufgewacht ist. Er spürt, wie sein Herzschlag für einen Moment aus dem Takt gerät. Auch nach fast zwölf Monaten reagiert sein Körper so auf den Gedanken an den Verlust der Großmutter. Aber gleich darauf tauchen Bilder aus seiner Kindheit auf: wie seine kleine und zierliche Oma ihn als fast schon schlafenden Buben nach der Kirchweih heimgetragen hat. Es war der Sommer vor seiner Einschulung und sie hatte ihm erlaubt, mit ihr bis weit nach Einbruch der Dunkelheit im Bierzelt zu bleiben. Aber irgendwann war er doch zu müde geworden und die Großmutter hatte seinen Kopf in ihren Schoß gebettet. Er fühlte sich glücklich und aufgehoben. Er erinnert sich, wie sie in den Ferien morgens freudestrahlend in sein Zimmer gekommen ist und ihn aus dem Bett gekitzelt hat. Oder daran, wie sie ihm in eben diesem

Sommer das Lesen beigebracht hatte. Die Mutter wollte davon nichts wissen. Er würde es noch früh genug in der Schule lernen, war ihre ruppige Antwort. Das Bild, wie die Oma am Nachmittag in der sonnendurchfluteten Stube sitzt, das lange, graue Haar zu einem Zopf geflochten und zu einem Dutt hochgesteckt, konzentriert lesend über einen ihrer geliebten Hans-Ernst-Romane gebeugt, wird er nie vergessen.

Ihr Tod und die Lücke, die sie in seinem Leben hinterlassen hat, treffen ihn heute schwerer als sonst. Er versucht, die beklemmenden Gedanken schnell wegzuschieben. Gleich trifft er Franzi, seinen besten Freund aus der Schulzeit. Ihm wird er gleich haarklein von dem geplanten Bürgerfest in der Stadt und seiner Rolle bei der Organisation erzählen und dabei hoffentlich die schlechte Stimmung los werden, die heute beim Abendbrot geherrscht hatte. Melchior kann sich nicht erklären, wieso der Großvater mit einem Mal so abweisend wurde. Er will sich den restlichen Abend nicht verleiden lassen und klopft mit leichter Hand bei seinem Freund an die Haustür.

Franzis Mutter öffnet ihm und schickt Melchior hinauf in dessen Zimmer. Als er eintritt, kann er von hinten die unverwechselbare Silhouette seines großen, athletischen Freundes erkennen. Der trägt wie immer eine Jeans mit extra weitem Schlag, ein eng anliegendes T-Shirt und ein buntes Stirnband über den dunklen, kinnlangen Locken. Er nestelt gerade an seinem Plattenspieler herum und kurz darauf erfüllt die Musik von Synthesizern den kleinen Raum. Das neue Album von „Pink Floyd", „The Dark Side of the Moon", ist die neueste Errungenschaft des musikfanatischen Freundes. Franzi hat etwas zu rauchen organisiert und beide lassen sich entspannt nieder. Stumm genießen sie den warmen Sommerabend. Die Unruhe und Ratlosigkeit, die Melchior seit dem Gespräch mit dem Großvater in sich spürt, werden von kleinen Ringen aus Rauch Stück für Stück zum Fenster hinausgetragen, dem aufgehenden Halbmond entgegen.

„Host scho g'hört, der Röschl geht in Pension. Wos hod uns der drangsaliert! Sei Lineal spür i heid no auf meine Finger!", plappert Franzi nach einer Weile in die Stille hinein. „A Glück für alle, die den oidn Nazi nimmer ertrog'n müss'n."

Bei dem Wort „Nazi“ wird Melchior hellhörig. Er geht zum Fenster und atmet dreimal tief ein, um den Nebel in seinem Kopf zu vertreiben. Er ruft sich das Bild seines ehemaligen Grundschullehrers ins Gedächtnis und sieht den großen Mann mit den grauen, akkurat nach hinten gekämmten Haaren, der dunklen Strickjacke über dem blütenweißen Hemd und dem eiskalten Blick wieder vor sich. Er selbst hatte wenig von dessen Wutausbrüchen abbekommen. Als guter Schüler wusste er meistens die richtigen Antworten. Anders Franzi. Schon beim kleinsten Stottern auf der Suche nach der richtigen Lösung rief der regelmäßig den Unwillen des Paukers hervor. Und bekam die Folgen ebenso oft zu spüren.

„Woher woaßt du, dass der Lehrer Röschl a Nazi wor?“

„Des woaß doch a jeder hier im Dorf. Zum Kriegsende hi wor er sogar im Volkssturm. Der und seine Leid san schuld, dass der Hof von de Maierhofers abbrennt is.“

Jetzt ist Melchior sprachlos. Dass der Lehrer ein Nationalsozialist war, hört er zum ersten Mal. Wieder fragt er sich, wieso in seiner Familie nie jemand über diese Zeit spricht. Langsam beschleicht ihn das Gefühl, dass damals etwas Schlimmes passiert sein muss, über das weder die Mutter noch der Großvater sprechen wollen.

+++

Durch die angelehnte Wohnzimmertür hört Melchior dramatisch anschwellende Musik. Als er die Tür öffnet, flimmert in großen Lettern das Wort „Tatort“ über den Bildschirm. Das Gespräch mit Neubauer, dem Kulturredakteur, kommt ihm in den Sinn. Das Erste zeigt nun schon seit über drei Jahren regelmäßig am Sonntag zur besten Sendezeit einen Krimi. Beide sind sich einig, dass diese Sendereihe wohl bald abgesetzt werden wird. „Die Menschen wollen nicht immer nur Mord und Totschlag sehen, Krimis werden nach und nach vom Bildschirm und aus der Literatur verschwinden“, hatte Neubauer noch gesagt.

Die Eltern jedenfalls sind eingeschlafen, friedlich schnarchend liegen sie sich an den Kopfenden des Sofas gegenüber, nur die Beine treffen sich in der Mitte. Melchior hat sich immer noch nicht an die praktische Frisur seiner Mutter gewöhnt, die sie sich vor zwei Jahren zu ihrem 40sten Geburtstag zugelegt hatte. Auch wenn es ihr schwergefallen war, die schöne Haarpracht zu opfern, hielt sie doch verbissen an ihrer Meinung fest, dass eine moderne Frau über 40 diese nicht lang tragen sollte. Dass ihre eigene Mutter, Melchiors Großmutter Theres, selbst bis ins hohe Alter ihren grauen Zopf zum Dutt geflochten getragen hatte, tat sie als altmodisch ab. Als Kind hat er den Duft ihrer langen, braunen Haare geliebt, sie rochen nach einer Mischung aus Apfelshampoo und gemähtem Heu. Ihr Gesicht hat sich in all den Jahren nicht sehr verändert. Sie hat kaum Falten bekommen und im Schlaf wirkt sie noch immer jung, fast jugendlich. Ihre Figur hingegen hat etwas gelitten. Oft beschwert sie sich über ihren runden Bauch und droht der Familie, künftig nur noch fettarmes Diätessen auf den Tisch zu bringen.

Suchend blickt er sich nach der Fernsehzeitung um. Der Raum ist quadratisch geschnitten und mit beigefarbenem Teppichboden ausgelegt. Als Kind musste Melchior immer darauf achten, ja keinen Schmutz auf der hellen Auslegware zu hinterlassen. Noch heute kostet es ihn große Überwindung, mit Straßenschuhen ein Haus oder eine Wohnung zu betreten. Außer dem wuchtigen Wohnzimmerbuffet aus dunkler Eiche auf der einen Seite und einem bestenfalls romantischen Landschaftsbild mit Bergen und Wiesen auf der anderen Seite sind die Wände leer. Im Eichenschrank hat die Mutter ihre guten Bleikristallgläser verstaut, die jede Woche von ihr akribisch mit einem weichen Tuch abgestaubt werden. Benutzt werden die schweren Gläser jedoch selten. Der Bezug der Sitzgarnitur ist aus pflegeleichtem, dunkelbraunem Leder. Ein paar gehäkelte Kissen mit eingeschlagenem Knick in der Mitte thronen normalerweise darauf und verdecken die Flecken, die Melchior als Kind mit Hilfe einer übersprudelnden Limonadenflasche – sehr zum Unmut seiner Mutter – hinterlassen hat. Auf dem ansonsten leeren, braun gekachelten Wohnzimmertisch fällt Melchior eine

Postkarte auf. Unter bayerisch weiß-blauem Himmel ragt darauf ein großer Berg in die Luft. „Grüße aus dem Bayerischen Wald" steht darunter. Die Karte ist an seine Familie adressiert, den Text kann er nicht gleich entziffern. Die Worte „Wiedersehen" und „Olga" und „Urlaub" fallen ihm ins Auge, als seine Mutter aufwacht.

„Wos machst'n da?", fragt sie halb verschlafen und halb verärgert und blinzelt ihm müde entgegen.

„I hob mir die Postkart'n ang'schaut. Wer is denn die Olga, die im Bayerisch'n Wald Urlaub macht?"

Kaum hat er seine Frage gestellt, bereut er es. Das Gesicht von Walburga verschließt sich bei der Nennung des Frauennamens. Verwirrt schaut er von ihr zu der Postkarte in seiner Hand und wieder zurück. Er spürt ganz deutlich, dass er sich ab jetzt vorsehen muss. Längst hat er ein Gespür für die raschen Stimmungsschwankungen seiner Mutter entwickelt. Ein unbedachtes Wort kann zum Streit führen. Nervös schiebt er die Karte auf dem Tisch vor sich hin und her.

„Die Olga hod amal bei uns aaf'm Hof ausg'holfa. Und jetzt wüll's uns b'sucha", antwortet sie knapp.

„Weäih, ausg'holfa? Wann wor des denn? Den Hof gibt's doch scho lang nimmer." Irritiert blickt er ihr in die Augen.

„Ja, des is scho lang her. I wor ja sölber no recht jung damals, des muss im Winter 44 g'wesen sei, dass die zu uns kumma is."

„Von woher is sie denn kumma? Olga hört si ned sehr bayrisch an", hakt er nach.

„Mir hom die damals zuteilt kriagt, die meist'n Männer wor'n ja weg und die Arbeit hod si ned von alloa g'macht", meint die Mutter mürrisch.

„Dann war des a Zwangsarbeiterin?", noch verwirrter starrt er sie immer noch an. „Da habt's ihr mir nie wos drüber erzöhlt. Des hör i heid zum erschten Mal."

Große Abneigung spiegelt sich auf ihrem Gesicht wieder. Ihre Miene wirkt verkniffen, links und rechts der Nasenwurzel erscheinen zwei tiefe Falten. Sie schaut ihn drohend an.

„Da gibt's aa nix zu erzöhl'n. Sie is damals kumma, hod hier ausg'holfa, mir ham sie guad behandelt und nach'm Krieach is sie wieder furt. Wos die etz auf oamal wieder wüll, woaß der Hümmel."

Damit ist das Gespräch beendet. Melchior kennt den Punkt genau, an dem die Mutter dicht macht. Dabei hätte er noch so viele Fragen: Wie war das damals im Krieg, waren sie in Not? Zu essen gab's auf einem Bauernhof jedenfalls mehr als in der Stadt, Hunger war wohl nicht die größte Bedrohung. Gab es viele Nazis im Dorf, war das vielleicht eine Gefahr? Oder war der Opa selbst Mitglied der NSDAP? In der Wehrmacht diente er jedenfalls nicht, irgendwie hatte er es als Großbauer geschafft, als unabkömmlich „UK" eingestuft zu werden. Hatte er sich in den letzten Kriegstagen dem Röschl und seinem Volkssturm angeschlossen?

Den Opa als Nazi kann sich Melchior beim besten Willen nicht vorstellen. Seine Hand hätte er dafür ins Feuer gelegt, dass der Großvater kein Mitläufer war.

Tief in seine Gedanken versunken, geht er an der schwach erleuchteten Küche vorbei in sein altes Kinderzimmer. Dort riecht es so staubig und muffig wie bei seinem Auszug vor einem Jahr. Zu seiner Überraschung hat die Mutter aber wenigstens das Bettzeug gewechselt. Auf der rot-weiß karierten Baumwolle thront Minka und wartet auf ihr altes Herrchen. Ihr weiches Fell und ihr vertrautes Schnurren lassen ihn etwas zur Ruhe kommen. Schlafen kann er in dieser schwülen Sommernacht noch nicht, die Gedanken in seinem Kopf rasen unaufhaltsam hin und her. Wieso hat die Mutter so abweisend über diese Olga gesprochen? Und wieso taucht diese hier plötzlich wieder auf, nach fast dreißig Jahren? Und dann noch die Geschichte mit dem Schmiedl, der den Großvater kennt, dieser den Schmiedl aber nicht. Oder will der Opa nur nicht darüber reden? Und der Röschl? Hat der Großvater mit ihm gemeinsame Sache gemacht, damals im Krieg?

Ein vertrautes Gefühl aus seiner Kindheit macht sich in ihm breit. Damals hatte er von den Erwachsenen immer wieder den Satz: „Des geht di nix an!" gehört. Und dass er sich nicht in die Angelegenheiten der Erwachsenen einmischen sollte. Diese Aufforderung war oft mit dem Zorn des

Großvaters oder den zuerst strafenden und dann ignorierenden Blicken der Mutter einhergegangen. Nur bei der Oma fand er stets Wärme und Geborgenheit. In ihrer Gegenwart konnte er so sein, wie er war. Er musste nicht um ihre Anerkennung kämpfen. Für sie war er in Ordnung, so wie er war.

Aber ich bin kein kleiner Junge mehr, protestiert Melchior innerlich. Wieso muss ich mich den Vorstellungen und Ansichten von Mutter oder Großvater unterordnen? Wieso sehen sie mich nicht als einen erwachsenen Mann, der seinen Weg alleine findet?

Um sich seine Selbstbestimmtheit zu beweisen, fasst er den Entschluss, gleich morgen den Opa auf Olga anzusprechen. Auch auf die Gefahr hin, dass er auf eine Mauer des Schweigens trifft. Oder schlimmer: Dass er den Zorn seiner Familie auf sich zieht.

Anderl

Seine innere Uhr hat Anderl zu früher Stunde aus der Kammer getrieben. Erst als seine schwielige Hand die Klinke der Haustür berührt, fällt ihm wieder ein, dass keine Kühe zum Melken im Stall auf ihn warten. Der unangenehme Gedanke an ein ruheloses Herumwälzen im Bett treibt ihn trotzdem nach draußen.

Das blank gescheuerte Blech der alten Milchkannen leuchtet matt im Licht der ersten Sonnenstrahlen. Müde setzt er sich daneben auf die alte Holzbank, froh über seine Entscheidung, aus dem Kirschbaum damals dieses robuste Möbel gebaut zu haben. Die Bank wird ihn bei Weitem überleben. Liebevoll streicht er über das verwitterte Holz. Es fühlt sich unter seinen Fingern noch immer fest und stabil an, gibt ihm ein Gefühl von Sicherheit. Wie ein Blitz durchzuckt ihn plötzlich eine andere Empfindung, Angst und Unsicherheit jagen durch seinen Körper und seine Erinnerung gleitet zurück zu dem Tag, als er das erste Mal mit Olga auf dieser Bank gesessen hat.

+++

Ein letztes bisschen Schnee versteckt sich noch vor der Märzensonne, doch die Schneeglöckchen recken schon tapfer ihre hellen Köpfe in die nach Frühling duftende Luft. Anderl nimmt sich eine kleine Verschnaufpause von der harten Arbeit auf dem Hof. Theres wird er sagen, er wolle nur schnell die Verschraubungen der neuen Bank prüfen, die er den Winter über in seiner Werkstatt gebaut hat, wenn sie ihn hier ertappt. Fürs Faulenzen hat sie leider gar kein Verständnis. Aber die Zeiten werden immer unsicherer und gefährlicher und das alleine kostet ihn jede Menge Kraft. Jeden Abend sitzt er vor dem Radio und hört die Berichte über den nahenden Endsieg. Was er aber dazwischen heraushört, ist alles andere als ein kurz bevorstehender, endgültiger Sieg für Deutschland. Gestern haben sie von dem Befehl zu Zerstörungsmaßnahmen im Reichsgebiet berichtet: Dem Feind soll auf seinem Vormarsch durch Deutschland nur verbrannte Erde hinterlassen werden. Und was wird dann aus uns, fragt sich

Anderl. Wo sollen wir schlafen, was essen? Die da oben haben ja keine Ahnung. Wenn es doch endlich vorbei wär ...

Hinter ihm raschelt es. Er bückt sich rasch nach unten und murmelt: „I schau mir nur schnöll die Verschraubungen an ...", als er den Saum eines dunkelblauen Rockes erblickt. Der gehört nicht zu seiner Frau. Erleichtert richtet er sich auf und sieht Olga vor der Bank stehen. Ihr schwarzes, dichtes Haar ist wie immer unter einem Kopftuch versteckt. Heute jedoch, am Sonntag, hat sie das mausgraue Tuch gegen ein mit Rosen besticktes, farbiges Tuch eingetauscht. Sie hat in etwa Anderls Größe, steht jedoch meist mit eingezogenen Schultern da, als ob sie sich verstecken möchte. Als sie kurz vor Weihnachten auf den Hof kam, war sie bis auf die Knochen abgemagert. Doch Theres hat sie wieder aufgepäppelt und jetzt kann man wieder gut ihre weiblichen Rundungen erkennen. In ihrem Blick liegt etwas Scheues, Trauriges, Gehetztes. Anderl kann es nicht genau einordnen. Soll er sie fragen, was ihr auf dem Herzen liegt? Oder gehört sich das nicht für ihn, den Bauern? Gerne redet er bei der Arbeit mit der Polin. Sie erzählt alte Geschichten aus ihrer Heimat, von ihrer Schulzeit auf dem Gymnasium, wo sie so gut Deutsch gelernt hat, und macht allerhand lustige Späße. Seit sie vor ein paar Monaten auf den Hof gekommen ist, geht ihm die gemeinsame Arbeit leichter von der Hand. Er mag das junge Ding einfach gern. Er kennt sie als nettes Mädel, die gut mit allen hier am Hof zurechtkommt. Ob es wohl Streit mit jemandem gegeben hat?

„Wieso bist no ned fürs Melken umgezog'n?", fragt er stattdessen. „Zeit wird's, dass mir in Stall geh'n."

Ihr Blick wird nun fast ängstlich. Doch weder antwortet Olga ihm noch geht sie weg.

Es rührt ihn an, wie sie vor ihm steht, zierlich und doch robust. Mit dem verschreckten Blick und doch einer Stärke, die sich dahinter versteckt.

„Host wos aaf'm Herz'n?", fragt er endlich.

Sie nickt kaum merklich.

„Na dann, setz di her zu mir und erzöhl mir, wos los is. Aber mach schnöll, die Theres kannt jed'n Moment um d'Eck'n kumma."

„Ich weiß gar nicht, wo ich anfangen soll", bringt sie stockend hervor.

„Na, am besten am Anfang dad i sog'n. Is denn so kompliziert?", versucht er sie mit einem aufmunternden Lächeln zum Reden zu bewegen.

Ihre schönen, dunklen Augen blicken unruhig umher, bis sie schließlich einen Punkt in der Ferne fixieren. Nach und nach nimmt ihre Anspannung ab und ihr Atem wird flacher. Anderl hat das Gefühl, als ob sie mit ihren Gedanken sehr weit weg ist.

„Ich bin verlobt. Jozef und ich wollten diesen Sommer heiraten. Nach dem gescheiterten Aufstand in Warschau im August '44 wurden wir beide gefangen genommen und nach Deutschland verschleppt. Wir kamen zuerst gemeinsam in ein Durchgangslager und später wurde ich zu Euch geschickt. Wohin sie Jozef gebracht haben, weiß ich nicht."

Einzelne Tränen laufen ihre bleichen Wangen hinunter.

„Wegen der brutalen Unterdrückung in Polen durch die deutschen Besatzer hatte sich Jozef Ende '43 der Armia Ludowa, einer Widerstandsgruppe, angeschlossen. Nach Kriegsbeginn wurden viele weiterführende Schulen geschlossen, es gab für uns keine Möglichkeit zur Weiterbildung. Nach und nach wurde in privaten Wohnungen unterrichtet, in jedem Haus ein anderes Fach. Das war sehr riskant, ständig gab es Straßenrazzien und nach zwanzig Uhr herrschte eine Ausgangssperre. Über die Pfadfinder kam Jozef zum Widerstand. Er wollte unbedingt helfen, die deutschen Besatzer zu vertreiben und der heranrückenden russischen Armee ein freies Warschau präsentieren. Als sich am ersten August '44 alle Widerstandsgruppen zum Gefecht gegen die Deutschen zusammengeschlossen haben, war er unter den Streitkräften. Die polnische Heimatarmee konnte bei den darauf folgenden Gefechten Warschau nicht halten, zehntausende Zivilisten und Soldaten wurden ermordet. Ich floh mit Jozef durch die Kanalisation aus der umkämpften Altstadt, sonst wären wir womöglich ebenfalls getötet worden. Ende August, als die Versorgung in der Stadt immer schwieriger wurde, wurden wir gefangen genommen, in ein Lager gebracht und wenige Wochen später getrennt." Sie macht eine kleine Pause, atmet noch einmal tief durch und fährt dann fort: „Kurz bevor ich nach Deutschland gekommen bin, habe ich erfahren, dass ich schwanger bin. Diese letzte Botschaft konnte ich Jozef noch zukommen lassen."

Damit hat Anderl nicht gerechnet. Fassungslos schaut er die junge Frau von der Seite an. Wie soll er mit dieser Nachricht umgehen? Er spürt, wie sich Angst in ihm breitmacht. Die Verlobte eines Widerstandskämpfers hier auf dem Hof? Wenn raus kommt, dass er mit ihr gemeinsame Sache macht, dann gerät auch er in Gefahr. Er will sich und seine Familie auf keinen Fall in Bedrängnis bringen. Für einen Moment erscheint es ihm verlockend, Olga zu sagen, dass ihn ihre Probleme nichts angehen. Letztlich überwiegen sein praktischer Verstand und seine Nächstenliebe. Er wendet sich Olga zu und umschließt ihre feingliedrigen Hände mit seinen rauen, warmen Fingern.

Als er sie berührt, spürt er noch etwas anderes als väterliche Zuneigung für die junge Polin. Ein Kribbeln durchfährt seinen Körper und sein Pulsschlag beschleunigt sich. Ja, er fühlt sich zu ihr hingezogen! Obwohl sie fast zwanzig Jahre jünger ist und seine Tochter sein könnte, kann er sich nicht dagegen wehren. Er gesteht sich ein, dass er bei der Arbeit immer wieder ihre Nähe sucht oder sie ermuntert, ihm Geschichten aus ihrer Heimat zu erzählen, nur um ihre Stimme zu hören. Kurz malt er sich aus, selbst der Vater des ungeborenen Kindes zu sein und mit ihr an seiner Seite zu leben. Da taucht das Bild seiner Frau vor ihm auf. Ihr hat er ewige Treue versprochen und bis heute wäre er nie auf den Gedanken gekommen, diesen Schwur zu brechen. Eine innere Stimme verurteilt ihn sofort als Verräter, der es nicht schafft, Theres treu zu sein.

Schnell verscheucht er sein schlechtes Gewissen und spricht beruhigend auf Olga ein: „Madl, brauchst koa Angst hom. Bei uns bist sicher. Der Krieach is immer no weit weg und solang mir uns alle ruhig verhalt'n, kann uns gar nix passier'n. Und wega dem kloana Wutzerl, des du unter'm Herzen trogst, brauchst dir aa koane Sorg'n macha. Ich red bald mit der Theres und mir find'n a Lösung. Dei Geheimnis is auf alle Fall sicher bei uns."

Mehr braucht er nicht zu sagen, dankbar fällt sie ihm und den Hals. Diese heftige Reaktion lässt Anderl für den Moment alle Vorsicht vergessen. Bevor ihn sein Mut verlässt, küsst er Olga sanft auf die Stirn. Walburga, die gerade in diesem Augenblick aus dem Stall tritt, bleibt wie versteinert stehen.

Walburga

Die schwüle Luft scheint still zu stehen. Nicht der geringste Zug ist zu spüren. Für die Bauern herrscht im Moment das ideale Wetter, um die Ernte einzufahren, denkt Walburga, aber ich bringe kein Auge zu. Ihr durch die Nachtschichten verschobenes Zeitgefühl tut ein Übriges und sie findet keine Ruhe. Nur ja nicht die Augen aufmachen, sonst blinzelt am Ende noch die Morgendämmerung durch die Jalousien und die Illusion eines erholsamen Schlafes ist endgültig dahin.

Das leise Ticken des Weckers auf dem Nachtschränkchen stört ihre Ruhe schon lange nicht mehr. Unter anderen Umständen hilft es ihr dabei, zu den unmöglichsten Tageszeiten einzuschlafen, was durch ihre unterschiedlichen Schichten als Krankenschwester durchaus nötig ist. Auch dass die rechte Seite im Bett neben ihr leer ist, beunruhigt sie nicht. Sie hat sich nach all den Jahren daran gewöhnt, dass Clemens regelmäßig im Krankenhaus bleibt und sie ihn oft tagelang nicht sieht.

Von klein auf habe ich gelernt, mit wenig Aufmerksamkeit und Anerkennung zurechtzukommen, hadert Walburga ausgerechnet in dieser schlaflosen Nacht mit ihrem Schicksal. Wegen der vielen Arbeit auf dem Hof blieb selten Zeit für eine Umarmung oder ein tröstendes Wort der Eltern, erinnert sie sich schmerzlich. Der Bauernhof stand für die Eltern immer im Vordergrund, Gefühle wurden auf Sparflamme gehalten. So musste ich alleine mit meinen Wünschen und Ängsten fertig werden. Schon als Kind habe ich gelernt, die eigenen Bedürfnisse zu vernachlässigen, gesteht sie sich ein.

Vielleicht war ihr gerade deshalb das Schicksal anderer Menschen nie egal. Vor allem die vielen Kranken und Verwundeten, denen sie im und nach dem Krieg begegnete, rührten ihr Herz. Schon früh war ihr klar geworden, dass sie dort helfen wollte, wo sie gebraucht wurde. Ihre Ausbildung zur Krankenschwester hatte sie gegen die anfängliche Missbilligung vom Vater absolviert. Für den stand fest, dass sie den elterlichen Hof übernehmen würde. Sie hatte Freude an der landwirtschaftlichen Arbeit, das schon. Das gemeinsame Heueinbringen im Hochsommer zum Beispiel. Walburga hatte sich als Kind schon früh am Morgen darauf gefreut, war rasch aus dem Bett gesprungen und nach einem kurzen Frühstück fröhlich an der Seite vom Vater auf das Feld gefahren. Dort trafen sie einige Helfer aus dem Dorf und gemeinsam wurde Gabel für Gabel das Heu auf den Wagen geladen. Die Halme kitzelten in ihrer Nase und trotz der schweren, staubigen Tätigkeit wurde viel gelacht. Oft schafften sie es gerade noch, die Fuhre trocken in den Heuschober zu bringen, bevor ein Unwetter losbrach. Die gemeinsame Brotzeit danach schmeckte wunderbar, das Beisammensitzen, Singen und Erzählen war unbeschreiblich schön.

Aber oft war die Arbeit eintönig und vor allem einsam. Das stundenlange Melken in gebückter Haltung im Stall, das Ansäen auf dem Feld, das eintönige Ausgrasen. Oft war sie alleine, fühlte sich verlassen und traurig. Da wollte sie lieber unter Menschen sein, Ansprache haben.

Sie wird nie den Moment vergessen, an dem sie zum ersten Mal in die dankbaren Augen einer Patientin geschaut hat, der sie im Krankenhaus mit wenigen Handgriffen und ein paar guten Worten Linderung und Zuversicht verschaffen konnte. Dort bekam sie etwas zurück, ihre Anstrengung wurde belohnt und sie fühlte sich gut dabei. Aufgehoben in einer Gemeinschaft.

Zum wiederholten Mal in dieser Nacht sucht Walburga nach einer bequemen Position, um endlich einschlafen zu können. Das Laken liegt mittlerweile faltig unter ihr, sie hat es aufgegeben, es glatt zu streichen.

Olga. Nach so langer Zeit steht der Name wieder bedrohlich im Raum. Unsicherheit breitet sich in ihr aus. So lange war es ihr gelungen, nicht mehr daran zu denken. Sie sieht ihren Vater und Olga vor sich, vertrauensvoll hat er seine Hand auf ihre Schultern gelegt. Sieht wieder, wie die anderen Mägde und Knechte am Hof tuscheln, wenn sie vorübergeht. Spürt wieder die Eifersucht, die hochkommt, wenn der Vater über eine Geschichte von Olga lacht. In ihrer Erinnerung waren die beiden eine verschworene Gemeinschaft. War das wirklich so? Ich habe immer darum gekämpft, Zuneigung und Anerkennung vom Vater zu bekommen. Wäre es anders gekommen, wenn ich den Hof übernommen hätte? Wäre dann mein Verhältnis zum Vater ein anderes?

Walburga weiß nicht mehr, was sie denken soll. War Olga für ihn die Tochter, die sie selbst nie sein konnte? Oder war er damals in die junge Polin verliebt? Alles scheint zu verschwimmen, sie hat das Gefühl, als ob das Bett unter ihr zu schaukeln beginnt. Schnell zieht sie die Decke über den Kopf und rollt sich darunter ganz klein zusammen.

Ein weiterer Name geistert durch ihren Kopf. Ferdi. Das zweite Mal innerhalb weniger Tage taucht er auf. Sie schiebt den Gedanken schnell weg, will nicht an ihre erste große Liebe erinnert werden. Verdrängt seinen grausamen, sinnlosen Tod so kurz vor Kriegsende und das Gefühl der Einsamkeit, das sich damals wie heute in ihr ausbreitet. Wäre ihr Leben mit Ferdi an ihrer Seite anders verlaufen?

Wütend denkt sie an den bevorstehenden Besuch von Olga am nächsten Tag. Sie ist an allem schuld! Wegen ihr werden die alten Wunden wieder aufgerissen! Und dann, etwas ängstlicher: Wird sie alleine kommen? Wird der Vater sie überhaupt erkennen? Wird sie am Ende gar Ansprüche stellen? Der erste Hahnenschrei reißt Walburga aus ihren Gedanken. Schlaf findet sie in dieser Nacht wohl keinen mehr.

Melchior

Das leise Zischen von heißem Fett ist das Erste, was Melchior wahrnimmt, als er die Küche betritt. Schwitzend steht seine Mutter vor dem neuen Elektroherd und formt aus faustgroßen Hefeteigbällchen kleine Küchel, die sie vorsichtig ins hellgelbe Schweineschmalz gleiten lässt. Wegen der Hitze in der Küche hat sie wohl darauf verzichtet, den alten Holzofen anzuschüren. Der feuchtheiße Fettdunst, der in der Luft hängt, löst in ihm eine schwache Übelkeit aus. Schnell wird diese von dem Verlangen verdrängt, eines der bereits fertigen Kücheln zu verschlingen, welche auf einem Küchentuch zum Abtropfen liegen.

„Hm, die schmecka genauso weäih die von der Oma", will er die Mutter wegen seines kleinen Diebstahls besänftigen und schiebt sich den Rest des Küchels in den Mund.

„Hör auf, die langa sonst ned für uns're Gäste", fährt sie ihn trotzdem an. „Hülf mir leäihba a bissl, die werd'n eh glei kumma."

Wie aufs Stichwort fährt ein unbekanntes Fahrzeug auf den Hof und er sieht durchs Küchenfenster, wie der Opa von seiner Bank aufsteht und dem Auto entgegengeht. Eigentlich wollte er den Großvater noch abpassen und ihn nach Olga fragen, bevor diese eintrifft. Aber er hat mal wieder die Zeit vertrödelt und jetzt ist es zu spät. Er ärgert sich über seine eigene Behäbigkeit, ist auf der anderen Seite aber auch froh, noch Aufschub vor dem unangenehmen Gespräch zu bekommen.

„Geh raus und sog Grüß Gott. I mach hier nur schnöll fertig", befiehlt ihm seine Mutter.

„Ja wos etz, soll i dir hölfa oder rausgeh?"

„Mei, stöll di halt ned so an. Rausgeh sollst und schaua, dass der Opa koan Blödsinn red't!", kommt es im Befehlston zurück.

Die Lust auf das Küchel und auf die Besucher ist ihm vergangen. Mein Gott, nie kann ich ihr was recht machen. Ständig weiß sie alles besser! Sie ist nur zufrieden, wenn alle nach ihrer Pfeife tanzen und sie das Kommando hat. Wenn ihr der Besuch nicht recht ist, dann soll sie halt niemanden einladen, denkt er verärgert, als er die Küche verlässt.

Er macht sich auf den Weg nach draußen. Die beiden Neuankömmlinge und der Opa stehen immer noch vor dem Haus, haben sich aber wegen der Mittagshitze in den Schatten vor der alten Scheune gerettet. Die dunkelhaarige Frau wird wohl so um die Fünfzig sein und der junge Mann neben ihr knapp dreißig, stellt er als erstes fest. Die gut aussehende Besucherin trägt ein helles, leichtes Sommerkleid mit Pumps und ist dezent geschminkt. Die Herzlichkeit, mit der Anderl und sie sich begegnen, verwundert ihn. Der blonde junge Mann steht in Jeans und T-Shirt etwas abseits und beobachtet die Szene genauso erstaunt wie Melchior. Er gibt sich einen Ruck und geht auf die Dreiergruppe zu.

„Hallo, ich bin der Melchior", versucht er es in seinem besten Hochdeutsch. „Ich bin der Enkel vom Anderl."

Dabei berührt er leicht die Schulter seines Großvaters.

„Grüß Gott", kommt es ihm aus einem lachenden Gesicht und in einem etwas holprigen Bairisch entgegen, „ich bin Olga und freue mich, dich kennenzulernen. Das hier ist mein Sohn Andreas."

Er reicht den beiden die Hand.

„Es hat sich aber einiges verändert, seit ich das letzte Mal hier war. Wo sind denn die Kühe und Schweine geblieben?", fragt Olga nach.

Anderl klärt sie darüber auf, dass Walburga den Hof nicht übernommen hat und sie die Tiere verkauft und die Felder verpachtet haben. Etwas unschlüssig stehen sie noch einen kurzen Moment zusammen, dann bittet Anderl alle ins Haus.

„Die Burgi hod sicher scho alles für den Kaffee herg'richtet."

Beim Gedanken an das Zusammentreffen von Olga und seiner Mutter beschleicht ihn ein mulmiges Gefühl. Die Frau scheint recht nett zu sein, hoffentlich zeigt sich Mama heute von ihrer guten Seite. Sogar sein Vater sagt oft im Spaß zu ihr: „Manche Frauen haben Haare auf den Zähnen, bei Dir hat jeder Zahn eine eigene Frisur!"

„So, geht's nur eina da", lotst Anderl alle ins Wohnzimmer. Wie versprochen ist der Tisch bereits mit dem neuen Steingutservice gedeckt und sogar ein paar Blümchen stehen in der Mitte. Als alle sitzen, kommt die Mutter dazu. Melchior nimmt wahr, wie sie beim Eintreten einen kurzen Moment stockt, dann aber unbeirrt weitergeht und eine Tortenplatte voll mit süß duftenden, pudergezuckerten Kücheln auf dem Tisch abstellt.

Für einen kurzen Moment herrscht angespanntes Schweigen, dann gibt sich Walburga einen Ruck und Melchior beobachtet, wie sie energisch auf die Besucher zugeht.

„Mei Olga, schön, dass du uns nach so langer Zeit wieder besuchen kummst! Und dein Sohn hast aa mit'bracht? Mir kenna uns no ned. Griaß di, i bin die Burgi."

Übertrieben herzlich drückt sie die Hände von Olga und Andreas.

„Wo hat's euch denn nach dem Krieg eigentlich hinverschlagen?", will die Mutter wissen und schaut immer wieder aufmerksam zu Andreas. „Seids ihr in Deutschland geblieben?"

Sie zieht ihr neues, groß gemustertes Sommerkleid zurecht. Es ist aus einer dieser modernen, synthetischen Fasern geschneidert und sie macht darin einen recht unglücklichen Eindruck. Geschieht ihr nur recht, denkt Melchior, soll sie nur schwitzen in dem grässlichen Teil, so grob, wie sie vorhin zu mir war.

„Ja, wir sind hier geblieben. Eine Tante von mir hat in Norddeutschland ein kleines Zimmer gefunden. Dort konnten auch wir unterkommen. Und letzten Endes haben wir uns dort so gut eingewöhnt, dass wir nicht mehr nach Polen zurückgegangen sind", antwortet Olga. „Heute arbeite ich in einer Bücherei und Andreas hat Maschinenbau studiert. Er ist als Ingenieur viel im Ausland. Den Urlaub im Bayerischen Wald hat er mir zum Geburtstag geschenkt. Da hab ich die Gelegenheit beim Schopf gepackt, um ihm hier alles zu zeigen. Als kleines Gastgeschenk hab ich euch einen Schnaps mitgebracht, den mir ein Cousin aus Polen geschickt hat. Anderl, von dem hab ich dir ja damals schon immer vorgeschwärmt."

Fasziniert hört Melchior der selbstbewussten und eleganten Frau zu, wie sie unbekümmert und fröhlich aus ihrem Leben erzählt. Sie ist in den letzten Jahren viel gereist, hat sich die Welt, die sie vorher nur aus Büchern kannte, angeschaut und weiß nun jede Menge davon zu berichten. Ihre Abenteuerlust steckt ihn an und begeistert fragt er nach, um weitere Anekdoten zu erfahren. Seine Mutter beteiligt sich kaum am Gespräch und beginnt unvermittelt, den Tisch abzuräumen.

Typisch! Kaum dreht es sich einmal nicht um sie, spielt sie die beleidigte Leberwurst, kommentiert er im Stillen das Verhalten seiner Mutter. Was ist bloß los mit ihr? Was stört sie an der weltgewandten, herzlichen Polin? Führt Olga ihr zu deutlich vor Augen, dass sie im Vergleich dazu nie aus ihrem Heimatdorf fortgegangen ist? Nie etwas erlebt hat?

Aus dem Augenwinkel beobachtet Melchior, wie der Großvater in seinem Sessel sitzt und abwechselnd die frühere Magd und ihren Sohn betrachtet. Dabei wirkt er sehr abwesend und Melchior hat den Eindruck, als ob Anderl in Gedanken in eine andere Zeit abgleitet.

Anderl

Der schwere, gusseiserne Topf mit der heißen Kartoffelsuppe steht dampfend in der Mitte des großen, zerfurchten Holztisches und verbreitet einen würzigen Geruch im Zimmer. Alle warten darauf, dass Anderl etwas in seinen Teller schöpft. Danach bedienen sich der Reihe nach die Bewohner des Hofes ihrem Rang entsprechend aus dem Tiegel. Jeder nimmt ein Stück warmes, frisch gebackenes Holzofenbrot dazu. Die Kruste ist resch, beim Teilen fliegen kleine Brotkrumen über den Tisch, die Walburga mit den Fingern aufpicken darf. Nach dem Bauern nimmt Theres von der Suppe, dann die Knechte, die Mägde und Walburga. Olga bedient sich zum Schluss. Die Letzten müssen schnell sein beim Essen, denn sobald das Familienoberhaupt den Löffel weglegt, ist auch für die anderen das Mahl beendet. Aber Anderl ist von Haus aus ein sehr langsamer Esser und so muss niemand mit leerem Magen vom Tisch aufstehen.

Kurz *schaut er in die Runde und sein Blick bleibt bei Olga hängen. Wenn es nach Schmiedl gegangen wäre, würde diese jetzt draußen auf der Gred sitzen und ihr Mahl einsam und alleine auf einem Schemel einnehmen. Die Vorschriften sehen vor, dass Zwangsarbeiter nicht mit den Bauern am Tisch sitzen dürfen, hat Schmiedl ihm eingeschärft. Aber diese Vorschrift kann sich der Ortsgruppenleiter sonst wohin stecken! Das arme Madl hat hier niemanden außer uns, wir müssen uns, so gut es geht, um sie kümmern, bestärkt er sich selbst. Aber ganz tief drin spürt er die andere Empfindung, die Sehnsucht. Anfangs war er irritiert, als er bemerkte, wie wohl er sich in der Nähe der jungen Polin fühlte. Das kannte er bisher nur vom Zusammensein mit Theres. Dann verurteilte er sich selbst für seine Leidenschaft und später suchte er die Schuld bei seiner Frau. Er redete sich ein, Theres würde kein Interesse mehr an ihm zeigen und er würde sich deshalb zu Olga hingezogen fühlen. Irgendwann begriff er, dass er wegen dieser Regung alleine kein schlechter Mensch war. Was sich in seinem Innersten, seinem Kopf abspielte, konnte ihm niemand vorschreiben oder gar verbieten. Er durfte sich den Fantasien nur nicht hingeben, sich nicht fallen lassen. Solange er mit niemandem darüber sprach und es nach außen hin nicht zeigte, war alles in Ordnung.*

„Nach'm Essen gänga alle Knechte und Mägde raus auf'n Acker und setz'n die Kartoffeln ei. Burgi, du hülfst aa mit. Die Olga bleibt bei der Theres und backt mit ihr die Sach'n für die Kirchweih am Sonntag", verteilt Anderl die anstehenden Arbeiten.

„Aber Vater, wieso derf die Olga da bleib'n und i muss die schwere Arbeit macha? Kann ned i der Mutter hölfa?", versucht seine Tochter ihn umzustimmen.

„Es wird so g'macht, weäih i des sog!", gibt er lauter als beabsichtigt zurück. Damit ist die kurze Diskussion beendet. Er sieht, wie Walburga einen giftigen Blick in Richtung Olga wirft und dann mit den anderen aus der Stube verschwindet. Er ahnt, dass seine Tochter und vielleicht auch die anderen auf dem Hof sein Verhalten nicht verstehen können. Auch in Theres Gesicht sieht er viele Fragen.

„Geh Olga, hol doch amal beim Wirt vorn a Maß Bier für's Abendessen", schickt er die Magd für kurze Zeit weg. Er muss in Ruhe mit seiner Frau reden und den Spekulationen ein Ende machen.

„Theres, setz di kurz amal her zu mir. I muss mit dir red'n", kommt es ihm erstaunlich leicht von den Lippen.

Seine Frau zögert, setzt sich aber dann zu ihm an den Tisch. Sie ist unverkennbar die Mutter von Walburga mit denselben braunen, seidig glänzenden Haaren und den kaffeebraunen Augen. Von der Statur her unterscheiden sich Mutter und Tochter jedoch sehr. Während Theres klein und zart gebaut ist, kommt Walburga eher nach dem Vater. Sie ist mit ihren vierzehn Jahren schon einen halben Kopf größer als die Mutter und bringt auch schon einiges mehr an Gewicht auf die Waage. In Sachen Robustheit und Zähigkeit kann Walburga aber noch lange nicht mit Theres konkurrieren.

Er umfasst ihre Hand und beginnt zu sprechen: „Host scho g'merkt, dass die Olga nimmer so schnöll arbeitet? Dass ihr alles a bissl schwarer fallt und dass sie lang nimmer so a Ausdauer hod?"

Theres nickt zaghaft.

„Woaßt, vor kurzem is sie zu mir kumma und hod mir den Grund dafür g'sagt. Sie kriagt a Kind."

Seine Frau öffnet den Mund, um etwas zu sagen, schließt ihn aber gleich wieder. Die Nachricht hat ihr scheinbar die Sprache verschlagen.

„Sie hod mir aa gebeichtet, wer der Vater ist. Des Ganze is kurz vor ihrem Abtransport nach Deitschland passiert und den Kindsvater hams wohl zur gleich'n Zeit als Politischen verhaftet."

Erleichtert schaut sie ihm in die Augen.

„Host dacht, dass i wos mit der Olga hob?", fragt er augenzwinkernd. „A scheens Madl is' ja wirklich, aber sie könnt glatt mei Tochter sei. Und Theres, für mi gibt's bloß oane, des woaßt du doch."

Anderl drückt seine Frau fest an sich. Dass er sich für einen kurzen Moment ausgemalt hatte, mehr für Olga zu sein als ein väterlicher Freund, das verschweigt er ihr.

Nach anfänglicher Erleichterung verfinstert sich Theres Gesicht.

„Aber wenn des rauskummt? Wos passiert mit der Olga? Schickens die wieder furt? Und wenn ja, wohin? Wos ma da scho alles g'hört hod ...", lässt sie die schrecklichsten Vermutungen im Raum stehen.

„Mir derfa des niemandem sog'n. Sonst passiert der Olga a Unglück!", bestimmt er. „Lass mi no a bissl nachdenka, mir fallt scho no a Weg ei, weäih mia der Olga helfa kinna."

Melchior

Die Luft auf der hinteren Obstwiese flirrt nur so vor Schmetterlingen, Bienen und Fliegen, als Melchior und Andreas diese durch das kleine Holztor betreten. Die vielen Apfel- und Kirschbäume sind in diesem Sommer übervoll mit Früchten. Noch trägt der Stamm sie ohne Mühe, doch schon in ein paar Wochen werden die Äste mit ihrer Last zu kämpfen haben. Da kann die Mama wieder viel Marmelade einkochen, freut sich Melchior beim Anblick des Obstes. Schweigend überqueren die jungen Männer die Wiese auf einem Trampelpfad und gelangen so an den Holzzaun, der das Grundstück vom Acker trennt. Von hier aus haben sie einen weiten Blick über die golden leuchtenden Getreidefelder bis hin zum dunklen Waldrand.

„Hier geht unser Ackerland los. Bis vor ein paar Jahren hat der Opa das alles noch bewirtschaftet. Aber irgendwann ist ihm das zu viel geworden und jetzt hat er alles verpachtet. Viel Arbeit war das schon. Ich kann mich noch ans Kartoffelklauben erinnern, da muss ich so neun oder zehn Jahre alt gewesen sein. Oder ans Steine klauben, das war kein Spaß. Zum Glück sind die Zeiten vorbei."

„Ja, davon hat mir meine Mutter auch oft erzählt. Von den Arbeiten hier auf dem Hof. Beklagt hat sie sich aber nie darüber. Oft hatte ich sogar den Eindruck, als ob es ihr hier gefallen hätte. Von deiner Großmutter und dem Anderl hat sie immer nur in den höchsten Tönen gesprochen. Sie wurde trotz der Umstände gut behandelt."

Wieso haben bei uns alle darüber geschwiegen, wieso hat keiner auch nur ein Wort über Olga verloren? Offensichtlich hat sie ihre Zeit auf dem Hof eher positiv als negativ in Erinnerung, folgert Melchior aus dem Gespräch. So gesehen gibt es nichts zu verheimlichen, oder doch?

Dem Zeitungsvolontär kommt noch ein anderer Gedanke: „Hat deine Mutter den Deutschen verziehen, was diese ihr angetan haben?"

Der andere wird nachdenklich. „Sie sagt jedenfalls immer, dass das Grauen auch deshalb geschehen konnte, weil die deutsche Bürokratie damals so gut funktionierte. Gestützt von lauter geduckten Menschen ohne Willen zum Widerstand. Das hat sie traurig gemacht."

„Und dein Vater, wieso ist der nicht mitgekommen?", erkundigt sich Melchior und ritzt mit einem spitzen Stein kleine Striche in den Zaun vor sich.

„Der ist schon lange tot. Er ist kurz nach dem Krieg gestorben, ich kannte ihn gar nicht mehr, war damals noch ein Baby. Meine Mutter hat überlegt, wieder zurück nach Warschau zu gehen. Aber es gab Gerüchte, dass die Rückkehrer dort in Lager gesperrt werden, und so hat sie sich entschlossen, trotz allem hier in Deutschland zu bleiben. Sie hat nicht mehr geheiratet."

Melchior fühlt, dass Andreas zu diesem Thema nicht mehr sagen will. Trotzdem fragt er sich, wer dieser Vater wohl war und wie er gestorben ist. Gedankenverloren nimmt er den nächsten Stein zur Hand und bearbeitet weiter den Zaun. War Andreas Vater auch als Zwangsarbeiter nach Deutschland verschleppt worden? Oder war er ein Deutscher gewesen? Immer mehr Fragen tauchen in seinem Kopf auf. War es gar jemand aus dem Dorf? Schnell rechnete er im Kopf nach, wie alt der Großvater damals war. Aber nein, das konnte nicht sein. Der Opa hatte Olga bei ihrer Ankunft fast väterlich behandelt. Hier war kein Platz für Verliebtheit, auf keiner Seite, da war er sich sicher. Die ablehnende Haltung seiner Mutter fiel ihm wieder ein. Es muss einen Zusammenhang geben. Was verband den Großvater mit Olga und machte seine Mutter wiederum so mürrisch?

„Lass uns wieder ins Haus gehen, es wird bald Abend und wir müssen noch ein ganzes Stück zurück in unser Hotel fahren", unterbricht Andreas seine Grübelei.

„Könnt's ihr mich vielleicht mit nach Regensburg nehmen? Eigentlich wollt ich morgen früh mit dem Zug fahren, aber ich hätt nix dagegen, wenn ich heut Abend wieder von hier wegkomm."

„Kein Problem, es liegt ja fast auf dem Weg. Wir hatten eh geplant, die Tage noch einen Stadtbummel zu machen. Vielleicht kannst Du uns noch den einen oder anderen Tipp geben. Soll ja eine recht gut erhaltene, mittelalterliche Stadt sein."

„Des schon, die Frage is nur, wie lange das noch so bleibt. Wenn es nach den Stadtoberen geht, würden's lieber heute als morgen die alten Häuser einreißen und dafür große Straßen, Parkplätze und Autobahnen bauen. Die kleinen, verwinkelten Gassen und Hinterhöfe sind ihrer Ansicht nach Schandflecken", kommt Melchior auf sein aktuelles Lieblingsthema zu sprechen. „Aber das werden wir zu verhindern wissen. Ich hab mich vor kurzem den Altstadtfreunden angeschlossen und wir versuchen nun, den Bürgern den Reiz der alten Stadt wieder näherzubringen."

Dankbar, einen interessierten Zuhörer gefunden zu haben, schildert er Andreas auf dem Weg zurück zum Haus die Einzelheiten zum geplanten Altstadtfest. Die Verflechtungen zwischen dem Großvater, Olga und der Mutter hat er dabei längst wieder vergessen.

+++

Es kommt noch so weit, dass sie die alten Kastanien und den schönen Biergarten einem Parkplatz opfern werden, spekuliert Melchior beim Betreten der gekiesten Schankwirtschaft. Die alten Bäume spenden angenehmen Schatten und die Luft ist mit einem Mal nicht mehr trocken und heiß, sondern kühl und feucht. Auf ein paar zusammengeschobenen Bänken in der Mitte des Biergartens sitzen schon die ersten Altstadtfreunde zusammen. Erwartungsvoll setzt er sich zu ihnen an den verwitterten Holztisch und bestellt bei der feschen Bedienung eine Radlermaß. Als diese das Getränk bringt, zwinkert sie ihm kurz zu und Melchior schaut errötend zu Boden. Verlegen setzt er zum Trinken an und beobachtet dabei, wie außen am Glas tropfenweise Kondenswasser entlangrinnt.

„Prost miteinand'!", ruft Stadler, ein Vorstand der Altstadtfreunde, laut in die Runde. Schlagartig verstummt das Getuschel.

Die abschließende Planungssitzung ist eröffnet. Gespannt wartet Melchior auf seinen großen Auftritt.

„Wie ihr alle wisst, gab es für uns schon einige Hürden zu überwinden, um überhaupt so weit mit unserer Planung für das Bürgerfest zu kommen.

Endlich können wir unseren Mitbürgern zeigen, aus welch wunderbaren Kleinoden unsere Altstadt besteht. Und damit hoffentlich verhindern, dass diese der Abrissbirne zum Opfer fallen", beginnt er einleitend eine kurze Zusammenfassung der Aktion für alle neu dazugekommenen Unterstützer des Vorhabens. „Der Durchgang zum goldenen Turm wird seit Jahren als Garage für unseren Oberbürgermeister missbraucht, die wundervollen Hinterhöfe sind gänzlich unbekannt und überhaupt erscheint die Innenstadt grau und schäbig. Wenn wir zeigen können, wie schön es dort ohne Autos ist, kippt vielleicht endlich die Stimmung und wir finden Gehör!"

Zustimmendes Gemurmel ist überall zu hören. Melchior sieht rings um sich in gebannte Gesichter und spürt, wie die aufmunternden Worte von Stadler eine euphorische Welle erzeugen, die alle mitreißt. Die Energie, welche durch das freiwillige Engagement jedes Einzelnen der Gruppe freigesetzt wird, wirkt anregend. Melchior kommt der Vergleich mit einer Schulklasse in den Sinn, in der jeder einzelne Schüler sich darum reißt, dem Lehrer die richtige Antwort geben zu dürfen.

„Zum Glück denkt unser Oberbürgermeister ja mittlerweile, dass wir uns mit dem Fest komplett blamieren werden, und lässt uns in Ruhe. Der Staatssekretär Schmiedl macht dagegen noch ein bisschen Ärger. Dem fahren wir mit unserer Bürgerbewegung natürlich voll in die Parade. Aber München ist weit weg und bis die was weiterbringen, fließt noch viel Wasser die Donau runter", schließt er freudig seine Einleitung. „Bis in vier Wochen haben wir aber noch einiges zu erledigen: Die Kaufleute müssen überzeugt werden, dass wir Plakate in ihren Schaufenstern anbringen dürfen ..."

„Da bin ich gerne behilflich und klappere die Geschäfte ab. Mir wird man die Bitte nicht abschlagen", ruft der stadtbekannte Kaufmann Hans Rosengold dazwischen.

Überrascht drehen sich einige Köpfe nach ihm um.

„Ich kenne die meisten Ladenbesitzer von klein auf. Ich werde sie schon zu überzeugen wissen. Wir Händler in der Altstadt halten zusammen!"

„Vielen Dank, wir können jede Unterstützung gebrauchen", freut sich Stadler. „Wie schaut's bei der Planung für die musikalische Untermalung des Festes aus?"

„Alles soweit klar", kommt es von einem dunkelhaarigen Studenten mit Wuschelkopf und Nickelbrille zurück. „Der Domorganist ist mit einer Maß Bier als Gage zufrieden, die eine oder andere Band braucht vielleicht zwei oder drei davon. Strom für die Anlagen auf den Bühnen bekommen wir von den Nachbarhäusern, ist alles geregelt."

„Das läuft ja wie geschmiert. Kommen wir zum nächsten großen Punkt auf der Tagesordnung: Was macht die Presse?", fragt Stadler weiter.

Melchior reißt den Kopf nach oben, mit leicht zitternden Händen sucht er seine Notizen zusammen und räuspert sich.

„Ich konnte bisher schon so einiges erreichen: Unser Kulturredakteur hat sich bereit erklärt, in den nächsten Wochen drei Artikel zum Bürgerfest zu schreiben. Der letzte davon erscheint am Freitag vor dem Fest. Somit dürfte auch der letzte Einwohner der Stadt mitbekommen, was wir hier planen. Die überregionale Berichterstattung ist ein bisschen schwieriger, auf eigene Kosten will keiner anreisen. Ich hab mit einem Redakteur vom ZDF telefoniert, der kommen will, wenn wir ihm und seinem Kameramann das Hotelzimmer bezahlen. Da wir aber fast kein Budget haben, wird das eher schwierig", schließt er seinen kurzen Vortrag.

„Koa Problem, i kenn den Chef vom Parkhotel, die spendieren uns bestimmt zwoa Zimmer. Den ruf i gleich morgen an", antwortet eine blonde Frau aus der hinteren Reihe der Versammlung. „Kannst schon arrangieren, den Deal mit'm ZDF!"

„Die großen Ideen brauch'n ned nur Flügel, sondern auch a g'scheits Fahrwerk!", raunzt ihm sein Tischnachbar zu. Ob er nun den organisatorischen Unterbau des Festes oder den wohl geformten Hintern der blonden Frau meint, ist Melchior nicht ganz klar.

Das Treffen ist kurz darauf zu Ende und er macht sich vergnügt auf den Weg zu seinem kleinen Zimmer in der Altstadt. Er schlägt den etwas längeren Weg am Fluss entlang ein. Die Sonne geht gerade unter und lässt den Himmel zartrosa aufleuchten. Mit ihr verschwindet endlich die Hitze des Tages und eine leichte Brise weht vom Wasser her, welches die letzten Sonnenstrahlen glitzernd einfängt.

Vor ihm erstrahlt der Brückturm golden im letzten Licht des Tages. Hier war vor Jahren eine vierspurige Stadtautobahn als Ost-West-Verbindung geplant, erinnert er sich beim Weitergehen. Und der Turm sollte dafür weggerissen werden, geht's noch? Bei einer seiner ersten Begegnungen mit den Altstadtfreunden hatte Stadler ihm vom geplanten Autobahnkleeblatt erzählt. Die Entwürfe sahen neben der Ost-West-Trasse eine sechsspurige Nord-Süd-Trasse vor. Beide Autobahnen hätten sich in der Nähe des Donauufers rund um das Kolpinghaus gekreuzt. Zusätzlich sollte eine Südtangente den Verkehr durch die fürstliche Allee führen und hätte somit das Aus für das kleine Naherholungsgebiet mitten in der Stadt bedeutet. Zum Glück ist es nie dazu gekommen.

Die Stadt soll als Wirtschaftsstandort attraktiver gemacht werden, dass ich nicht lache. Was soll denn bitte an einer Stadt attraktiv sein, die ihr historisches Erbe und die Grünflächen zugunsten von breiten Straßen und Parkplätzen zerstört? Als nächstes wollen die wohl noch eine Fabrik neben den Dom bauen und aus der alten Schnupfe ein Einkaufszentrum machen? Dem Schmiedl, diesem schmierigen Provinzpolitiker, ist wirklich nichts heilig. Ohne mit der Wimper zu zucken, würde der die Altstadt den Baggern zum Fraß vorwerfen – Bürgerbegehren hin oder her. Auf das Wohl des Einzelnen kommt es dem sicher nicht an. Und so einen machen sie zum Staatssekretär!

Plötzlich fällt ihm wieder ein, dass er mit dem Opa über diesen Staatssekretär Schmiedl reden wollte. Auch wenn der so abweisend auf den Namen des Politikers reagiert hatte, will Melchior ihn doch noch einmal darauf ansprechen. Ich ruf den Großvater von daheim aus an, nimmt er sich vor. Er hat das Gefühl, noch etwas Wichtiges vergessen zu haben. Ach ja, ich wollte ihn auch nach der Olga-Geschichte fragen! Bevor ich das Gespräch noch lange vor mir herschiebe, erledige ich es am besten gleich, spricht er sich selbst Mut zu.

Er biegt vom Fluss aus nach links in eine kleine, dunkle Gasse ein. Er geht an einigen Hinterhöfen vorbei, die entweder mit Autos zugeparkt sind oder mit altem Gerümpel vollstehen. Zwei Querstraßen weiter ist er an dem alten Turm angekommen, in dem sich sein kleines Zimmer befindet. Er steigt die knarrende Holztreppe in den dritten Stock hinauf, vorbei an je zwei Zimmern und einem Etagenklo. Die anderen Mieter kennt er nur vom Grüß-Gott-Sagen. Er hat den Eindruck, viele würden lieber in einer Hochhauswohnung am Stadtrand leben, sind aber aus Kostengründen hier hängen geblieben. Eigentlich, denkt er beim Hochgehen weiter, wäre der Turm ein ideales Studentenwohnheim. Leider wollen nicht mal die hier in der Altstadt wohnen. Schad drum!

Oben angekommen, schließt er die speckige Holztüre auf und tritt ein. Auch wenn vor seinem Zimmer alles alt und verkommen ist, der Raum selbst ist hell und gemütlich. Bevor er eingezogen ist, hat er die alten Holzdielen mühsam abgeschliffen und sie dann mit Wachs eingelassen. Die Holzfenster hat er von ihrem dunklen Lack befreit und weiß gestrichen, ebenso die Wände. So viel Engagement hat mir, dem Schreiberling mit den zwei linken Händen, vorher keiner zugetraut, denkt er immer wieder stolz, wenn er sein Reich betritt. Ausgestattet ist es mit einem Holzbett, einem Korbsessel, ein paar Regalen und einem kleinen Schrank. In der Küchenecke steht eine Emaillespüle, daneben zwei elektrische Kochplatten. In der Mitte des quadratischen Raumes thront auf dem stabilen Bauerntisch, einem Geschenk vom Großvater, die Helvetia Schreibmaschine, sein liebstes Stück in der Wohnung. Unter dem Fenster steht eine elektrische Heizung. Die schafft es im Winter mehr schlecht als recht, Wärme in den vier Wänden zu verbreiten. Der Blick aus dem Fenster ist dafür spektakulär. Er geht Richtung Westen und Melchior sieht ein Meer aus verschiedenfarbig gedeckten Dächern und Gauben vor sich, kleine, versteckte Balkone und Hinterhöfe. Die schönsten Plätze der Stadt liegen ihm zu Füßen. In der Ferne setzen sich die Winzerer Höhen in einem satten Grün vom blauen Himmel ab.

Gleich neben der Tür steht das Telefon auf dem Boden. Das Kabel ist einige Meter lang und so nimmt er es mit zum Bett. Melchior lässt sich darauf fallen und wählt die vertraute Nummer. Nach kurzem Läuten nimmt der Vater ab.

„Servus Bappa. Schad, dass mir uns gestern nimmer g'sehn hom. Aber der Besuch vom Großvater hod mi mit in die Schtod g'numma und i musst ned mit'm Zug fohrn. Deshalb bin i scho eher wieder abg'haut."

„Ist schon in Ordnung. Ich war eh bis um zehn in der Klinik und danach ziemlich erledigt. Zum Glück hab ich jetzt ein paar Tage frei – wenn nicht ein Notfall reinkommt. Ist immer das Gleiche, du kennst das ja", entgegnet er ihm. „Da hast du wohl die richtige Entscheidung getroffen, nicht in meine Fußstapfen zu steigen. Heut würd ich mir das vielleicht auch anders überlegen. Und wie läuft's bei dir? Macht's noch Spaß, das Schreiben für die Zeitung?"

„Ja, auf alle Fälle. Jeden Tag seh' und lern ich was Neues. Auch wenn es oft um regionalen Schmarrn geht, ist es doch interessant zu sehen, wie man den richtig verpackt." Bei Gesprächen mit dem Vater passt er sich automatisch dessen Sprechweise an, die dieser durch seinen Klinikalltag angenommen hat. „Du, ist der Opa in der Nähe? Ich muss ihn mal was fragen zu einem Artikel, für den ich gerade recherchiere." Ihm ist es auf einmal peinlich, vor dem Vater zuzugeben, dass ihn die alten Geschichten interessieren. Dann lieber eine kleine Notlüge.

„Ja, der sitzt vorm Haus. Ich hol ihn gleich. Mach's gut und schreib keinen Blödsinn!", verabschiedet er sich lachend. Kurz darauf hört er die vertraute Stimme vom Anderl.

„Ja servus Bua, weäih geht's? Host scho wieder Heimweh nach uns?"

„Na Opa, i hob nur vergess'n, di wos zu frag'n. I hob doch in der Schtod den Staatssekretär Schmiedl troff'n und der kennt di anscheinend. Und i hob mi g'fragt, woher? Und dann wollt i di no wos anderes frag'n. Weil doch die Olga und der Andreas gestern da woar'n. Wieso habts ihr von denen vorher no nie was erzöhlt?"

Mit klopfendem Herzen wartet er auf eine Antwort. Es hat ihn doch einige Überwindung gekostet, das heikle Thema anzusprechen. Er ist sich sicher, dass der Großvater ihm eine Erklärung geben kann. Auch wenn er manchmal nicht mehr weiß, welcher Tag gerade ist, erinnert er sich bestens an die Zeit bis 1945. Mit Olga hat er ja lange und ausführlich über viele kleine Details von damals gesprochen. Manche davon hatte sogar die Polin schon vergessen.

„Opa?"

Keine Antwort. Am anderen Ende vernimmt er röchelnde Atemgeräusche, ein dumpfes Poltern und schlurfende, schwerfällige Schritte, die sich vom Telefon entfernen. Ratlos legt er auf.

Anderl

Als er die Namen Schmiedl und Olga hört, macht sich mit einem Mal ein beklemmendes Gefühl in Anderl breit. Den Hörer lässt er gedankenverloren neben das Telefon fallen und geht schwer atmend zurück zu seiner Bank. Während Minka auf seinen Schoß springt, führt ihn seine Erinnerung an einen Tag vor fast 30 Jahren zurück. Er hat die Szenerie so deutlich vor Augen, als ob es erst gestern gewesen wäre.

+++

Der Himmel über ihm wirkt fast bleiern. Vielleicht gibt es nochmal Schnee, denkt Anderl, als er zum Heuschober geht. Knatternd biegt ein Motorrad in die Einfahrt zum Hof ein. Darauf sitzen zwei Gestalten in braunen Uniformen der NSDAP. Bei genauerem Hinsehen erkennt Anderl nun auch die Beflaggung des Motorrads: eine blau umrandete, weiße Fahne mit goldenem Reichsadler, der über dem Hakenkreuz schwebt, links und rechts flankiert von den Buchstaben „O“ und „L“, die den Fahrer als Ortsgruppenleiter ausweist. Oh mei, der Schmiedl und sein Handlanger, was die wohl herführt? Vor ihm will gerade jemand die Tür des Heuschobers von innen öffnen. Als er das graue Kopftuch von Olga erkennt, gibt er ihr mit der rechten Hand verstohlen ein Zeichen. Sofort schließt sich die Tür wieder. Mit einem mulmigen Gefühl geht er auf die beiden Männer zu.

„Griaß di Schmiedl, wos gibt's?“, fragt er.

„Heil Hitler, Anderl“, gibt dieser zurück. „Wird wohl numal schneia.“

„Ja, da Winter hod uns des Joahr fest im Griff.“ Abwartend steht er vor den Männern. Mit einem Kopfnicken schickt Schmiedl seinen Begleiter weg. Dieser zündet sich eine Zigarette an und stellt sich rauchend vor die Tür zum Heuschober. Anderl wird nervös, versucht dies aber zu verbergen, indem er ein Taschenmesser aus seiner Hosentasche nimmt und damit seine Fingernägel sauber macht.

„Du, Anderl, sog amal, wie stehts bei eich? Macht sie sich guad, die neie Magd? I hob scho so komische Sach'n g'hört."

Trotz seiner eher kleinen Statur baut sich Schmiedl drohend vor Anderl auf. Unbeirrt holt der weiter den schwarzen Dreck unter seinen Nägeln hervor.

„Kannt nix Schlecht's sog'n. A große Hülf is uns, die Olga. Und grod etz, wo sogar die Schulbubn einzog'n werd'n, wüsst'n mir ned, wos mir ohne sie macha sollt'n." Nach außen hin wirkt er ganz ruhig, doch innerlich beginnt er zu brodeln. Seine Leidenschaft für Olga weckt seinen Beschützerinstinkt. Dieser Grobian wird ihr kein Leid zufügen!

„Der Führer braucht jed'n Mann für den Endsieg und der steht kurz bevor! Und mit sechzehn is ma allemal oid genug, um seim Land zu dienen. Die Buam san sogar froh darüber, dass sie ihrem Land jetzt no hölfa kina!"

„Des glaubst ja sölber ned", nuschelt Anderl leise vor sich hin und lässt hörbar das Taschenmesser zusammenschnappen. Er steht immer noch gelassen da, obwohl er den Anderen am liebsten vom Hof jagen würde. „Also wia g'sagt, ohne die Olga wär'n mir aufgschmiss'n. Gibt nix zum Beanstanden", verkündet er laut und deutlich und steckt das Messer in seine Hosentasche.

„Na guad, wollt bloß amal hör'n, ob aa wirklich alles seine Ordnung hod. Aber falls mir aa nur oa Unregelmäßigkeit zu Ohren kummt, dann muss i handeln. Des verstehst du doch sicher."

Er dreht sich weg und will zurück zum Motorrad gehen. Auf einmal hält er inne und wendet sich nochmal Anderl zu: „A hübsches Madl is ja scho, wär fast schad drum, wenn's abg'holt werden würd. Sag ihr doch noch an scheäihna Grouß von mir, der Olga!"

Mit einem anzüglichen Grinsen winkt er seinen Handlanger zu sich, beide steigen schwerfällig auf das Motorrad und fahren vom Hof. Keinen Moment länger hätte Anderl seine Ruhe bewahren können. Er ballt seine Hände zu Fäusten und stellt sich vor, wie er damit Schmiedl mitten ins Gesicht schlägt. Aber damit würde er Olga nicht helfen. Er muss sie beschützen! Sorgenvoll schaut Anderl auf die noch glimmende Zigarette vor dem Heuschober. Auch wenn sich Schmiedl schon immer nach dem Wind gedreht hat, ein unberechenbarer und gemeiner Hund ist er noch dazu, denkt er grimmig. Vor dem müssen wir uns in Acht nehmen.

Walburga

„Du hast mir noch gar nichts über den Besuch von Olga und ihrem Sohn erzählt. Wie war's denn? Habt ihr euch gut verstanden?“, erkundigt sich Clemens nach dem Abendessen.

Sofort spannt sich ihr ganzer Körper an. Walburga steht an der Spüle und reinigt das Geschirr. Es ist, als ob mit dem Namen „Olga“ ein Schalter umgelegt wurde und ihren Kopf von ihrem Körper getrennt hätte. Mit einem Mal fühlt sie weder die warme, schaumige Seifenlauge, noch nimmt sie das strahlende Gelb des Schwamms war. Sie spürt nicht die glatte Oberfläche der Teller zwischen ihren Fingern und auch nicht den luftigen Schaum auf ihrem Handrücken. Sie könnte im Moment nicht einmal mit Sicherheit sagen, ob es im Raum warm oder kalt ist. Automatisch verrichtet ihr Körper die Arbeit, während in ihrem Kopf die Gedanken rasen.

Mühsam stammelt sie eine Antwort: „Der Vater hat sich sehr gefreut, die Olga wiederzusehen und ihren Sohn kennenzulernen. Ein sehr netter junger Mann, Bauingenieur, kümmert sich gut um seine Mutter. Die Olga ist immer noch eine sehr gut aussehende Frau, sehr gepflegt und weltgewandt.“

„Konntest du dich noch an sie erinnern? Wie alt warst du damals, als sie zu euch auf den Hof gekommen ist?“

„Ich muss so dreizehn oder vierzehn gewesen sein. Ich kann mich noch gut an sie erinnern. Sie war damals eine sehr hübsche, junge Frau. Fast hab ich sie um ihr gutes Aussehen beneidet. Alle auf dem Hof haben sie gemocht. Der Vater hat sie für ihren Fleiß immer gelobt und über ihre Geschichten hat er immer sehr gelacht.“

„Das klingt ja fast so, als ob du auf sie eifersüchtig warst“, meint ihr Mann neckend.

Ihr Gesicht wird mit einem Mal ganz blass. All die verdrängten Gedanken stürzen auf sie ein. Vor ihrem inneren Auge taucht ein Bild auf. Der Vater legt vertrauensvoll die Hand auf Olgas Schulter und spricht ihr leise ins Ohr. Sie blickt ihn daraufhin hoffnungsvoll an. Dicke Tränen kullern aus ihren Augen. Schließlich versinken der Vater und Olga in einer innigen Umarmung. Und dann küsst er sie liebevoll auf die Stirn. Ihr ganzes Leben lang konnte Walburga dieses Bild nicht vergessen. Und ebenso die Angst, nicht das einzige Kind ihres Vaters zu sein. Damals traute sie sich nicht, mit jemandem darüber zu sprechen. Der einzige Mensch, dem sie sich vielleicht anvertraut hätte, war tot. So behielt Walburga alles für sich, machte eine Ausbildung, heiratete und bekam ein eigenes Kind. Lange konnte sie die Sorge um eine Affäre ihres Vaters verdrängen. Doch der schnelle Tod ihrer Mutter vor einem Jahr ließ die unterdrückten Gedanken wieder auftauchen. Wieso hatte sie nie den Mut, die Mutter darauf anzusprechen? Diese muss doch über den Betrug Bescheid gewusst haben. Letzten Endes hat die Mutter dieses Geheimnis mit ins Grab genommen. Und auch die Chance auf eine Aussprache ist endgültig dahin.

Die Anspannung ist wieder da, stärker als zuvor. Sie muss sich am Spülbecken abstützen, für einen Moment verschwimmen die Umrisse der Teller vor ihren Augen. Sie schnappt nach Luft.

„Alles in Ordnung?“, fragt Clemens leise.

„Nix is in Ordnung! Ich hab Angst“, sprudelt es unter Tränen aus ihr heraus. „Angst, dass ich nicht das einzige Kind vom Vater bin.“

Endlich ist er heraus, der Satz, der so viel Furcht mit sich bringt und Kraft kostet. Sie rutscht auf den Boden, die Ellbogen auf den angewinkelten Knien, die Hände vor dem Gesicht. Langsam löst sich die Spannung, mit jedem Schluchzer fühlt sie sich leichter. Er setzt sich neben sie auf den Boden und wiegt sie sanft in seinen Armen. Nach einer Weile wischt sie sich die Tränen aus den Augen und schaut ihn an.

„Gestern im Wohnzimmer musst ich immer zwischen dem Vater, der Olga und dem Andreas hin- und herschauen und nach Gemeinsamkeiten suchen. Und bei jedem Satz hab ich darauf gewartet, dass sie mir sagen, das ist dein Bruder. Ich wär fast wahnsinnig geworden.“

„Meinst du nicht, das hätten dir deine Eltern längst schon erzählt?“

„Ich weiß nimmer, was ich glauben soll. Der Vater und die Olga waren immer so vertraut miteinander. Und die Mutter hat nie was dazu g’sagt.

Nie ein schlechtes Wort über die Olga. Ich war im Krieg mit mir selbst beschäftigt, war das erste Mal verliebt und hab Angst g'habt, dass dem Jungen was passiert. Kurz vor Kriegsende is er noch eingezogen worden und ich hab um sein Leben gebangt."

Wieder muss sie an den Schuss von damals denken, der ihr den Freund genommen hat. Wie dringend hätte sie damals seine Unterstützung gebraucht! All ihre Hoffnung und all ihr Sehnen lagen in der Verbindung zu Ferdi. Für einen kurzen Moment sieht sie die Szene wieder vor sich, sieht, wie eine kleine, gedrungene Gestalt in einer braunen Uniform durch die Bäume schlüpft und den tödlich verletzten Jungen zurücklässt. Der grausame Verlust hatte sie einsam gemacht, sie hatte sich von ihrer Familie zurückgezogen.

Fast tonlos sagt sie: „Ich kann mich nimmer daran erinnern, wie des mit der Olga und dem Kind war".

„Aber wieso kommt sie ausgerechnet jetzt zu euch? Das versteh ich nicht. Wenn der Andreas der Sohn vom Anderl ist, dann hätte sie euch das schon viel früher sagen können."

„Vielleicht weil die Mutter nimmer da ist? Vielleicht hat sich die Olga vorher ned auf den Hof getraut. So viel Anstand wird sie schon noch g'habt ham, dass sie der Mutter ned des Herz bricht."

„Sei mir nicht böse, aber das hört sich alles nicht sehr schlüssig für mich an. Ich glaub eher, dein Vater hat der Olga in einer schwierigen Zeit zur Seite gestanden und dafür war und ist sie ihm sehr dankbar. Der Anderl ist in meinen Augen ein aufrechter und ehrlicher Mensch. Und einer der Wenigen, die wirklich helfen, wenn es darauf ankommt und nicht nur reden."

Ein Teil in ihr will das unbedingt glauben. Ein anderer sagt ihr, dass Clemens Unrecht hat.

Melchior

Mit tropfender Badehose radelt Melchior die paar hundert Meter vom Donauufer zu seinem Zimmer zurück. Ein kleines, verwaschenes Handtuch liegt auf seinen Schultern. Das kühle Bad im Fluss hat ihn richtig wach und seinen Kopf wieder klar gemacht. Bevor er zur Zeitung fährt, wird er noch Franzi anrufen. Seit er in der Stadt wohnt, hat er nur noch wenig Zeit für den besten Freund und deshalb ein schlechtes Gewissen. Vielleicht kann ein Telefongespräch und die Planung eines gemeinsamen Wochenendes dieses vertreiben. Und Melchior erfährt dabei, ob daheim alles in Ordnung ist. Er macht sich Sorgen um den Großvater, weil dieser beim gestrigen Telefonat einfach aufgelegt hatte.

In seiner Wohnung angekommen, macht er sich nicht einmal die Mühe zu duschen. Er zieht sich rasch die nassen Sachen aus, schlüpft in Jeans und T-Shirt und holt unter dem Bett das Telefon hervor.

„Servus Franzi, hob i di aufg'weckt?"

„Ja", grummelt dieser ins Telefon. „Seit wann bist du denn so a Frühaufsteher? Is in der Schtod so a Gaudi, dass ma mit die Hühner aufsteh muss und ned ausschlaffa ka?"

„Nà, eigentlich ned. I wollt einfach numal nachfrog'n, ob des mit dei'm B'such bei mir zum Bürgerfest klappt? I dad mi narrisch g'freia, wennst kummst!"

„Ja klar, ausg'macht is ausg'macht. Und i mecht seh'n, wos dir an der Schtod so guad g'fallt. Weil bis jetzt hob i no ned verstand'n, wieso du vu dahoam weg bist."

Das bringt ihn zum Nachdenken. Was genau hat ihn von daheim weggetrieben? Oder wurde er vielmehr irgendwo hingezogen? Wenn er an Zuhause denkt, wird er fast wehmütig. Die Geschichte mit den kleinen Küken kommt ihm wieder in den Sinn. Als er und Franzi noch in der Grundschule waren, hatten sie ganze Ferientage auf dem Nachbarhof verbracht. Mare, die Bäuerin dort, zog ihre kleinen Küken ganz ungeniert in der Küche auf. Die Tiere hockten meist ganz brav in der Holzschublade des großen Holzofens und freuten sich auf die Leckerbissen, mit denen sie von ihr gefüttert wurden. Ab und zu stibitzten sie nach dem Essen die Salatreste aus der großen Salatschüssel. In eben dieser Schüssel wusch der Bauer sich jeden Abend nach getaner Arbeit die Füße. Nun hatte er wohl eines Tages vergessen, das Schmutzwasser über Nacht auszuleeren. Jedenfalls fand die Bäuerin am kommenden Morgen all die kleinen Wutzerln ersoffen in der Schüssel vor. Er und Franzi richteten daraufhin ein stattliches Begräbnis für die dahingeraffte Brut aus. Gut kann er sich noch daran erinnern, wie sie die leblosen Körper gerade noch vor dem Bauern in Sicherheit bringen konnten, der die toten Küken einfach auf den Misthaufen befördern wollte.

„Ach Franzi, koa Ahnung. Aber irgendwie hob i scho als kloaner Bua g'wusst, dass i auf dem Dorf ned glücklich werd."

Oder, dass ich weg muss von meiner Mutter, fügt er in Gedanken hinzu. Er traut sich nicht mal vor seinem besten Freund, dieses Geständnis laut zu äußern. Früher hatte er sich nichts sehnlicher erhofft, als dass die Mutter stolz auf ihn war. Aber egal was er machte, sie schien nie zufrieden mit ihm zu sein. Wie oft hatte er sich gewünscht, dass sie ihn einfach in den Arm nahm, ihm sagte, was für ein toller Junge er war. Irgendwann hatte er es aufgegeben, sein Verhalten ihren Wünschen anzupassen und beschlossen, von zu Hause wegzugehen.

„Du, no wos anderes. Is bei uns dahoam alles in Ordnung? Der Opa hod gestern beim Telefonieren einfach aufg'legt und i mach mir a bissl Sorg'n um ihn."

„Basst scho alles. Der Anderl wor zwar gestern mal wieder für kurze Zeit verschwund'n, aber dann is er von sölber wieda auf'taucht. An kloana Schrecken hod er deiner Mama wohl scho eing'jagt. Wird halt aa alt und vergesslich, der Anderl. Und i hob g'hört, ihr habt's B'such von der Polin g'habt. Des werd nen aa aus'm Gleichg'wicht bracht hom. Wer denkt scho gern an den Krieach zruck? Und an die Sach mit der Bahnunterführung."

„Von wos redst jetzt du?", fragt Melchior seinen Freund verblüfft.

„Ja woaßt du des ned? I kenn die G'schicht aa ned genau. Irgendwer in Fichtenried wollt im Krieach die Amis aufhalt'n und um a Haar hätten s' des Dorf platt g'macht."

Melchior wird immer verwirrter. Erst taucht dieser Schmiedl in der Stadt auf, der angeblich seinen Großvater kennt, dann kommt die ehemalige polnische Zwangsarbeiterin Olga mit ihrem Sohn Andreas zu Besuch, von deren Existenz er bis dahin nichts wusste, und jetzt erzählt ihm sein bester Freund ein Gerücht über sein Heimatdorf aus dem Zweiten Weltkrieg.

Obwohl ihn Franzi daraufhin beschwichtigt und den Vorfall von damals sofort wieder herunterspielt, bleibt bei Melchior ein ungutes Gefühl zurück. Wenn sich alle so querstellen, nimmt er sich fest vor, dann gehe ich eben selbst auf Recherche und versuche mein Glück im Archiv der Zeitung. Mal sehen, was ich da zutage fördern kann.

+++

Mit dem Rad ist er in weniger als zehn Minuten im Verlagsgebäude an der Kumpfmühler Straße angekommen. Er stellt sein Gefährt im Innenhof bei den großen Containern ab, geht grüßend am Pförtner vorbei, der ihm wie immer keine Beachtung schenkt und lieber sein bärtiges Gesicht in der aktuellen Ausgabe der Tageszeitung versteckt, tritt in den Fahrstuhl und fährt in den zweiten Stock. Dort ist die Kulturredaktion untergebracht. Neubauer sitzt in einer Wolke aus grauem Rauch. Im überfüllten Aschenbecher glimmt eine Zigarette und schickt weitere Rauchfäden in die sauerstoffarme Luft. Der Kulturredakteur ist über seine Schreibmaschine gebeugt und traktiert diese mit seinem altbewährten Zwei-Finger-System.

„Guten Morgen. Liegt heute was an?", fragt Melchior und schaut gleichzeitig bei den DPA-Meldungen nach, was in der großen, weiten Welt so vor sich geht: Helmut Kohl wurde zum Vorsitzenden der CDU gewählt, der italienische Ministerpräsident Andreotti und seine Mitte-rechts-Koalitionsregierung sind zurückgetreten.

„Die Italiener haben mal wieder kein Kabinett und die CDU setzt den jungen Kohl an die Spitze. Wenn's meinen, dass des was bringt", kommentiert Neubauer lakonisch das Tagesgeschehen. „Bei uns liegt heute nix an. Du kannst an deinem Artikel über die Versammlung auf dem Haidplatz arbeiten. Dem fehlt es noch an Schwung. Ein Tipp von mir: Lass den Staatssekretär in einem guten Licht rüberkommen. Sein politischer Aufstieg hängt im Wesentlichen davon ab, ob er die Bürgerinitiative erfolgreich zerschlagen kann. Und letztendlich setzen die da oben immer ihr Vorhaben durch, da können die Bürger noch so viel protestieren."

„Wie meinen Sie jetzt des?"

„Na ja, ich kann mich noch gut an eine Aktion vor knapp zehn Jahren erinnern. Mein Sohn war zu der Zeit Schüler in der Klarenanger Grundschule. Praktisch über Nacht waren von dort um die vierzig Buben und Mädchen verschwunden. Wie sich herausstellte, wohnten die mit ihren Familien damals am Hunnenplatz und am Donaumarkt. Sie wurden von der Stadt in neue Häuser in der Nähe vom Karthaus umgesiedelt und die alten Häuser heimlich, still und leise abgerissen. Diese standen der geplanten Nord-Süd-Trasse im Weg."

Er zündet sich eine neue Zigarette an und bläst den Rauch genussvoll in Melchiors Richtung. „Und so ziemlich genau vor einem Jahr gab es von heute auf morgen eine Fußgängerzone in Regensburg. Der Weg vom Neupfarrplatz über die Weiße-Lilien- und Königsstraße bis hin zur Maxstraße wurde ohne große Vorankündigung für den Verkehr gesperrt. Am ersten Tag standen dort behelfsmäßig unbepflanzte Betonkübel und die Parkuhren wurden erst nach und nach abmontiert, so schnell ging das. Eine gute Stube im Freien sollte das werden. Für mich hat das eher nach einem kleinen Zugeständnis der Stadtverwaltung an die Bürger ausgesehen, um weiterhin ihr eigenes Süppchen kochen zu können."

Das wollen wir erst einmal sehen, wer hier am Ende seine Pläne durchsetzen kann, kommentiert Melchior im Stillen die Prognose des Redakteurs.

Eigentlich wollte er in Sachen Schmiedl und Röschl recherchieren und sucht nach einem Vorwand, um in den Keller zu gehen: „Für den Artikel muss ich ins Archiv runter und dort was nachschauen. Bin in einer halben Stunde wieder da." Mit diesen Worten verschwindet er aus dem muffigen Büro und fährt mit dem Fahrstuhl in das Untergeschoss des verwinkelten Gebäudes.

Im Archiv angekommen, geht er durch die langen, dunklen Reihen mit Registerschränken und sucht aufmerksam nach den Jahren 1945 – 1948. Dieser Teil des Archivs ist besonders staubig und schon beim Öffnen der ersten Schubkästen wirbeln kleine Schmutzpartikel durch die Luft. Schnell hat er sich an die abgestandene Luft gewöhnt und blättert zügig durch die alten Zeitungen.

Nachdem er den vierten Ordner erfolglos durchsucht hat, schwindet sein Eifer merklich und er fragt sich, wann Neubauer ihn wohl vermissen wird. Die halbe Stunde ist längst vorbei. Einen Ordner will er sich noch vornehmen und dann wieder zurück in die Redaktion gehen. Er schlägt ihn in der Mitte auf und sucht nach dem Regionalteil. Verblüfft hält er inne und schaut das vergilbte schwarz-weiß Foto vor sich genau an. Die beiden Männer, die ernst in die Kamera schauen, kennt er. Verdammt nochmal, was hat mein alter Lehrer Röschl mit dem Schmiedl zu schaffen, wundert er sich. Er hatte gehofft, das Puzzle um die Vergangenheit seiner Familie würde bald ein ganzes Bild ergeben. Nun merkt er, dass immer neue Teile dazukommen.

Walburga

Obwohl Walburga nur ein leichtes, baumwollenes Schürzenkleid trägt, laufen ihr Schweißperlen über den Rücken. Dabei hat sie gerade erst angefangen, die Wäsche aufzuhängen. Stück für Stück holt sie die strahlend weiße Kochwäsche aus dem geflochtenen Korb und befestigt jedes einzelne Teil gewissenhaft mit hölzernen Klammern. Es gibt ihr immer ein gutes Gefühl, die blitzblanken Laken und Betttücher auf der Leine baumeln zu sehen. Noch mehr Genugtuung bereitet es ihr, wenn alles ordentlich verstaut im Wäscheschrank liegt. Oder, wenn sie den sorgfältig gewaschenen Melchior als Kind in das frisch bezogene Bett gebracht hatte. Nach dem Zudecken und Gute-Nacht-Sagen fühlte sie sich von allen Pflichten befreit. Als ob sie alles erledigt hätte und nun endlich ausruhen dürfte.

Zumindest muss sie sich keine Sorgen machen, dass die Wäsche nass werden könnte. Nicht die kleinste Wolke ist am strahlend blauen Himmel zu erkennen. Wenn sie den Nachrichten Glauben schenken darf, bleibt das Wetter in nächster Zeit unverändert.

Der Sommer ist nach dem Herbst ihre liebste Jahreszeit. Stundenlang konnte sie als Kind auf dem Feld arbeiten, ohne dass ihr die Hitze etwas ausgemacht hätte. Aber seit ein paar Tagen erträgt sie diese Temperaturen kaum noch. Schon nach einigen Minuten in der Sonne muss sie sich in die Kühle des Hauses zurückziehen. Und müde wird sie davon. So oft es geht, legt sie eine kleine Ruhepause ein. Der Gedanke an eine halbe Stunde Schlaf lässt ihr die Arbeit schneller und leichter von der Hand gehen und nach kurzer Zeit geht sie ins Haus zurück.

Gerade als es sich Walburga auf dem Sofa in der Küche gemütlich gemacht hat, klingelt das Telefon. Soll der Vater doch rangehen, denkt sie verdrossen. Das Klingeln geht weiter. Wo steckt der schon wieder? Mit einem geräuschvollen Seufzer erhebt sie sich und eilt zum Telefon im Flur. Es ist Melchior.

„Griaß di Mama, hob i di von irgendwas wegg'holt, weilst so lang ned kumma bist?"

„Na, basst scho. Wos brauchst?“, schnauzt sie ihn an.

Walburga kann nicht genau sagen, wieso sie oft abweisend auf den Sohn reagiert. Es ist ein automatisches Verhalten. Melchior war schon immer ein Dickkopf und ließ sich trotz ihrer Strenge nicht von seiner Meinung abbringen. Sie denkt an seine Schulzeit zurück. Wie sie ihn mittags erwartet und trotz Nachtschicht Semmelknödel und Gulasch gekocht hatte. Wie er dann zwei Stunden zu spät nach Hause kam, mit grünen Flecken in der neuen Jeans und dem Kommentar, er habe keinen Hunger, er habe schon bei Franzi gegessen. Es war nicht die Sorge um ihn, die sie so grantig machte. Es war das Gefühl der Hilflosigkeit, des Kontrollverlustes, das in ihr anschwoll. Sie hatte die Situation nicht im Griff, und das ließ ihre Stimmung eisig werden.

Wie immer lässt er sich von ihrer schlechten Laune nicht beirren. Munter berichtet der Sohn, wie er bei einer Recherche im Zeitungsarchiv zufällig etwas über Fichtenried gefunden hat. Aufgeregt erzählt Melchior weiter, wie er ein Bild von seinem ehemaligen Lehrer Röschl zusammen mit dem Staatssekretär Schmiedl entdeckt hat. Dieses stammt aus dem Jahr 1948 und zeigt die beiden mit ihren Entlastungszeugnissen. Sie strahlen in die Kamera und der Text darunter beschreibt, wie die Männer während der Entnazifizierung als Mittäter eingestuft wurden und danach wieder ihren jeweiligen Berufen als Lehrer und Beamter nachgehen durften.

„Host du des g'wusst“, fragt er am Ende seines Berichts.

„Wos soll i g'wusst ham?“

„Na, dass der Schmiedl und der Röschl als Mittäter eingestuft und entnazifiziert worden san. Und dass sie sich gekannt ham.“

„Mein Gott, damals wurden doch alle entnazifiziert. Ob s' was g'macht ham oder ned. Der Röschl war wohl zum Kriegsende hin im Volkssturm aktiv. Aber was hätt er auch anderes machen soll'n, der hod sich halt bloß an die Befehle g'halten.“

„Und der Schmiedl, weäih pass'n die zwoa zam?“

„Keine Ahnung, den Schmiedl kenn i bloß aus der Zeitung und aus die Nachrichten aus Minga. Obwohl, des G'sicht is mir scho immer irgendwie bekannt vorkumma.“

Als sie den letzten Satz ausspricht, sieht sie ein verschwommenes Bild vor sich. Der Vater und ein kleiner, untersetzter Mann in brauner Parteiuniform sind in eine aufgeregte Unterhaltung vertieft, es kommt zum Streit. Der Mann hat eine gewisse Ähnlichkeit mit diesem Schmiedl, er ist nur sehr viel jünger. Unmerklich schüttelt sie den Kopf. Nein, das kann nicht sein. Der Vater kennt diesen Mann doch gar nicht, ihr Gedächtnis spielt ihr wohl einen Streich.

„Wieso stocherst du eigentlich in dem oiden Zeig rum?"

„Weil i dem Opa doch an scheäihna Grouß vom Herrn Staatssekretär ausricht'n sollt. Und da wollt i halt wiss'n, wos die beiden miteinander zu tun g'habt ham. Der Opa wollt mir darüber nix erzöhl'n."

Walburga denkt zuerst, sie hat sich verhört. Ihr Vater und der Schmiedl kennen sich? Nervös streift sie abwechselnd mit der linken und der rechten Hand an der Baumwollschürze entlang, um die schweißnassen Handflächen zu trocknen. Einen kurzen Moment lang ist sie versucht, das Bild von vorher nochmal genauer anzusehen, ihrem Gefühl nachzuspüren. Aber dann siegt ihr Verdrängungsmechanismus, alles wird von einem unbändigen Groll überlagert.

„Weil's nix zu erzöhl'n gibt. Lass den Vater in Ruh mit deine Hirngespinste und such dir jemand anderen, den du damit nerven kannst. Der Vater kummt sonst no ganz durcheinander."

„Aber Mama, jetzt flipp doch ned glei aus. I wollt nix durcheinander bringa. I hob mi halt g'wundert, als i des Bild g'sehn hob."

„Jetzt hör endlich auf mit dem Schmarrn. I wüll darüber nix mehr hör'n. Servus."

Wütend knallt sie den Hörer auf die Gabel. Schon wieder hört Melchior nicht auf mich! Dieser Junge macht immer, was er will! Kann er nicht einmal mir zuliebe das tun, was ich ihm sage? Leise schimpfend geht sie nach draußen. Sie will zumindest den Vater in nächster Zeit nicht aus den Augen lassen, immer öfter findet der sich nicht mehr zurecht. Wo ist er überhaupt? Genervt schaut sie sich um. Aber auf der Bank vor dem Haus findet sie nur Minka, die fest eingerollt und friedlich schnurrend dort schläft.

Teil II – April 1945
Anderl

„Wenigstens da Wettergott hod a Einseh'n mit uns", brummt Anderl vor sich hin, als er am Morgen des Ostersonntags aus dem Fenster sieht. Pünktlich zum ersten Tag im Grasmond haben sich die dunklen und Unheil verkündenden Wolken verzogen und er blickt in einen tiefblauen, friedlich wirkenden Himmel. Trost kann er darin nicht finden, hört er doch Abend für Abend im Radio mehr Schreckensmeldungen. Wie schlimm kann es noch kommen, denkt er bei jeder neuen Nachricht. Wann hat der ganze Spuk endlich ein Ende? Wie viele Männer und Frauen müssen noch ihr Leben lassen? Und wie viele Familien noch vertrieben werden? Die Flüchtlingsströme aus dem Osten scheinen nicht abzureißen. Dabei kann er es den Menschen nicht verdenken, dass sie vor den Russen davonlaufen. Geradezu unaussprechliche Gräueltaten sollen da vor sich gehen. Aber haben sich die deutschen Soldaten besser verhalten, damals, auf ihrem vermeintlichen Siegeszug gen Osten?

Zum Glück muss er die Entscheidung nicht treffen, ob flüchten oder bleiben. Beim besten Willen kann er sich nicht vorstellen, die Heimat zu verlassen. Aber würde er es fertigbringen, sich mitsamt der Familie in die Hände des Feindes zu begeben? Er darf gar nicht daran denken, was das für Theres und seine Burgi bedeuten könnte.

Am Abend im Dorfwirtshaus stimmen ihm viele seiner Nachbarn unter vorgehaltener Hand zu: So kann es nicht mehr lange weitergehen. Seit die Amerikaner im März die Rheinbrücke bei Remagen erobert haben, rücken diese immer schneller Richtung Osten vor. Und die Russen dringen unaufhaltsam Richtung Westen. Es ist nur noch eine Frage der Zeit, wann die beiden Streitkräfte aufeinandertreffen und der deutschen Armee eine endgültige Niederlage bereiten. Offen darüber sprechen darf man natürlich nicht, grämt sich Anderl. Selbst in Zeiten der absoluten Hoffnungslosigkeit muss man noch Angst davor haben, verraten und wegen Defätismus angezeigt zu werden. Heutzutage wird einem nicht einmal mehr lange der Prozess gemacht, per Standgericht wird die Todesstrafe verhängt und sofort ausgeführt. Vor der Skrupellosigkeit der NS-Schergen hat Anderl zu viel Respekt, als dass er es in der Öffentlichkeit auf eine Auseinandersetzung ankommen lassen würde.

Er wird jäh aus seinen Gedanken gerissen, als jemand mit viel Schwung die schwere Holztür aufreißt und mit einem lauten Knall wieder ins Schloss fallen lässt. Alle Gespräche im Wirtsraum verstummen schlagartig. Der Neuankömmling trägt schwarze, blank polierte Reiterstiefel. Die hellbraune Reithose und die dazugehörige Jacke wurden wohl, wie Anderl vermutet, auf Maß für die kleine, eher gedrungene Statur des Parteimitglieds angefertigt. Auf der Koppel des dunkelbraunen Ledergürtels thront der Reichsadler und am linken Oberarm befindet sich eine rote Armbinde mit Hakenkreuz. Der Ortsgruppenleiter mit den dunklen, im Nacken ausrasierten Haaren geht langsam von Tisch zu Tisch und betrachtet die Fichtenrieder dabei argwöhnisch. Als er Anderl entdeckt, verzieht sich sein Mund unter dem akkurat geschnittenen Hitlerbärtchen für einen kurzen Augenblick zu einem hämischen Grinsen.

„Griaß di Anderl, derf i mi zu dir setz'n?"

Ohne die Antwort abzuwarten, nimmt er auf dem freien Stuhl neben ihm Platz und bestellt lautstark eine Halbe. Sowohl Argwohn als auch Häme sind plötzlich verschwunden, überfreundlich erkundigt sich Schmiedl nach den letzten Geschehnissen und Vorkommnissen im Dorf. Ein Schauspieler vor dem Herrn, denkt Anderl überrascht. Dass der bei der Partei Karriere gemacht hat, wundert mich nicht. Der würde wahrscheinlich seine Großmutter an den Hitler ausliefern.

„Koa Probleme, alles in Ordnung", gibt er als Antwort knapp zurück. Er wird sich hüten, vor dem Nationalsozialisten über Missstände zu klagen. „As Wetter scheint aa besser zu werd'n. Wird Zeit, damit mir endlich die Földer bestöll'n kina."

„Da host recht. Die deitschen Soldaten braucha für den Endsieg die beste Verpflegung!"

Ist der so saublöd oder will der nicht sehen, dass schon alles verloren ist, fragt sich Anderl. Aber er macht bei dem Schauspiel mit, er hat keine andere Wahl.

„Dauert halt a bissl länger, mit die Weiberleit und die oiden Maaner. Die kina halt ned so schnöll arbeit'n", setzt er trotzig hinterher. „Und die Schulbuam kassiert der Lehrer Röschl jetzt nach dem Unterricht für seine Wehrübungen ein. Die fall'n als Hülfe aa no aus."

„Wirst seh'n Anderl, bald hama die Russen und die Amis besiegt, dann host wieder genügend helfende Händ auf'm Feld."

Und bis dahin plündern wir weiter rücksichtslos die Kornkammern Russlands, damit wir Deutschen was zu essen haben. Bald wird kein einziger Bauer mehr sein Feld bestellen, die Fluren und Wiesen werden blutgetränkt sein, argwöhnt er im Stillen. Bei dieser düsteren Prophezeiung verfinstert sich sein Gesicht automatisch und er dreht sich instinktiv weg.

Dies registriert auch Schmiedl. Leise und bedrohlich fügt er hinzu: „Sei bloß froh, dass du anstelle von am G'wehr no a Mistgabel in der Hand host. Kannt schnöll geh'n, dass sich des ändert."

Dann rafft er seine Sachen zusammen, strafft die Schulter, steht auf, hebt die rechte Hand zum Gruß und schreit: „Heil Hitler!" Schwerfällig drehen sich die Köpfe der Wirtshausbesucher nach ihm um, noch schwerfälliger heben diese nach und nach den rechten Arm und nuscheln die Grußformel unverständlich vor sich hin. Anderl lässt seinen Arm auf halber Höhe wieder sinken und greift stattdessen zum Bierkrug. Aus den Augenwinkeln sieht er, wie Schmiedl wutentbrannt über das lethargische Verhalten der Fichtenrieder aus dem Raum rauscht und die Türe laut donnernd hinter sich zufallen lässt.

Schmiedl hat recht. Er muss aufpassen. Nur eine Aktennotiz vom verhassten Ortsgruppenleiter reicht aus und er findet sich an der Front wieder.

Theres

Als Theres am nächsten Morgen die Küche betritt, hört sie ihren Mann hinter der Zeitung leise vor sich hinfluchen.

„Kreizkruzifix, des kann doch ned woahr sei. Ja san denn die wirklich alle so bled?"

„Geh weider, über was regst'n di so auf?", will sie wissen.

„Der Bormann, der Sauhund. Hör dir mal an, was der für an Mist verzapft. Da wird mir Angst und Bang." Mit monotoner Stimme liest Anderl den Artikel vor: „Jetzt ist die höchste Stunde der Bewährung gekommen. Der Kampf gegen den ins Reich eingedrungenen Gegner ist überall mit Unnachgiebigkeit und Unerbittlichkeit zu führen. Gauleiter, Kreisleiter, sonstige politische Leiter und Gliederungsführer kämpfen in ihrem Gau und Kreis, siegen oder fallen. Ein Hundsfott, wer seinen vom Feind angegriffenen Gau ohne ausdrücklichen Befehl des Führers verlässt, wer nicht bis zum letzten Atemzug kämpft; er wird als Fahnenflüchtiger geächtet und behandelt."[2]

Theres geht zum gusseisernen Ofen und heizt mit gut getrocknetem Buchenholz nach. Knisternd lecken die Flammen an den groben Scheiten, und für einen kurzen Moment bleibt sie an der offenen Klappe stehen, genießt die sich ausbreitende Wärme und den beruhigenden Flammentanz. Die Frühlingsboten von gestern haben sich zurückgezogen, das Wetter schlägt wieder um, Kälte und Regen kommen zurück. Sie setzt Wasser auf und macht sich und ihrem Mann einen Ersatzkaffee aus Chikoree. Wenigstens haben sie noch ihre eigene, rahmige Milch. Sie muss an die vielen Städter denken, denen es in diesen Zeiten am Allernötigsten mangelt. Sie gießt das heiße Wasser in die angeschlagenen Emailletassen und rührt das Pulver hinein. Dann gibt sie noch einen guten Schuss der gehaltvollen Milch und einen gehäuften Löffel Zucker dazu und stellt Anderl ein Haferl hin.

Jetzt erst setzt sie sich neben ihren Mann an den Tisch. Bekümmert blickt sie ihn von der Seite an. Er ist in den letzten Wochen vor Sorgen merklich gealtert. Der schmunzelnde, spitzbübische Zug um seine Lippen ist einem undurchdringlichen, starren Ausdruck gewichen. Sie hat den Eindruck, als ob all seine Kraft und Energie ebenfalls verloren gegangen wäre.

So viele Jahre haben sie gemeinsam durchlebt, haben viele schöne und auch weniger erfreuliche Zeiten miteinander geteilt. Und obwohl er fast zehn Jahre älter ist als sie, hatte sie immer das Gefühl, dass sie einander sehr nahe waren und zusammen alles durchstehen könnten. Mit Anderl an ihrer Seite wurden sogar ihre eigenen Ängste kleiner und er schaffte es immer, ihr Hoffnung zu schenken. Aber jetzt war davon nichts mehr zu spüren. Es scheint, als ob er allen Optimismus aufgegeben hätte.

Sie sammelt alle Kraft und legt ihre kleine Hand auf seine. Der schmale, goldene Ehering glänzt matt auf ihrer wettergegerbten Haut. Verwundert blickt Anderl sie an.

„Lass den Kopf ned hänga. Bald is der Spuk vorbei", setzt sie munter an. „Wirst seh'n, wenn die neie Saat aufgeht, bricht für's ganze Land a neie Zeit an. Und solang halt'n mir noch durch. Mir kumma doch aus da Stoapfalz, mir san einiges g'wohnt." Sie versucht ein Lächeln.

„Ach, Theres. Wenn i di ned hätt!"

Anderls Miene hellt sich für einen kurzen Augenblick auf. Dann wird er wieder nachdenklich.

„Dank dir für deine Worte. Könnt' i nur aa so zuversichtlich sei weäih du. Aber i hob des G'fühl, dass uns no a schlimme Zeit bevorsteht. Es langt ned, dass fast alle arbeitsfähigen Männer einzog'n san, etz müss'n die Oiden und die Schulbuam im Volkssturm zamg'fasst werd'n. Die ham ja ned amal g'scheide Waffen, weäih soll'n die denn kämpfa mit dene g'lumperten Gewehre? Und vor lauter Angst werden s' davulaffa und wega Fahnenflucht erschoss'n werd'n."

Er schüttelt langsam den Kopf.

„Des eig'ne Volk zugrunde richt'n und mit in Abgrund reiß'n. Des is alles, wos der Hitler g'schafft hod."

Doch Theres lässt sich nicht von der Angst und der Resignation ihres Mannes anstecken. Ihr Überlebenswille ist stärker und gut trainiert. Sie hat schon früh die Eltern verloren und von klein auf gelernt, sich alleine durchzuschlagen. Erst kümmerte sich eine Base mehr schlecht als recht um sie, später musste sie für Unterkunft und Essen bei einem Vetter auf dem Hof als Magd arbeiten. Selbst das bisschen Mitgift, das dieser für sie bis zur Hochzeit verwalten sollte, wollte er ihr am Ende streitig machen. Theres hat gelernt, sich und die ihren um jeden Preis zu schützen.

„Jetzt reiß di zam! Wenn di wer hört, dann kummst aa no weg!", fährt sie ihn an. „Mir macha hier aaf'm Hof solang weider, weäih's geht. Und alles and're überlass ma den Herren Gauleiter und Gschaftlhuber. Aufhalt'n kina mir die sowieso ned. Wenn mir des versucha, schaufeln mir uns unser eigenes Grob."

„Und wos is, wenn der Schmiedl doch no rauskriagt, dass die Olga von am Politischen schwanger ist? Der lässt die doch sofort abhol'n, aa jetzt no."

Theres denkt nach. „Zur Not versteckt ma sie halt. Kann ja höchstens für a boar Doch oder Woch'n sei."

Energisch steht sie auf. „So, und etz legst die Zeitung endlich weg und spannst die Ochsen a! Mir müss'n raus aufs Föld."

+++

Von der Straße her hört Theres am nächsten Morgen ein ungewohntes Rumpeln. Schnell legt sie das ausgeblichene Geschirrtuch zur Seite, trocknet ihre Hände an der dunklen Schürze ab und tritt vor das Haus. Auf der Hauptstraße sind etwa zwei Dutzend Menschen unterwegs, vor allem Frauen und Kinder. Wie bei einer Prozession laufen sie langsam und schweigend vorbei. Viele haben Rucksäcke geschultert, einige ziehen Handkarren hinter sich her, in denen Decken, Hausrat und Lebensmittel verstaut sind. Obenauf sitzen Kleinkinder, eingepfercht zwischen Kisten und anderen Habseligkeiten.

Auch die Nachbarn sind nun vor ihre Häuser gekommen und blicken stumm auf die Vorbeiziehenden. Über der ungewöhnlichen Szenerie liegt eine gespenstische Stille. Niemand sagt ein Wort. Nur das Rattern der

Holzräder auf der Straße ist zu hören. Betroffen wandert Theres Blick zu den Kleinsten der Gruppe, die apathisch wirken. Sie weiß genau, was in ihnen vorgeht: Der Verlust der Eltern und des Zuhauses in ihrer frühen Kindheit haben sich tief in die Seele der Bäuerin eingebrannt. Nie wird sie das vergessen.

Sie überwindet ihre Lethargie und spricht eine junge Frau an, die soeben an ihr vorbeikommt: „Griaß di, wo kummt's ihr denn her?"

Die Frau bleibt stehen, dankbar für eine kurze Verschnaufpause.

„Wir kommen aus Neumarkt und sind auf dem Weg zu Verwandten. Die Stadt wird wohl in Kürze angegriffen und wir wurden aufgerufen, diese schnellstmöglich zu verlassen", beantwortet sie die Frage.

Sie berichtet, dass der Ortsgruppenleiter ein Flugblatt an alle Haushalte verteilen ließ, in dem er zum sofortigen Aufbruch aufgerufen hat. Es würden unmittelbar Kampfhandlungen mit dem Feind bevorstehen und vor allem Frauen und Kinder müssten die Stadt umgehend verlassen. So haben sie nun Lebensmittel, Kleider, Wäsche, Geschirr und Decken verpackt und sich auf den Weg gemacht. Um die Dringlichkeit noch zu unterstreichen, heulten am gestrigen Abend minutenlang die Sirenen.

Die Neumarkterin erzählt weiter, dass in der Stadt alles für einen Kampf mit den Amerikanern vorbereitet wird: Brücken werden für die Sprengung präpariert, Panzersperren aufgebaut und in der Marktstraße verschanzen sich Soldaten. Einen Vorgeschmack auf das Bevorstehende hatten die Neumarkter bereits im Februar bekommen. Damals wurden in einem knapp halbstündigen Bombardement der Bahnhof, das Gaswerk und die Express-Fahrradwerke zerstört, in deren Bunker fast einhundert Menschen umkamen.

„Habt's no weit zum Geh'n?", fragt Theres teilnehmend. Sie weiß, dass sie den Menschen ihr Leid nicht abnehmen kann. Aber Mitgefühl zeigen, das kann sie.

„Wenn wir weiter so gut vorankommen, werden wir wohl am Abend dort sein."

„Wart schnöll, i hol eich zur Stärkung a paar Hefferknödel. Die hob i ganz frisch g'macht."

Sie verschwindet im Haus und kommt ein paar Minuten später mit einem Päckchen zurück, in das sie die noch ofenfrischen Rohrnudeln gepackt hat. Dankbar nimmt die andere die noch warme Mehlspeise entgegen, legt diese behutsam auf den hölzernen Handwagen und macht sich auf den Weg.

Lange noch blickt Theres dem Tross hinterher. Sie ist hin- und hergerissen zwischen der Angst vor dem möglichen Grauen, welches der Einmarsch der Amerikaner mit sich bringen könnte, und der Hoffnung, dass damit der mörderische Krieg ein Ende hat.

Für einen kurzen Moment spürt sie den Wunsch, alles stehen und liegen zu lassen und sich dem Zug anzuschließen. Einfach weggehen, flüchten. Vor der schrecklichen Ungewissheit davonlaufen. Doch dann denkt sie an ihren Mann, an Burgi, an Olga. Und an den Hof, ihre Heimat. Sie kann nicht alles im Stich lassen. Wo sollte sie auch hingehen? In eine unbekannte Zukunft? Nein, ihr Leben war lange genug unsicher gewesen. Erst mit Anderl und dem Hof hat sie ein Stück weit Geborgenheit gefunden. Das kann sie nicht aufs Spiel setzen. Hier ist ihr Zuhause. Im Stillen betet sie ein Vaterunser, damit der Hof für sie und ihre Familie Heimat bleibt.

Walburga

Im Klassenzimmer ist vor Schulbeginn das übliche Stimmengewirr zu hören. Auf dem Weg zu ihrem Platz in der zweiten Reihe schaut sich Walburga ihre Mitschüler genauer an. Viele Mädchen haben, wie sie, lange Zöpfe und tragen geblümte oder karierte Baumwollkleider. Wenige Wagemutige haben sich einen modischen, kinnlangen Bubikopf schneiden lassen. Auch ihr hätte diese Frisur gefallen, doch die Mutter war dagegen. Die Buben haben im Nacken ausrasierte, kurze Haare, sind mit kurzen Hosen und langen Kniestrümpfen bekleidet. Die Socken sind mehrmals gestopft und rutschen ständig nach unten, so ausgeleiert sind deren Gummizüge. Die Fingernägel sehen bei Jungen wie Mädchen gleich aus: dunkle Ränder verlaufen unterhalb der Nagelspitze. Auch Walburga hatte heute früh keine Zeit mehr, den Schmutz zu entfernen. Es reichte gerade noch zum Händewaschen. Verlegen verschränkt sie die Arme hinter dem Rücken, um die Nachlässigkeit zu verstecken und dafür nicht vom Röschl gerügt zu werden.

Rechtzeitig vor dem Gong schlüpft Walburga auf ihren Platz. Am Pult sitzt der Lehrer in einem dunklen Anzug mit Parteiabzeichen am Revers und einer runden Nickelbrille auf der spitzen Nase und liest Zeitung. Das junge Mädchen schaut sich die Schlagzeile auf der ersten Seite genauer an: Der Truppenübungsplatz Grafenwöhr wurde am fünften April dem Erdboden gleichgemacht, Dutzende Soldaten und Zivilisten sind bei diesem Angriff gestorben.

Es dauert einen Moment, bis sie die Nachricht begreift. Doch dann wird sie von Angst und Panik ergriffen. Ferdi, schreit eine Stimme in ihr. Ihr kaum älterer Schulfreund wurde erst vor einigen Wochen eingezogen und nach Grafenwöhr abkommandiert.

Sie kann sich noch genau an den letzten, gemeinsamen Abend erinnern. Es war der Aschermittwoch und gleichzeitig Gedenktag für den Heiligen Valentin: der vierzehnte Februar. Nach der Messe hatten sie noch Zeit, sich voneinander zu verabschieden. Dabei steckte sie dem schlaksigen Jungen mit den dunklen Haaren und dem sanftmütigen Blick heimlich eine kleine

Kette mit Kreuzanhänger zu, welche sie von ihrer Patin zur Kommunion geschenkt bekommen hatte. Dieses Kreuz sollte Ferdi beschützen. Mit klopfendem Herzen und schweißnassen Händen hatte sie die Kette aus ihrer Tasche geholt und zitternd Ferdi überreicht. Dieser wusste anfangs nichts mit dem Geschenk anzufangen, legte sich den goldenen Schmuck schließlich um und versteckte ihn unter seinem Pullover. Der Gedanke, dass er ihr Geschenk so nahe beim Herzen trägt, weckt stets ein Gefühl der Zusammengehörigkeit in Walburga.

Der Lehrer legt die Zeitung weg und fordert alle Kinder auf, neben die Bänke zu treten, um den Unterricht mit dem Hitlergruß zu beginnen. Sie kann sich kaum auf den Beinen halten, so geschockt ist sie von der Nachricht. Das folgende Ausfragen der Schüler über den Stoff des Vortages, das Vorrechnen und Aufsagen des Gelernten dringt nur schemenhaft in ihr Bewusstsein. Das Mädchen sitzt wie versteinert in ihrer Bank und ist froh, dass der Lehrer sie heute in Ruhe lässt.

Immer wieder wandern ihre Gedanken in die Vergangenheit, um die Sorgen für den Augenblick zu verdrängen. Sie sieht sich und Ferdi auf ihrem gemeinsamen Nachhauseweg von der Schule. Sieht, wie er ihr eine Mohnblume vom Feldrain pflückt und ihr lachend in die Haare steckt. Sieht, wie sie zusammen auf dem zugefrorenen Weiher Schlittschuh laufen. Oder wie sie an Kirchweih in dem hölzernen Karussell sitzt und er sie dabei anschiebt.

Sie fragt sich, ob er ihre Verliebtheit gespürt hat. Zum Abschied hat sie ihm schnell noch einen zaghaften Kuss auf die Wange gedrückt. Danach ist sie, ohne ihn nochmal anzusehen, schnell weggerannt. Nun bereut sie es. Hätte sie ihm doch gesagt, wie lieb sie ihn hat. Falls er nun nicht mehr zurückkommt? Nein, daran will und darf sie nicht denken!

Der laute Gong lässt Walburga aufschrecken. Ihr wird klar, dass sie die ganze erste Stunde versäumt hat. Ängstlich blickt sie sich um. Röschl und die anderen Schüler haben es nicht bemerkt. Dankbar richtet das Mädchen ihre Aufmerksamkeit auf die Tafel, Erdkunde steht auf dem Stundenplan. Der Lehrer zeichnet mit weißer Kreide die Umrisse Deutschlands auf den schwarzen Untergrund. Froh darüber, sich mit dieser Aufgabe ablenken zu können, meldet sie sich. Zielsicher benennt Walburga die einzelnen Regionen dieses bereits in Flammen stehenden, großdeutschen Reiches.

Olga

„Ratschenbuam? Steckerlweihe?“, in Olgas Augen stehen große Fragezeichen. In einem Mix aus Hochdeutsch und Bairisch sagt sie die beiden Worte immer wieder laut vor sich hin.

„Guad Olga, jetzt sprichst es fast scho richtig aus!“, lobt die Bäuerin die letzten Sprachversuche der Magd. Die beiden Frauen sitzen auf ihren Melkschemeln im Kuhstall und gehen routiniert ihrer Arbeit nach.

Olga hat das Gespräch auf die ihr unbekannten Bräuche vom vergangenen Osterwochenende gebracht. Am meisten faszinierten sie die Ratschenbuben und die Steckerlweihe. Wie sie jetzt von der Bäuerin erfahren hat, handelt es sich dabei um alt überlieferte Traditionen. Am Karfreitag, wenn die Kirchenglocken den ganzen Tag schweigen, ist es das verbriefte Recht der Schüler der Oberklassen, mit ihren selbst gebastelten, fahrbaren Holzratschen das Geläut zu ersetzen. Wenn die Ratschbuben dann in breiter Front durch das Dorf ziehen, machen sie mit einem unsagbaren Lärm auf sich aufmerksam. Am Karsamstag holen sie bei allen Familien ihren Lohn für diesen Dienst ab. Sie bekommen Eier, Gebäck, ein Stück Geräuchertes, Süßigkeiten oder auch ein Stamperl Schnaps angeboten.

Bevor sie am Samstag zu ihrer Runde aufbrechen, gehen sie zusammen mit den Bauern um acht Uhr zur Steckerlweihe auf den Kirchenvorplatz. Dort hat der Meßner bereits ein Feuer entfacht, in dem die übrig gebliebenen Öle und ölgetränkten Wattebäusche der Tauffeiern verbrannt werden. In dieses Feuer werden mitgebrachte Haselnussstecken gehalten und bis zu einer bestimmten Länge abgebrannt. Die angekohlten Stecken nimmt man dann mit aufs Feld, um den Schutz der Heiligen Dreifaltigkeit zu erlangen.

Innerlich schüttelt Olga den Kopf über so viel Aberglaube. Sie ist immer wieder erstaunt, wie einfältig die Menschen hier sind. Auch die Schroffheit der Worte ist ihr fremd. Liegt es an der Kargheit des Landes, dass man mit allem so sparsam ist, fragt sie sich. Anderl hat ihr erzählt, die Gegend wird auch Stoapfalz – Steinpfalz genannt. Die Menschen hier mussten wohl schon immer schwer für ihr Auskommen arbeiten.

Trotzdem hat sie nie das Gefühl, unwillkommen zu sein. Von Anfang an wurde sie warmherzig aufgenommen. Die Bauersleute haben ihr mit kleinen Gesten ihre Anteilnahme gezeigt, einem warmen Händedruck, einem kurzen, tiefen Blick in die Augen und einem verständigen Kopfnicken. Sie fühlt sich hier aufgehoben und sicher.

Doch dann überkommt sie eine große Traurigkeit. Was wird nur aus ihr und dem Kind werden? Wird sie Jozef jemals wieder sehen? Lebt er noch? Ihr schnürt es fast das Herz zu, wenn sie an ihre Gefangennahme denkt. Sie hatte Anderl nicht die ganze Wahrheit gesagt. Auch sie selbst war Mitglied der Armia Ludowa und hat mit Jozef zusammen Sabotageakte gegen die deutschen Besatzer durchgeführt. Sie kann noch immer nicht glauben, dass sie beide den Aufstand in Warschau überlebt haben. Alleine bei dem Massaker in Wola müssen die SS-Truppen zehntausende Männer, Frauen und Kinder umgebracht haben.

Sie denkt an den Moment zurück, als sie die erste, selbst gebaute Handgranate in Händen hielt. Der Aufstand begann am ersten August, Punkt siebzehn Uhr fielen die ersten Schüsse, deutsche Panzer rollten durch die Altstadt, Panik brach aus. Sie selbst warf nach einem Moment des Schreckens eine Granate und wartete gespannt auf den Einschlag. Nichts passierte, Olga hatte vergessen, sie vorher zu entsichern. Aus der Straße gegenüber zielte ein Mann mit einer Panzerfaust auf einen Panzer, traf ihn und mit einer unglaublichen Wucht explodierte das Geschoss. Die flüchtenden Wehrmachtssoldaten wurden sofort erschossen. Tagelang hat Olga mit den Widerständlern unter Todesangst weitergekämpft. Als die Lage aussichtslos wurde, floh sie gemeinsam mit Jozef durch die Kanalisation aus der Altstadt. Ende August gerieten beide in deutsche Gefangenschaft, wurden mit vielen anderen Polen durch den verwaisten Stadtteil Wola zum Westbahnhof gebracht und in das Lager Pruszków verschleppt. Zwei Monate später verließen die Gefangenen Polen, in Viehwaggons eingepfercht, ohne Wasser und ohne Lebensmittel. Die Fahrt ins Ungewisse war schrecklich. Olga war müde und aufgezehrt vom Kampf, wollte sich nur noch hinlegen und schlafen. Das war in dem engen, stickigen und schmutzigen Waggon nicht möglich. Nur durch ein kleines, vergittertes Fenster kam etwas frische Luft herein. Ihre Irrfahrt endete schließlich in einem Übergangslager in Braunschweig und dort wurde sie endgültig von Jozef getrennt. Jemand muss ihn als Mitglied der Armia Ludowa verraten haben, denn er wurde nicht wie sie als Zwangsarbeiter eingesetzt, sondern von SS-Soldaten abgeholt.

Schlagartig schwindet ihr eigenes Gefühl von Sicherheit. Fast panisch denkt sie an das Gespräch vom Anderl und diesem Schmiedl zurück. Sie hatte sich im Heuschober versteckt und die beiden belauscht. Auch wenn sie nicht alles verstanden hatte, ist sie doch sicher, dass der Schweinehund Anderl gedroht hat. Wenn ich dem in die Hände falle und er herausfindet, dass ich im Widerstand war, dann Gnade mir Gott, denkt Olga ängstlich.

Theres scheint den Stimmungsumschwung zu bemerken. Sie setzt sich ganz dicht neben Olga und legt ihr den Arm um die Schultern.

„Wirst seh'n, bald is die schlimme Zeit vorbei und du kummst wieder hoam zu deine Leid", versucht die Bäuerin ihr Mut zu machen.

„Ja, aber ...", beginnt sie stockend. „Was passiert mit mir, wenn jemand herausfindet, dass ich schwanger bin? Und dass mein Verlobter als Regimegegner verhaftet wurde? Wo werden sie mich dann hinschicken?" Noch mehr erschreckt sie der Gedanke daran, dass Schmiedl ihre Zugehörigkeit zur Armia Ludowa aufdecken könnte. Sie fängt an zu zittern.

„Im Moment bist ja in Sicherheit. Und wer soll di denn hier scho find'n? Mir san doch am Ende der Welt."

„Der Schmiedl schleicht die ganze Zeit hier rum. Der ist mir nicht geheuer. Einmal hat er mich schon mit seinen dreckigen Fingern betatscht und mir dabei ins Ohr geflüstert, dass mir nichts passieren würde, solange ich nett zu ihm bin." Ein lauter Schluchzer entfährt ihr und sie vergräbt ihr Gesicht in den Händen.

„Der Schmiedl? So ein misrabliger Sauhund! Der soll mir nur über den Weg laffa, der kann wos erleb'n!", schimpft Theres laut. „Aber jetzt beruhigst di erschtmal. Du bleibst die nächsten Doch aaf'm Hof und gehst nimmer ins Dorf. Dann kann dir nix passier'n."

In diesem Augenblick fährt draußen ein Motorrad vor. Das laute Geknatter lässt die beiden Frauen im Kuhstall zusammenzucken.

Walburga

Aufgewühlt schleicht Walburga in ihrer Kammer hin und her. Draußen rüttelt der Wind unbarmherzig an ihrem Fenster. Kraftvoll weht er über das Dorf hinweg. Das Mädchen tritt an die Scheibe und beobachtet die alte Eibe vor dem Haus, wie sie sich im Sturm hin und her wiegt. Mit ihren ausladenden Ästen wirkt sie fast wie eine Tänzerin, die in einem wallenden, grünen Gewand dem Takt des Windes folgt. Das zähe, harte Holz ist unglaublich biegsam. Jeder noch so starken Böe gibt es nach und wirkt dabei so anmutig, als gelte es, Schwanensee aufzuführen.

Ferdi hatte als Junge seinen Bogen immer aus den Ästen dieses Baumes geschnitzt, erinnert sich Walburga. Schon wieder sind ihre Gedanken bei ihm. Egal was sie versucht, sie kann sich nicht ablenken. Aus ihrem Nachtkästchen holt sie das Klassenfoto vom letzten Sommer und betrachtet das strahlende Gesicht des Freundes. Lachend blickt er in die Kamera und zwei Grübchen graben sich tief in seine Wangen ein, sein Mund ist leicht geöffnet und man erkennt die kleine Zahnlücke zwischen den Schneidezähnen. Zärtlich fährt das Mädchen mit dem Finger die Konturen des geliebten Jungen auf dem Bild nach. Schmerzlich wird ihr seine Abwesenheit bewusst. Wenn sie nicht bald etwas über sein Schicksal erfährt, wird sie noch verrückt!

Sie setzt sich auf das Bett und streicht ihr Kleid glatt. Dann löst sie das seidig glänzende, braune Haar und flicht es erneut zu zwei langen, festen Zöpfen. Doch ihre Anspannung lässt nicht nach. Sie kann nicht still sitzen und warten. Sie muss sich davon überzeugen, dass Ferdi wohlauf ist! Eilig geht sie hinunter in die Stube und verabschiedet sich von der Mutter mit dem Vorwand, im Schulhaus ein vergessenes Buch holen zu müssen.

Je näher sie dem Elternhaus ihres Freundes kommt, desto aufgeregter wird sie. Vorgestern war der Postbote mit dem Motorrad auf den Hof gekommen und hatte ihnen Einzelheiten über den Angriff auf Grafenwöhr erzählt. Kurz vor Mittag warfen etwa zweihundert amerikanische Flieger innerhalb einer Stunde fast zweitausend Bomben auf den Truppenübungsplatz und den Ort ab. Am Ende des Angriffs stand das ganze Dorf in Flammen, unzählige tote Soldaten und Zivilisten waren zu beklagen und zwei Drittel der Bevölkerung waren obdachlos geworden.

Hat Ferdi überlebt? Konnte er sich rechtzeitig in Sicherheit bringen? Diese Gedanken kreisen seither unaufhaltsam in ihrem Kopf. Er ist so jung, denkt sie. Er kann doch gar nichts für diesen schrecklichen Krieg! Wieso musste ausgerechnet er dorthin versetzt werden? Beim Abschied war Ferdi stolz darauf gewesen, in den Krieg ziehen zu dürfen. Walburga meinte aber, auch ein kleines bisschen Angst in seinen Augen gesehen zu haben. Alles würde sie für die Nachricht geben, dass er gesund und wohlauf ist. Dass er bald wieder nach Hause kommt, wagt sie nicht einmal zu träumen. Aber leben muss er! Ohne ihn kann sie sich eine Zukunft kaum vorstellen. Der Gedanke, mit ihm künftig ein glückliches Leben zu führen, gibt ihr den Halt, den sie im Moment in ihrer eigenen Familie nicht findet. Der Vater hat stets andere Sorgen oder widmet seine Zeit lieber Olga, die Mutter grämt sich wegen all der schrecklichen Nachrichten. Sie wird dabei kaum beachtet.

Heute Nacht hat sie von Ferdi geträumt. Er lag schwer verwundet in einem Lazarett. Sie arbeitete dort als Krankenschwester und pflegte ihn voller Hingabe. Nach seiner Genesung liefen sie im hellen Sonnenschein durch duftende Wiesen und Felder. Sie trug ihre strahlend weiße Schwesterntracht, der Freund seine tadellose Uniform. Als Zeichen seines Mutes hingen etliche Medaillen an seiner Brust. Sie war so stolz auf ihn! Vor einer alten Eiche kniete er nieder und bat um ihre Hand. Ja! Sie wollte seine Frau werden! Voller Freude wirbelte er sie durch die Luft. Aber das war leider nur ein Traum.

Mit zitternden Lippen betet sie leise ein Vaterunser für den Freund und macht sich dann auf das Schlimmste gefasst. Als sie endlich vor Ferdis Haus steht, muss Walburga allen Mut zusammennehmen und sich dazu zwingen, an die Türe zu klopfen.

Anderl

Der Abend des elften April ist unerwartet lau. Als Anderl nach dem Abendgottesdienst aus der Kirche tritt, spürt er das erste Mal seit Tagen wieder einen Anflug von Frühling. In der Kirche war es kalt und klamm gewesen, weshalb ihn dieser Wetterumschwung umso mehr überrascht. Wie hat seine Großmutter immer prophezeit: Ist's um Amandus schön, wird der Sommer keine Dürre seh'n. Der Ausblick auf eine gute Ernte lässt ihn für einen kurzen Moment mit einem guten Gefühl über den Friedhof gehen. Doch als er den Lehrer Röschl mit Schmiedl zusammen am Tor stehen sieht, ist seine gute Stimmung mit einem Mal verflogen.

Er nickt kurz in ihre Richtung und geht weiter nach draußen. Doch so schnell lassen die beiden ihn nicht entwischen.

„Du Anderl, geh doch amal her zu uns!", hört er hinter sich die Stimme des Ortsgruppenleiters rufen. Mit einem leisen Seufzer dreht er sich um.

„Griaß eich. Wos gibts'n?", antwortet er kurz angebunden.

„Der Herr Lehrer wurde zum Volkssturmführer ernannt und wir besprech'n grad, wie er nun vorgeh'n soll. Ich konnt' a paar ausrangierte G'wehre besorg'n und am Wochenende is a Wehrübung mit die groß'n Schulbuam geplant. Mogst ned aa mitkumma?"

Am liebsten würde er den beiden auf der Stelle sagen, wie hirnrissig er diese letzten, verzweifelten Bemühungen findet, das Unaufhaltbare aufzuhalten. Aber er weiß genau, dass hier und jetzt der falsche Zeitpunkt ist. Deshalb schluckt er seinen Ärger runter und sucht nach einer Ausrede.

„Am Wochenend ham mir aaf'm Hof vor, alle Geräte in Schuss zum bringa. Damit mir bald mit'm Sähen losleg'n kina. Da muss i natürlich sölber mit dabei sei. Des versteht's ihr bestimmt", fällt es ihm gerade noch ein.

„Da kann man leider nichts machen", bedauert der neu ernannte Volkssturmführer.

Gerade will sich Anderl verabschieden, da unterbricht ihn Schmiedl.

„Habt's scho g'hört, in Flossenbürg ham's den Admiral Canaris, den Pfaffen Bonhoeffer und no vier andere Verschwörer vom 20. Juli '44 wega

Hochverrat zum Tod durch den Strang verurteilt. Gestern san s' scho baumelt, die sieben Verräter!"

Der untersetzte Ortsgruppenleiter spuckt abfällig auf den Boden, hakt seine Daumen in den braunen Ledergürtel ein, der in Taillenhöhe seine Uniform umfasst, und baut sich vor dem Bauern auf: „Wir Deitschen kina ned verlier'n, mir ham den Führer und den Wüll'n zum Sieg! Da ham so dreckige Widerständler koa Chance!"

In Anderl glimmen Abscheu und Wut auf. Gerne würde er dem Nazischergen jetzt an die Gurgel gehen. Doch dann wäre er auch nicht besser als dieses Pack. Noch einmal ermahnt er sich innerlich zur Ruhe und schaut dem Schmiedl fest in die Augen.

„Wem die letzte Stund' schlagt, der steht vor'm Angesicht des Herrn und des göttliche Gericht richtet über ihn! Herr, lass ihre Seelen in Frieden ruh'n. Amen." Mit gespielter Gelassenheit dreht er sich um und geht aufrecht weg. Er weiß, dass er sich auf sehr dünnem Eis bewegt. Im Rücken kann er die verdutzten Blicke der beiden spüren.

Walburga

Verstohlen hatte sie sich während der Andacht immer wieder umgedreht und seinen Blick gesucht. Die Messe schien endlos zu dauern. Doch schließlich schickte der Pfarrer die Kirchengemeinde mit seinem Segen nach Hause. Sie hat mit Ferdi verabredet, sich nach der Andacht hinter dem Leichenschauhaus zu treffen.

Nun steht sie ihm endlich gegenüber. Zaghaft berührt Walburga seine Hand. „I bin so froh, dass du wieder da bist. Geht's dir guad?"

Der Freund blickt erst starr vor sich hin, dann dreht er den Kopf und sieht ihr direkt in die Augen, antwortet aber nicht. Sie wird nervös, weiß nicht recht, was sie tun oder sagen soll. In ihrer Vorstellung hatten sie einander freudig begrüßt, hatten sich umarmt und fest gedrückt. Und er hatte sie geküsst. In ihren Träumen war es ein unendlich langer Kuss gewesen.

Verwirrt fragt sie noch einmal: „Geht's dir guad?"

Der dunkelhaarige Junge mit den warmen, braunen Augen sackt zusammen. Bevor er zu Boden fällt, packt sie ihn am Arm und stützt ihn ab. Dies scheint Ferdi aus seiner Lethargie zu reißen.

„Dank dir Burgi, 's geht scho wieder."

Sie lässt ihn los und steht unschlüssig neben ihm. Endlich nimmt der Junge sie in den Arm. Es fühlt sich noch besser an, als sie es sich erträumt hatte. Den Tränen nahe drückt sie ihre Wangen an den rauen Stoff seiner Jacke. Seine feste Umarmung lockert sich jedoch sofort wieder.

„I bin so froh, dass i wieder dahoam bin. Du kannst dir gar ned vorstöll'n, weäih schlimm des wor!"

Anfangs stockend, berichtet er von seinen Erlebnissen der letzten Tage und Wochen. Nach seiner überraschenden Musterung erhielt er eine kurze Grundausbildung und sollte dann von Grafenwöhr aus zu einem Einsatz geschickt werden. Auf dem Weg zum Stützpunkt wurden sie am fünften April von amerikanischen Bombern im Zug angegriffen. Minutenlang war das verteidigende Flakfeuer vom Zugende zu hören. Eine gewaltige Explosion ließ die schützende Verteidigung verstummen. Ihr folgte eine Druckwelle, die alle im Abteil von ihren Sitzen riss. Unaufhaltsam ging der Bombendonner nun auf sie nieder. Einige seiner Kumpanen kamen dabei ums Leben. Das Zuginnere brannte völlig aus, und sie mussten in einem strammen Tages- und Nachtmarsch zu Fuß weiter. In Grafenwöhr angekommen, wähnte er sich in Sicherheit. Doch schon zwei Tage später griffen die Amerikaner erneut an und vernichteten das ganze Ostlager.

Er erzählt ihr von dem tosenden Lärm, den die Flugzeuge machten. Welle um Welle kamen die Tiefflieger und ließen Brandbomben mit einem ohrenbetäubenden Brausen auf die Gebäude fallen. Eine ungeheure Rauchwalze überrollte die angrenzende Stadt.

„Weäih wennst hundert Kartoff'lfeier aaf amal anzünd'st. I hob glaubt, die Wölt geht unter. Und dass i des ned überleb'n werd."

Walburga ist wie gelähmt. Sie sieht die Bilder der brennenden Häuser und der schreienden Menschen vor sich, kann die Panik und die Angst fast spüren. Dann überkommt sie eine böse Vorahnung. Sie traut sich fast nicht zu fragen: „Du Ferdi, du bist aber ned 'türmt. Oder?"

„Na, bist narrisch! Nach dem Angriff ham alle beim Lösch'n und Aufräuma g'holfa. Dann ham's uns Junge wieder hoam g'schickt. Sie ham gmoant, mir soll'n den Volkssturm unterstütz'n."

Walburga seufzt erleichtert auf. Zu oft hatte sie in letzter Zeit gehört, was mit Fahnenflüchtigen passieren kann.

Anderl

Die ganze Nacht über waren auf der Hauptstraße immer wieder kleinere Flüchtlingstrecks vorbeigezogen. Anfangs war Anderl aufgestanden und hatte die Menschen befragt, woher sie kamen und wer sie vertrieben hatte. Doch als er zum dritten Mal durch das leise Trippeln der Pferdehufe und das vertraute Geräusch der Ochsenkarren geweckt wird, bleibt er liegen. Es werden wieder Neumarkter sein, die ihre Stadt im Schutz der Dunkelheit verlassen haben, um bei Verwandten oder Bekannten Unterschlupf zu suchen, vermutet er.

Begleitet wurden die Flüchtlinge von Flugzeugen, die in großer Höhe ihre Bahnen zogen und sich nur durch ein stetiges, leises Brummen zu erkennen gaben. Bomben warfen sie keine ab, zumindest nicht in der nächsten Umgebung von Fichtenried. Nur sehr weit entfernt, vielleicht in Neumarkt, zerriss Flakfeuer die Stille der Nacht.

Einschlafen kann er nicht mehr. Er wälzt sich vorsichtig von einer Seite auf die andere, um eine bequemere Position zu finden. Das alte Bauernbett kommentiert leise knarzend seine Drehungen und Wendungen. Dadurch ist in der mit Stroh ausgestopften Matratze unter ihm eine tiefe Mulde auf Höhe seiner Körpermitte entstanden. Wie in einem kleinen Nest ist er nun auf dem Rücken liegend gezwungen zu verharren.

Hoffentlich wacht die Theres nicht auf! Es reicht, wenn sie morgen früh von der verheerenden Zerstörung der Nachbarstadt und der darauf folgenden Flüchtlingswelle erfährt, sorgt er sich um seine Frau. Er hat ihr angesehen, wie mitgenommen sie von dem kleinen Treck war, der erst vor ein paar Tagen durch Fichtenried gezogen ist.

Der Krieg kommt näher, er steht schon fast vor unserer Tür. Diese Tatsache macht ihm weniger Angst, als er noch vor ein paar Tagen gedacht hatte.

Für die zahllosen Opfer, ob in der Zivilbevölkerung oder unter den Soldaten, empfindet er großes Mitleid. Und für die Hinterbliebenen, die um ihre toten Verwandten trauern. Eine Familie in Neumarkt hat sogar alle

Kinder im zerbombten Keller einer Metzgerei verloren, war gestern im Dorf zu hören. Und er denkt ebenfalls voller Anteilnahme an die vielen Heimatlosen, die nichts mehr haben außer dem, was sie am Leib tragen.

Die Häuser, die in der Altstadt von Neumarkt noch stehen, sind wohl ebenfalls bald Ruinen. Ein Flüchtiger hat ihm berichtet, dass in der Stadt nun alles für einen Häuserkampf vorbereitet wird. Um jeden Preis soll die Eroberung verhindert und der Vormarsch der Amerikaner gestoppt werden. Was für ein Himmelfahrtskommando!

Man wolle eine weitere Niederlage wie bei der Brücke in Remagen verhindern, hatte der Mann noch kopfschüttelnd gesagt. Ob die Verantwortlichen vor Ort aus Überzeugung oder aus Angst die Befehle ausführen, mache wohl keinen Unterschied.

Strategisch wichtige Verkehrspunkte müssen gehalten werden. Wer sich widersetzt, wird erschossen. Davon hatte auch Schmiedl gesprochen. Anderl fragt sich, wie er sich in dieser Situation verhalten würde. Letzten Endes kommt er zu dem Schluss, dass auf Zerstörung nur Zerstörung folgen kann. Es muss einen Weg geben, friedlich zu kapitulieren, ohne Gefahr zu laufen, sein eigenes Leben wegen Defätismus aufs Spiel zu setzen. Für den Moment erscheint ihm diese Aufgabe wie die Auflösung des Gordischen Knotens.

+++

Der Morgen ist grau und verregnet. In den kurzen Regenpausen treibt der Wind immer neue, mächtige Wolkentürme über das Dorf, die sich dann wie ein nasser Schwamm über den Häusern und Feldern entleeren. Walburga und Olga sitzen mit Anderl in der Wohnstube und essen die letzten Reste des Osterfladens. Die beiden Mädchen scheinen nicht gut geschlafen zu haben, vermutet er. Still und in Gedanken versunken, tunken sie das Hefegebäck in die rahmige Milch, sprechen aber kein Wort. Seine Frau sieht er in der Küche arbeiten, flink und energisch übt sie die gewohnten Handgriffe aus. Wieder einmal wundert er sich darüber, wie viel Kraft und Energie in dieser kleinen, zierlichen Person stecken.

Er tut sich schwer, ein Gespräch in Gang zu bringen. Immer noch kreisen die Gedanken der letzten Nacht in seinem Kopf.

In die Stille platzt ein lautes Klopfen an der Haustür. Noch bevor sich Anderl erhoben hat, erscheint im Türrahmen der Pfarrer. Er schüttelt seinen regennassen Umhang aus und nickt freundlich in die Runde.

„Grüß Gott miteinander!“

Erschrocken murmeln die drei Frauen ebenfalls einen Gruß und schauen dann fragend zu Anderl.

„Griaß Gott, Herr Pfarrer. Was treibt Sie denn bei dem greißlich'n Wetter zu uns aaf'n Hof?“

„Ich wollte die Damen nicht beim Frühstück stören. Anderl wäre es möglich, dass wir kurz unter vier Augen sprechen?“

„Ja freilich, kumma S' mit raus.“

Unsicher blickt sich der Pfarrer im Hausflur um.

„Könnten wir vielleicht in die Werkstatt gehen? Da sind wir ungestörter.“

Anderl runzelt die Stirn, geht aber dann voraus in die kleine Werkstatt neben dem Haus. Erst als er die Tür fest geschlossen hat, beginnt der Geistliche zu sprechen.

„Ich mache mir große Sorgen um unsere Gemeinde. Man hat die schlimmsten Dinge über die Bombardierung Neumarkts gehört. Es kann nicht mehr lange dauern und die Amerikaner kommen auch bei uns vorbei. Wir müssen unbedingt eine kämpferische Auseinandersetzung vermeiden!“

Mehr und mehr gerät der sonst so ruhige und besonnene Mann in Aufregung. Er erzählt weiter von seinen Plänen, das Dorf widerstandslos zu übergeben und dem Feind mit weißen Tüchern ihre Friedfertigkeit zu signalisieren.

„Aber Euer Hochwürden! Die Notstandsgesetze vom 29. März verbiet'n des und stöll'n es sogar unter Todesstrafe! I hob no den Wortlaut von der Radioübertragung im Kopf: Im jetzigen Zeitpunkt des Kriegs kommt es nur auf den sturen und unnachgiebigen Willen zum Durchhalten an. In einem

Haus, aus dem eine weiße Fahne erscheint, sind alle männlichen Personen zu erschießen. Es darf bei diesen Maßnahmen keinen Augenblick gezögert werden."[3]

Nach kurzem Schweigen fügt er hinzu: „Der Himmler selbst hod dies'n Flaggenbefehl erlass'n."

„Wenn aber niemand da ist, der den Befehl ausführt?", gibt der Andere zu bedenken.

„Solange der Schmiedl sei Unwesen im Dorf treibt, würd' i mir des guad überleg'n, ob i a weißes Tuch ans Haus häng. Und beim Lehrer Röschl wär i mir aa ned sicher, ob der am End ned oan erschießt."

Bekümmert blickt der Pfarrer Anderl an. „Dann müssen wir es irgendwie schaffen, die beiden aus dem Dorf zu locken. Sonst steh der Herr uns bei!"

+++

Seine Tochter kommt aufgeregt von der Schule heim.

„Der Roosevelt is gestern g'storben!", ruft sie schon von weitem Anderl zu. „Der Lehrer hod's heit in der Schule erzöhlt. Jetzt besieg' ma bald den Ami und der Krieach is aus!"

„Geh weider Madl, lass dir doch ned so an Schmarrn einred'n. Der Präsident bestimmt doch ned, ob mir g'winner oder verlier'n." Und leise fügt er noch hinzu: „Mir ham doch eh scho verlor'n."

Doch die Nachricht lässt ihn nicht kalt. Im Stillen fragt er sich, welche Hiobsbotschaften dieser Freitag, der Dreizehnte, noch bereithalten wird.

Niemandem kann er mehr trauen in diesen unmenschlichen Zeiten. Wie gerne hätte er heute Morgen offen und ehrlich mit dem Pfarrer gesprochen und ihm von seinen Sorgen erzählt. Doch selbst dem Geistlichen kann er nicht hundertprozentig Glauben schenken. Bei jedem Gespräch schwingt die Angst mit, verraten zu werden. Wie oft hatte Anderl schon erlebt, dass jemand zum Denunzianten wurde, nur um seine eigene Haut zu retten.

Das Schicksal seines Vetters aus Weiden ist ein tragisches Beispiel dafür: Er hatte sich '42 nach einem Fronturlaub ein Radiogerät mit nach Finnland genommen, wo er stationiert war. Aus einem alten Wehrmachtskabel bastelte er eine Antenne und hörte in seinem selbst gebauten Erdbunker feindliche Sender. Ein Kamerad verpfiff ihn, ihm wurde der Prozess wegen „Abhören ausländischer Sender“, „Zersetzung der Wehrkraft“ und „Wehrmittelbeschädigung“ gemacht und er wurde zum Tode verurteilt. Der Richterspruch wurde kurz darauf in eine zweijährige Zuchthausstrafe umgewandelt, aus der er im Januar diesen Jahres entlassen wurde. Krank und abgemagert auf 60 Pfund kam er in Weiden an. Die Gestapo erwartete ihn bereits und nun muss er sich jede Woche auf der Wache melden und wird weiter drangsaliert. Anderl mag gar nicht an die Strapazen und Schikanen seines Vetters während dessen Gefangenschaft denken. Teilweise in Ketten gelegt, musste er in einem Rüstungsbetrieb bis zur Erschöpfung und ohne ausreichend Ernährung arbeiten.

Im Stillen dankt er Theres, dass sie Walburga verboten hatte, dem Bund Deutscher Mädel beizutreten. Auch wenn der Druck von Seiten der Schule, der Nachbarn und Verwandten groß war, Theres hielt an ihrem Entschluss fest. Am Ende hätte die Partei seine eigene Tochter noch zur Denunziantin gemacht.

Für einen Moment hasst er sich dafür, dass er Burgi so wenig Rückgrat zutraut. Was ist nur aus ihm geworden?

Hin- und hergerissen zwischen seiner Courage und der Angst um sich und seine Familie fragt er sich zum wiederholten Mal, was er selbst zu tun bereit sei, um das Unheil aufzuhalten.

Olga

Später am Nachmittag lässt der Regen nach und ein Stück blauer Himmel kommt zum Vorschein. Olga hat gerade die letzte, ausgewaschene Milchkanne zum Trocknen aufgestellt, da hört sie die Bäuerin rufen: „Walburga! Olga! Geht's amal her da!"

Sie wischt sich ihre nassen Hände an der Schürze ab und eilt zum Kartoffelkeller. Walburga steht bereits neben ihrer Mutter.

„Ihr nehmt's etz des Leiterwag'l, geht's raus auf'n Acker und setzt's die Kartoffeln ein. Beeilts eich aber, wer woaß, wann's wieder anfangt zum Renga!"

„Aber Mutter", wirft Walburga ein, „bei dem Wetter flieg'n doch dauernd die Bomber über unsere Köpf. Was soll ma denn macha, wenn die auf uns schieß'n?"

Die Bäuerin denkt kurz nach. Dann holt sie aus dem Haus ein weißes Tuch und bindet es kurzerhand an einen Stock. Diesen befestigt sie am Leiterwagen und meint: „Jetzt wird eich scho nix passier'n!"

Und was soll ich machen, wenn der Schmiedl plötzlich auftaucht, denkt Olga erschrocken. Doch sie traut sich nicht, ihre Befürchtung auszusprechen.

Sie macht sich mit dem jungen Mädchen auf den Weg. Schweigend gehen sie nebeneinander her und ziehen abwechselnd den Wagen. Nach einer viertel Stunde haben die beiden den Acker erreicht. Weiterhin schweigend stecken sie die Saatkartoffeln in den schweren, kalten Boden.

Kein Mensch ist an diesem Nachmittag unterwegs. Die Stille wird nur manchmal von Vogelgezwitscher durchbrochen. Olga ist so in Gedanken versunken, dass sie ihre Umgebung fast nicht wahrnimmt. Sie erinnert sich an den Frühlingsanfang im letzten Jahr in Warschau. Mit Jozef an der Hand war sie fröhlich unter rosa blühenden Kirschbäumen gebummelt, hatte ein Eis geschleckt und für eine kurze Zeit die Besatzung der Deutschen vergessen. Wo war Jozef jetzt? Wie ging es ihm?

Ein Niesen lässt sie schließlich aufschauen. Das Mädchen hat ihr den Rücken zugedreht und setzt Stück für Stück die Saat in den fruchtbaren

Boden. Sie bemerkt die abweisende Haltung der nderen. Habe ich etwas falsch gemacht? Seit wann ist sie so anders? In Gedanken geht sie die letzten Tage und Wochen durch, kann sich aber an keinen Konflikt erinnern.

„Du Burgi", will sie gerade ein Gespräch beginnen, als sie in der Ferne ein leises Motorengeräusch hört. Sofort hält Olga inne und lauscht. Walburga hat sich nicht bewegt. Immer noch dreht sie ihr den Rücken zu.

Als das Geräusch lauter wird, richten sich beide Frauen auf und suchen den Horizont ab. Sie entdecken ein Motorrad, welches langsam die Straße entlang auf sie zukommt. Im ersten Moment sind beide erleichtert darüber, dass keine Gefahr vom Himmel her droht. Doch dann wird Olga klar, dass sie sich in einer ausweglosen Situation befindet. Auf dem Acker kann sie sich vor Schmiedl nicht verstecken.

„Ja, wen ham mir denn da?", fragt dieser, als er die Mädchen erreicht hat, und stellt sein Motorrad am Straßenrand ab. Mit einem hämischen Grinsen kommt er auf die Frauen zu.

„Ja und wos is denn des? A weiße Fahne? Ihr wisst's scho, wos für a Strafe darauf steht?"

Erschrocken fängt Walburga an zu stottern: „Aber die Mutter hod doch g'sagt ..."

Mit einem Ruck reißt Schmiedl das Tuch vom Wagen und hält es drohend in die Luft.

„Deiner Mutter werd i hölfa! Ja glaubt die denn, dass der Himmler seine Befehle umsunst macht!" Wütend zerbricht er den Stock, an dem die Fahne befestigt war, und schmeißt das weiße Laken und die Holzstücke in den Dreck.

Weinend dreht sich das Mädchen weg und läuft davon. Olga will ebenfalls flüchten, aber Schmiedl schneidet ihr den Weg ab. Walburga ruft er laut hinterher: „Sog deine Eltern, des war die letzte Warnung! Numal lass i eich ned davukumma!"

Er starrt Olga direkt in die Augen und ein kalter Schauer durchläuft ihren Körper. Sie sucht panisch nach einem Ausweg. Um sie herum sind nur Felder, eingerahmt von der Straße auf der einen Seite und den Bahngleisen auf der anderen Seite. In Gedanken berechnet sie die Distanz zu dem kleinen Wäldchen, welches in einiger Entfernung zu sehen ist. Bis dahin schaffe ich es niemals, befürchtet sie.

Der kleine Mann packt sie grob an den Schultern und versetzt der Polin einen Stoß. Sie verliert die Balance und landet unsanft auf dem Rücken. Schmiedl stürzt sich auf sie, drückt sie mit seinem Körper auf die Erde und hält ihre Arme fest.

„Sei doch ned so hantig! Wennst a bissl nett zu mir bist, dann wird dir nix passier'n", raunzt er ihr ins Ohr.

Verzweifelt sucht sie einen Ausweg. Sie will um sich schlagen und sich aus der Umklammerung befreien, doch Olga ist wie gelähmt. Sie hat ihre Beine nicht mehr unter Kontrolle und durch sein drückendes Gewicht fällt es ihr schwer zu atmen.

„Na kumm, du Polenschlampe! Du wüllst as doch aa! Ihr aus'm Osten seids doch alle gleich", schleudert er ihr entgegen und zerrt ihren Rock nach oben. Seine Fratze ist direkt über ihrem Gesicht. Sie nimmt die dunklen Stoppeln seines sauber ausrasierten Nackens wahr, das akkurat geformte Hitlerbärtchen über seiner Oberlippe und seinen abstoßenden Schweißgeruch.

Ihr Herzschlag rast und sie ist kurz davor, ohnmächtig zu werden. Der Gedanke an ihr ungeborenes Kind mobilisiert ungeahnte Kräfte. Stumm zählt sie bis drei, atmet tief ein und beginnt dann mit aller Kraft, um sich zu treten. Sie trifft Schmiedl hart zwischen den Beinen, und er schreit erschrocken auf. Sie bekommt einen Arm frei und sucht damit verzweifelt den Boden ab. Ihre Finger ertasten einen Findling, sie greift danach und versetzt dem Gewalttäter damit einen kräftigen Schlag auf den Hinterkopf. Schmiedl kippt zur Seite weg. Olga schnappt nach Luft.

Ist er tot, denkt sie erschrocken. Aus dem Augenwinkel nimmt sie eine Bewegung war. Zum Glück, er atmet noch! Auch wenn er es vielleicht verdient hätte, sie will nicht am Tod eines anderen schuld sein. Kurz erwägt sie die Alternativen, dann rennt sie auf die Bahngleise zu. Dorthin kann er ihr mit seinem Motorrad nicht folgen. Auf dem frisch gepflügten Feld fällt

Olga immer wieder hin, rappelt sich aber sofort wieder auf und hastet weiter.

Endlich erreicht sie die Böschung, die zu den Gleisen führt. Beim Versuch, den steilen Hang hinabzuklettern, rutscht Olga aus und schürft sich dabei die Hände und Knie auf. Sie läuft weiter bis zum kleinen Bahnhof und versteckt sich dort in einem verlassenen Güterwagon. Seit Tagen fahren schon keine Züge mehr und hier fühlt sie sich fürs Erste sicher.

Anderl

Anderl stemmt sich mit seinem Gewicht gegen die vollbeladene Holzkarre und befördert deren Inhalt mit Schwung auf den dampfenden Misthaufen. Nur noch eine Fuhre, dann ist die schwere Arbeit für heute erledigt, redet er sich selbst gut zu. Danach wird er sich zu Theres in die Küche setzen und aufwärmen.

Er will gerade den leeren Holzkarren zurück in den Kuhstall schieben, da sieht er den Postboten auf sich zukommen. Viele Briefe bringt er in letzter Zeit zwar nicht mehr auf den Hof, dafür umso mehr Neuigkeiten. Und meistens sind es keine guten, denkt Anderl bedrückt.

Die Männer begrüßen sich wie üblich mit einem Nicken. Auch heute steckt in der großen Ledertasche kein Brief für die Familie. Der Postbote meint halb im Scherz, dass er seine Runde durch das Dorf bald nur noch einmal pro Woche machen muss.

Er redet wie üblich über das Wetter, die Predigt vom Sonntag und den neuesten Dorftratsch. Anderl hört nur mit halbem Ohr zu. Er denkt daran, wie sehnsüchtig Olga immer auf den Postboten wartet. Und wie enttäuscht sie ist, wenn wieder kein Brief aus der Heimat für sie dabei ist. Der Gedanke an sie versetzt ihm einen Stich. Wo ist sie nur hin, fragt er sich zum hundertsten Mal. Von Burgi hatte er nicht viel erfahren. Wie oft er sie auch gefragt hat, sie erzählte immer das Gleiche. Auf dem Feld hätten sie Motorengeräusch gehört, hatten gedacht, Flieger würden kommen und wären beide in unterschiedliche Richtungen davongelaufen. Er hat das Gefühl, dass die Geschichte nicht stimmt. Aber er will seine Tochter nicht unter Druck setzen.

Er wünscht sich, dass es Olga gut geht und sie nicht in Schwierigkeiten steckt. Die Sehnsucht nach der jungen Polin nimmt zu, seit sie vor ein paar Stunden verschwunden ist.

Der Postbote hat sich mittlerweile über sämtliche ehelichen und nicht ehelichen Verhältnisse im Dorf ausgelassen und ist beim politischen Tagesgeschehen angekommen. Anderl schaut hoch, als er den Namen des Gauleiters der bayrischen Ostmark, Fritz Wächtler, hört.

„Der soll si mitsamt seim Gefolge von Bayreuth an die tschechische Grenze in a Luxushotel abg'setzt ham!", berichtet der Andere aufgeregt. „Ja wos soll'n denn mir da no für a Hoffnung ham, wenn sich die ganzen Großkopferten aus'm Staub macha?"

Anderl schüttelt den Kopf und wechselt das Thema. „Wie geht's eigentlich dei'm Schwager, der is doch Polizist und arbeitet im Zuchthaus in Amberg?"

Der Postbote gerät nun noch mehr in Rage. „Stöll dir vor, jetzt, wo die Amis die Stadt einnehma, verleg'n di ihre Gefangenen nach Süden. Widerstandskämpfer aus ganz Europa san angeblich dort ein'gsperrt. Fahrzeuge hams koane mehr, jetzt muss der zu Fuß mit dene Lumpen durch die Wälder wandern. Also na, so a Schmarrn. Wos soll des jetzt no bringa?"

Darauf weiß Anderl keine Antwort. Sein Gefühl sagt ihm, dass in den nächsten Tagen noch viele Dinge passieren werden, die fragwürdig sind. Er spricht diese Vermutung jedoch nicht aus.

„Wo treibt si eigentlich unser Ortsgruppenleiter rum? Den hob i den ganz'n Doch no ned g'sehn", fragt er stattdessen. Er will herausfinden, ob Schmiedl hinter Olgas Verschwinden steckt. Ihm würde er jede Schandtat zutrauen.

„Der hod von oben den Auftrag kriagt, Panzersperren zu baua. Zusammen mit'm Röschl und seinem Volkssturm hockens scho seit Stunden im Woid und wucht'n Baumstämm hin und her. Wenns glauben, dass des wos hülft ..." Er lässt den Satz unbeendet und schaut Anderl ratlos an. Der ist in Gedanken längst wieder bei Olga und zermartert sich das Hirn, wo die junge Frau sein könnte.

Theres

Im spärlichen Licht einer einzelnen Kerze reinigt Theres am Abend die alte Zentrifuge. Ein Glück, dass wir sie noch aufgehoben haben, freut sie sich im Stillen. Seit zwei Jahren müssen sie die neue, gute Zentrifuge nach jedem Buttern bei der Gemeindeverwaltung abgeben. Und einen großen Teil der Produktion ebenso. Das bisschen, das sie selbst behalten dürfen, reicht bei Weitem nicht aus, um alle auf dem Hof satt zu machen. Theres ist an Entbehrungen gewöhnt, selbst Hunger ist ihr nicht fremd, denn als Waise hat sie harte Zeiten durchstehen müssen. Dieses Schicksal will sie ihrer eigenen Tochter ersparen. Walburga soll es besser gehen, sie soll in ihrem Leben keinen Mangel spüren. Deshalb steht sie nun von Zeit zu Zeit spät abends an dem alten Ding und bessert so den täglichen Speisplan auf.

Ganz wohl ist ihr dabei nicht. Auch wenn die Vorhänge zugezogen sind und nur eine Kerze brennt, hat sie doch Angst davor, erwischt zu werden. Sie fragt sich, ob ihre Nachbarn sie anzeigen würden.

Ein leises Kratzen lässt die Bäuerin innehalten. Sie lauscht in die Stille hinein. Und wieder, ein leises Kratzen. Am Fenster. Sie löscht die Kerze und schiebt den Vorhang ein wenig zur Seite. Draußen ist es stockfinster. Wegen der Verdunkelung hatte sie auch nichts anderes erwartet. Sie schaut angestrengt Richtung Kuhstall, kann aber nichts erkennen. Plötzlich taucht eine Hand hinter dem Glas auf. Erschrocken entfährt ihr ein leiser Schrei. Es ist Olga! Schnell geht Theres zur Haustür und lässt diese herein.

Bleich und durchgefroren sitzt die junge Frau kurz darauf in der Stube. Theres drückt ihr einen Becher heiße Milch in die Hand und setzt sich daneben auf die Holzbank.

„Ja wo woarst denn heid den ganzen Doch?“, will sie von Olga wissen.

Diese schildert ihr unter Tränen das Zusammentreffen mit Schmiedl auf dem Feld, den anschließenden Kampf und ihre Flucht. Vor lauter Angst, er würde sie deshalb abholen und bestrafen lassen, hat sie sich einige Stunden lang im Dorf versteckt. Der Hunger und die Kälte haben sie nun wieder auf den Hof getrieben.

„Ich muss doch auch für mein Kind sorgen!", schließt sie ihren Bericht und legt beide Hände auf ihren Bauch.

Diese Geste rührt die Bäuerin zutiefst an. Theres nimmt sie fest in den Arm und versichert ihr, dass sie hier Schutz findet. „Und wega dem Schmiedl brauchst dir koane Sorg'n macha, der is damit beschäftigt, im Wald eine Verteidigung aufzubaua."

Langsam kehrt wieder Farbe in Olgas Gesicht. Sie holt ein kleines Foto aus ihrer Tasche und hält es der Bäuerin hin.

Erstaunt nimmt Theres es in die Hand und betrachtet das Bild genauer. Es zeigt einen fröhlich lachenden Mann Anfang zwanzig, mit glänzenden, welligen Haaren, einer runden Brille und einem gemusterten Pullunder über einem hellen Hemd.

„Is des dei Verlobter? A fescher junger Mann!"

Sofort füllen sich die Augen der Polin mit Tränen.

„Was mache ich nur ohne ihn? Wie soll ich alleine ein Kind großziehen?", schluchzt sie. „Welches Recht hatten die Deutschen, uns hierher zu verschleppen?"

Der letzte Satz ist Olga herausgerutscht. Das sieht die Bäuerin ihr deutlich an. Mit weit aufgerissenen Augen sitzt sie da und hält sich die Hand vor den Mund, wie um das eben Gesagte nachträglich daran zu hindern, aus ihrem Mund zu stürzen. Theres kann ihr keinen Vorwurf machen. Sie spricht die Wahrheit aus. Niemand hat das Recht, einen anderen Menschen gegen seinen Willen festzuhalten. Aber wir zwingen Olga nicht, hier zu sein, redet sich die Bäuerin ein. Wir kümmern uns um sie, als wäre sie eine von uns. Um das zu unterstreichen, nimmt sie die junge Frau fest in den Arm. Eine Weile sitzen sie so da. Wie zwei Gestrandete, die ihrem Schicksal ausgeliefert sind.

Walburga

Die Buben und Mädchen sind nervös und können nicht still sitzen. Zweimal an diesem Morgen war Fliegeralarm ausgelöst worden. Jedes Mal war der Lehrer mit allen Schülern zum alten Eiskeller gelaufen und hatte dort gewartet. Beide Male kam Entwarnung. Danach waren die Schüler nicht mehr zu beruhigen. Nur mithilfe des Rohrstocks ist es Röschl nun möglich zu unterrichten und ein Mindestmaß an Aufmerksamkeit zu erzielen.

Als schließlich der Gong ertönt, hält Walburga nichts mehr an ihrem Platz. Sie springt auf, packt rasch ihre Sachen zusammen und stürmt mit den anderen nach draußen. Sie will auf dem schnellsten Weg nach Hause und nachschauen, ob dort alles in Ordnung ist.

Insgeheim hofft sie darauf, ihren Freund zu treffen. Seit dem Kirchgang hat sie ihn nicht mehr gesehen. Aber sie denkt ständig an ihn. Immer wieder sieht sie den Moment vor sich, in dem Ferdi sie in seine starken Arme schloss. Ja! Er ist in mich verliebt, jubelt sie.

Sie nimmt die Abkürzung über den Friedhof, vorbei am Pfarrhof und durch das schmale Gässchen. Walburga ist so in ihre Gedanken versunken, dass sie fast Ferdi übersieht, der rauchend an der alten Kastanie lehnt.

Sie freut sich, dass er offensichtlich auf sie gewartet hat. Für Walburga ist es ein weiteres Zeichen dafür, dass er mehr für sie empfindet als Freundschaft. Schnell geht das Mädchen auf ihn zu.

„Servus Ferdi! Woartst du auf mi?“ Etwas verlegen schaut sie zu Boden.

„Ja freilich. I wollt schaua, ob bei dir alles in Ordnung is.“

„Ja, basst scho. I bin immer no a bissl durcheinander. Und wie is bei dir?“ Sie will ihm nicht zeigen, wie sehr sie sich über das Zusammentreffen freut.

Er erzählt Burgi, wie er am Morgen im Wald vom Fliegeralarm überrascht wurde. Zusammen mit einer Handvoll Männern und halbstarker Jungen, dem neu gebildeten Volkssturm des Dorfes, sollten sie die Panzersperren weiter ausbauen. Da aber ihr Anführer, der Lehrer Röschl, nicht da war, haben alle die Gunst der Stunde genutzt und sich beim Alarm schnell davongemacht.

„Des wird zwar no a Donnerwetter geb'n, aber wos soll's. Der Röschl kann uns ja ned alle erschieß'n!", meint er lachend und schnippt lässig die Zigarette auf den Boden. Burgi merkt ihm trotzdem an, dass hinter seiner kühnen Fassade auch Angst mitschwingt.

Um Ferdis Leben bangt sie nicht. Aber sie kennt den Lehrer und weiß, wie jähzornig seine Bestrafung ausfallen kann. Deshalb redet sie im gut zu und bittet ihn, sich auf dem schnellsten Weg wieder beim Volkssturm zu melden. Sie will nicht, dass der Liebste den Rohrstock des Lehrers zu spüren bekommt.

„Vielleicht schaffst es noch vor dem Röschl!", ruft sie Ferdi hinterher, der nun doch auf dem Absatz kehrt macht und Richtung Wald davonläuft.

Ob ihm etwas zustoßen kann? Nein, hier im Dorf ist er in Sicherheit! Was soll hier schon passieren? Der Krieg ist weit weg, redet sich das Mädchen ein.

Einen Augenblick lang verfolgt sie die kleiner werdende Gestalt ihres Freundes, dann setzt sie ihren Heimweg fort. Das ungute Gefühl verdrängt sie schnell und träumt stattdessen von ihrem gemeinsamen Leben mit Ferdi nach dem Krieg, vielleicht sogar weit weg von Fichtenried.

+++

Weder in der Küche noch in der Stube oder in der Werkstatt kann Walburga die Eltern finden. Schließlich entdeckt sie die Mutter ganz hinten im Stall bei den kleinen Kälbern. Walburga ist überglücklich und fällt ihr um den Hals.

„Mei Mutter, bin i froh, dass du da bist!", freut sie sich.

„Is scho guad. Die Viecher san a bissl unruhig g'word'n, drum bin i hier. Jetzt is es vorbei", beruhigt sie die Tochter und streicht ihr dabei sanft übers Haar. „Du, i wollt eh mit dir red'n."

Die Mutter erzählt ihr in Kurzform, wieso Olga nach Deutschland gebracht wurde, dass sie schwanger ist und hier auf dem Dorf bedroht wurde. Alle auf dem Hof seien nun gefragt und dafür verantwortlich, dass der Polin kein weiteres Unrecht geschieht.

Im ersten Moment ist das junge Mädchen sprachlos. Olga wurde bedroht. Von wem und warum? Hat der Ortsgruppenleiter etwas damit zu tun? Walburga bekommt ein schlechtes Gewissen. Habe ich sie auf dem Acker im Stich gelassen? Schnell redet sie sich ein, dass der Schmiedl als Parteifunktionär nichts Unrechts tun würde. Im Grunde will sie gar nicht wissen, wieso und von wem Olga bedroht wurde.

Ihre anfängliche Verwirrung schlägt in ungläubige Eifersucht um. Hat sie richtig gehört? Schwanger ist sie? Walburga kann nicht glauben, dass die Mutter dieser Frau auch noch Beistand leisten will. Will sie denn nicht sehen, wie die Andere den Vater umgarnt und ihm schmeichelt? Wie sie ihm schöne Augen macht? Walburga versteht nicht, wieso die Mutter Olga nicht einfach vor die Tür setzt. Ein weiterer Gedanke schießt durch ihren Kopf und lässt sie erstarren. Wenn der Kindsvater nun der Vater ist?

Einem ersten Impuls folgend, will Walburga die Mutter darauf ansprechen. Will sie an den Schultern fassen und so lange schütteln, bis diese wieder klar sieht. Aber das Mädchen besinnt sich. In ihrer Familie schweigt man lieber über manche Dinge.

Anderl

Die Nachricht von Olgas Rückkehr hat Anderl wieder ruhiger werden lassen. Er hat die Polin zwar noch nicht gesehen. Theres war der Meinung, diese sollte sich zuerst richtig ausschlafen. Aber alleine die Tatsache, dass sie unbeschadet wieder auf dem Hof ist, gibt ihm sein inneres Gleichgewicht zurück. Er setzt sich mit einer Tasse Ersatzkaffee an den Holztisch und nimmt die Zeitung zur Hand. Schon bei der ersten Schlagzeile schüttelt er den Kopf: Der Führer will heute an seinem 56. Geburtstag ausgewählte Männer des Volkssturms und Hitlerjungen mit dem Eisernen Kreuz auszeichnen.

„Ja wos soll denn des jetzt no nutzen?", murmelt er leise vor sich hin. „Glaub'n denn die, dass sie besser gegen die Russen kämpfa kina, wenn's so a eisernes Kreuz an der Uniform hänga ham? Der Sauhund soll leäihba dafür sorg'n, dass die Leit in Berlin ned verhungern. A Stückl Brot und a Krügl voll Milch täten die eher braucha", schimpft er über den Führer.

Die zweite große Schlagzeile des Tages lässt ihn fast die Hoffnung auf ein halbwegs friedliches Ende des Krieges verlieren: Gauleiter Wächtler wurde gestern wegen Feigheit vor dem Feind exekutiert. Neuer Gauleiter wurde Ludwig Ruckdeschel.

Voller Sorge legt er die Zeitung wieder auf den alten Holztisch zurück. Wenn die jetzt schon ihre eigenen Leute umbringen, was haben dann diejenigen zu erwarten, die nicht linientreu dem Führer dienen, grämt er sich. Der Wächtler hatte vor Jahren verkündet, er wolle mit Hitler selig werden, aber wenn es sein müsse, auch mit ihm zur Hölle fahren. An diesen Ausspruch kann sich Anderl noch gut erinnern. Hätte der den Hitler doch schon mitgenommen zum Teufel, wünscht er sich und fragt sich, wie lange das Land noch durchhalten muss.

Er denkt an die vergangene Nacht. Der Himmel im Norden war glutrot, erleuchtet von einem stillen Feuer. Durch die große Entfernung war kein Lärm zu hören, keine Explosion oder Bombendonner. Viele Fichtenrieder haben gebannt Richtung Nürnberg geschaut und sich gefragt, wie lange die Stadt der Reichsparteitage wohl noch standhalten wird. Der Feuerschein der bombardierten, brennenden Metropole glomm bis zum Morgengrauen.

Wenn Nürnberg fällt, werden die Amerikaner auf ihrem Weg nach Süden direkt am Dorf vorbeikommen, befürchtet Anderl. Letzten Endes wird es eine Befreiung sein, hofft er. Noch schlimmer, als es jetzt ist, kann es nicht mehr werden.

Theres

Der Samstagmorgen beginnt freundlich und frühlingshaft warm. Der April hält, was er verspricht, kommt es Theres in den Sinn, als sie sich auf den Weg zum Friedhof macht, um dort nach dem Familiengrab zu sehen. Fast vor jedem Haus sieht sie Menschen zusammenstehen und leise miteinander tuscheln. Wie ein Lauffeuer hat es sich im Dorf herumgesprochen, dass Nürnberg nun in der Hand der Amerikaner ist. Überall spürt sie eine ängstliche Nervosität. Wortfetzen wie „ungewisse Zukunft", „Verteidigung" und „standhalten" dringen bis an ihr Ohr.

Viele Fichtenrieder betrachten die alliierten Truppen als den dämonischen Feind, der das ganze Land zunichtemacht. Diese Meinung kann sie nicht teilen. Eine innere Stimme sagt ihr, dass hinter den nationalsozialistischen Aufmärschen, der Hitlerjugend und dem Bund Deutscher Mädel etwas ganz anderes steckt. Deshalb hatte sie Burgi auch verboten, dem BDM beizutreten. Theres war deren Gleichmacherei, der kollektive Fanatismus und die Rassenideologie nicht geheuer. Obwohl gerade sie das Streben nach Gemeinschaft gut verstehen kann. Aber diese Zusammengehörigkeit basierte auf Ausgrenzung, und das konnte sie nicht unterstützen.

Sie versucht so schnell wie möglich an der Menge vorbeizukommen, um nicht in ein Gespräch über die Zukunft des Dorfes verwickelt zu werden.

Ein lautes Krachen lässt Theres herumfahren. Erst kann sie nicht erkennen, woher der Lärm kommt. Doch dann sieht sie, wie einige Nachbarn in die kleine Seitengasse eilen, die zum Dorfwirt führt. Sie schließt sich den anderen an und läuft schnell in dieselbe Richtung.

Als sie um die Ecke biegt, kann sie vor dem Haus der Familie Maierhofer eine Handvoll Hitlerjungen in Uniform ausmachen, die gerade im Begriff sind, die Haustür mit einem Rammbock aufzubrechen. Zwei von ihnen sind mit Gewehren bewaffnet.

Bevor Theres auch nur einen weiteren Schritt auf das Gebäude zugehen kann, kracht es laut, Holz splittert und die Haustür springt auf. Mit einem

Kanister in der Hand geht einer der Jungen ins Haus und kurz darauf lodern die ersten Flammen aus den Fenstern.

Die Menge ist wie gelähmt. Auch Theres starrt mit offenem Mund ins Feuer. Ihr Blick wandert nach oben auf das Dach, und dort erkennt sie die Reste einer weißen Fahne. Der Herr stehe uns bei, fängt sie in Gedanken an zu beten. Die werden doch am Ende nicht noch mehr Unheil anrichten oder gar jemandem etwas zuleide tun?

Ihre Erstarrung wird schließlich durch das Bedürfnis, noch Schlimmeres verhindern zu wollen, aufgelöst. Schnell geht sie auf das Haus zu und überlegt fieberhaft, wie sie die Jungen zur Vernunft bringen kann.

Aus den Augenwinkeln erkennt Theres, dass noch eine weitere Person aus der Menge hervortritt und ebenfalls auf das brennende Haus zueilt. Ein Segen! Die Bäuerin schickt ein Stoßgebet zum Himmel. Der Pfarrer ist auch da! Der wird diesen Lausbuben die Leviten lesen!

Sie trifft gleichzeitig mit ihm bei den uniformierten Jungen ein. Theres fordert den Gottesmann energisch auf, dem Treiben Einhalt zu gebieten. Der Pfarrer folgt ihren Worten und befiehlt den Buben, die Waffen sofort niederzulegen und das Feuer zu löschen. Doch die Hitlerjungen rühren sich nicht vom Fleck. Panik steigt in ihr auf. Mittlerweile steht das ganze Erdgeschoss in Flammen. Wenn nicht sofort etwas unternommen wird, brennt das komplette Haus ab. Sie schaut sich nervös um und entdeckt den Lehrer Röschl etwas abseits der Menschenmenge. Sie will ihn dazu rufen und ihn um Hilfe bitten, da bemerkt sie die Waffe in seiner rechten Hand. Diese ist direkt auf den alten Maierhofer gerichtet, der angsterfüllt vor dem Lehrer steht und fassungslos zusieht, wie sein Haus von den Flammen verschlungen wird.

Die Bäuerin kann nicht glauben, was sich vor ihr abspielt, und will den Pfarrer auf die weitere Bedrohung aufmerksam machen. Da hört sie die Stimme des Ortsgruppenleiters Schmiedl laut ausrufen: „Ich danke unseren mutigen Hitlerjungen, dass sie so schnell und fähig auf diesen Akt des Defätismus reagiert haben! Feigheit vor dem Feind wird nicht toleriert! Die Familie Maierhofer hat in schändlicher Art und Weise den Kampfgeist der Dorfbewohner beschämt. Dafür müssen nun alle männlichen Bewohner des Hauses zur Rechenschaft gezogen und ihrer gerechten Strafe zugeführt werden!"

Röschl stößt mit seiner Waffe den alten Maierhofer und seinen 16-jährigen Enkel auf den Platz vor dem Haus. Theres sieht dem Schauspiel ungläubig zu. In ihrem Kopf rasen die Gedanken. Das kann nicht wahr sein! Die können den alten Mann und den Jungen doch nicht erschießen! Ja ist denn niemand da, der diesen Wahnsinn aufhalten kann?

Wie aufs Stichwort tritt der Pfarrer zu der Dreiergruppe, legt dem Lehrer beschwichtigend die Hand auf die Schulter und redet leise auf ihn ein. Aufgebracht eilt Schmiedl ebenfalls dazu und versucht, den Geistlichen rücksichtslos wegzudrängen. Der Pfarrer lässt sich nicht beirren, bekommt Schmiedl am Arm zu fassen und flüstert ihm etwas ins Ohr.

Die Bäuerin kann nicht verstehen, was der Glaubensmann dem Ortsgruppenleiter zu sagen hat. Sekunden verstreichen und niemand rührt sich. Außer dem Krachen und Knistern der Flammen, die nun den ersten Stock erreicht haben, ist nichts zu hören. Schmiedl und der Pfarrer starren sich eine gefühlte Ewigkeit lang an. Schließlich gibt der Ortsgruppenleiter dem Lehrer ein Zeichen, woraufhin Röschl die Waffe sinken lässt und die verängstigten Maierhofers wegschickt. Schmiedl, dunkelrot vor Zorn, macht auf dem Absatz kehrt und verlässt wutentbrannt den Schauplatz.

Die Menschenmenge, die die Szene bisher wie in einer Schockstarre verfolgt hat, regt sich langsam wieder. Vereinzelt werden Rufe nach Eimern und Wasser laut. Mit Schmiedls Abgang scheinen die Fichtenrieder die Erlaubnis bekommen zu haben, das Feuer zu löschen. Immer mehr Einheimische kommen nun mit gefüllten Behältern angerannt und versuchen, dem Feuer Einhalt zu gebieten. Vielleicht, denkt Theres verbittert, ist es aber auch nur der Pragmatismus, der sie antreibt. Die Angst davor, dass die Flammen auf die eigenen Höfe übergehen.

Der Pfarrer steht bei der eingeschüchterten Familie Maierhofer. Alle starren wie gebannt auf das Feuer. Niemand von ihnen kann sich dazu durchringen, die Löscharbeiten zu unterstützen. Bleichgesichtig blicken sie auf die lodernden Flammen, die sich nun ihren Weg durch das ganze Haus bahnen. Der Pfarrer legt dem alten Maierhofer die Hand auf die Schultern.

Auch Theres kann sich nicht von der Stelle rühren. Der Schrecken sitzt ihr tief in den Gliedern. Doch steigt ihre Neugierde und sie dreht sich zum Geistlichen um.

„Sagen's amal Herr Pfarrer, wie ham's denn den Schmiedl so schnöll zum Einlenka bracht?"

„Mei Theres, als Seelsorger hört man von seinen Schäfchen das eine oder andere. Und vor langer Zeit war der Herr Schmiedl ebenfalls ein Schäfchen von mir. Auch wenn er das wohl vergessen hat."

Dann wendet er sich wieder der verstörten Familie zu und spricht leise und beruhigend auf sie ein.

Anderl

Anderl steht vor seiner alten Werkbank und befreit eine Sense vom Rost, welchen die kalte und feuchte Witterung im Winter auf der Schneide hinterlassen hat. Ein heller Sonnenstrahl fällt auf das Werkzeug vor ihm und er bemerkt, dass jemand das Tor geöffnet hat. Er dreht sich um und sieht Olga in der Türe stehen.

Der Ausdruck auf ihrem Gesicht spricht Bände. Anderl muss seine ganze Kraft und Zuversicht aufbringen, um sich von Olgas Angst nicht überrumpeln zu lassen.

Er kann gut verstehen, dass sie von der bedrohlichen Attacke auf die Familie Maierhofer eingeschüchtert ist. Er selbst kann nur mühsam begreifen, wie der Zusammenhalt im Dorf von einem Tag auf den anderen einen so starken Riss bekommen konnte. Das Verhalten der jungen Burschen kann er gerade noch auf deren grenzenlose Dummheit und ihre vom Krieg geprägte Kindheit schieben. Aber dass sich ein gescheiter und belesener Mann wie der Lehrer Röschl für dieses abscheuliche Verbrechen hergibt, das kann er einfach nicht glauben.

Der Krieg ist also bei uns angekommen, stellt er nüchtern fest und beginnt, mit geschmeidigen, oft schon ausgeführten Bewegungen die Sense mit dem speckigen Wetzstein zu schleifen. Er schämt sich für sein Dorf und kann Olga nicht in die Augen sehen.

Leise schließt die junge Frau das Tor und geht ein paar Schritte auf den Bauern zu. Um Zeit zu gewinnen und sich zu sammeln, fährt er prüfend mit dem Daumen über die nun scharfe Schneide, zieht sein altes Taschentuch aus der Hosentasche und poliert das matt glänzende Metall. Endlich verstaut er das Werkzeug an seinem Platz und wendet sich Olga zu.

Er setzt an und will sie nach ihrem Anliegen fragen, da bricht die angestaute Angst aus ihr heraus. Ein Weinkrampf lässt ihren ganzen Körper zittern und einzelne Strähnen ihres dunklen Haars lösen sich aus ihrem Kopftuch.

Anderl wartet, bis das Beben langsam abklingt, dann erst bringt er die Kraft auf, auf Olga zuzugehen und ihr tröstend die Hand auf die Schulter zu legen. Mehr Nähe kann er nicht zulassen. Er hat Angst davor, seine Leidenschaft für die junge Frau könnte ihn zu einer Dummheit verleiten. Er will seine Ehe mit Theres auf keinen Fall aufs Spiel setzen. Aber das könnte passieren, wenn er seiner Verliebtheit nachgibt.

„Mei Madl, es wird scho wieder", murmelt er fast tonlos.

Olga scheint ihn nicht gehört zu haben, noch immer ist ihr Blick gesenkt. Er begreift endlich, wie alleine und ausgeschlossen sich die Polin fühlen muss und wie furchtbar die ungewisse Zukunft vor ihr liegt. Er versteht ihr Heimweh! Nur er kann ihr jetzt Sicherheit und Halt geben! Trotz seiner Vorbehalte nimmt er Olga tröstend in die Arme.

„Der Schmiedl hätte sich fast an mir vergangen. Ich konnte gerade noch fliehen", bringt sie zwischen zwei Schluchzern hervor. Stockend schildert sie ihm das abscheuliche Verhalten des Ortsgruppenleiters, wie er sie zu Boden rang, sie überall am Körper befingerte, wie sie seinen heißen, stinkenden Atem ertragen musste und seine lüsterne Fratze. „Ich schäme mich so."

Anderl wird von unbändigem Zorn übermannt. Deshalb war Olga so still und in sich gekehrt. Nicht weil sie Heimweh hatte, sondern weil dieser scheinheilige Widerling ihr Gewalt antun wollte!

„Sauhund, greißlicher! Elender Hodernlump!", entfährt es ihm lautstark.

Die Polin zuckt zusammen. Um sie zu beruhigen, nimmt er sie noch fester in den Arm, umfasst ihren zarten Körper mit seinen starken Armen. Er spürt, wie sich mit einem Mal ihre Anspannung löst und ihr ganzes Gewicht in seinen Armen liegt. Wie lange hatte er sich das schon gewünscht? Wenn er ganz ehrlich ist, schon seit sie das erste Mal den Hof betreten hat. So stehen sie einige Minuten stumm zusammen. Anderl spürt, wie die junge Frau von neuer Kraft durchflutet wird. Und auch er wird davon mitgerissen.

+++

Dem frühlingshaften Wetter vom Vortag zum Trotz war es in der Nacht zum Sonntag eisig kalt geworden. Anderl zieht am Morgen seinen warmen

Janker an und macht sich mit Theres und Walburga auf den Weg in die Frühmesse. Olga hat er angewiesen, sich im Haus versteckt zu halten und auf den Kirchgang zu verzichten. Er will nicht riskieren, dass sie Schmiedl über den Weg läuft. Und auch ihm wäre es lieber, den Parteifunktionär in nächster Zeit nicht zu treffen. Vor lauter Wut wäre er durchaus in der Lage, diesen mit einem einzigen Fausthieb niederzuschlagen.

Zu so früher Stunde und bei diesen Temperaturen sind noch nicht viele Menschen auf der Straße. Anderl ist das nur recht. Er kann und will im Moment seinen Nachbarn nicht begegnen, die gestern tatenlos zugesehen haben, wie dieses Unrecht geschehen ist. Seine Frau kam danach mit Tränen in den Augen nach Hause und hat ihm mit Entsetzen in der Stimme geschildert, welches Grauen den Maierhofers widerfahren ist.

Als er das alte Tor zum Friedhof aufstößt, sieht er den Postboten hinter einem Grab hervortreten und auf sich zukommen. Von Theres weiß er, dass dieser gestern ebenfalls das schaurige Schauspiel verpasst hat. Der Bauer bringt ein müdes Lächeln zustande.

„Griaß di“, ist seine knappe Begrüßung.

„Anderl, guad dass i di treff. Host scho g'hört, die Amis san im Nachbardorf einmarschiert.“ Der Postbote berichtet, dass deren Bürgermeister das Dach des Schulgebäudes mit einem großen, roten Kreuz gekennzeichnet hatte. In dem Gebäude waren zwar nur eine Handvoll verwundete Soldaten untergebracht, dennoch galt das ganze Dorf als Lazarettstandort und wurde nicht beschossen. Die friedliche Übergabe stand wohl für einen kurzen Moment auf Messers Schneide, als die einziehenden amerikanischen Soldaten von einem nahe gelegenen Wäldchen aus beschossen wurden. Der befehlshabende Captain hat daraufhin den Bürgermeister als lebenden Schutzschild auf die Motorhaube des voranfahrenden Jeeps gesetzt und damit den Angriff beendet.

„Und kumma di jetzt aa zu uns?“, fragt Anderl erstaunt und skeptisch zugleich.

„I hob g'hört, dass di sich weiter Richtung Süden, also Richtung Rengschburg beweg'n. Aber von Neimoark her kumma wohl scho wieder welche nach. Und di müss'n auf jeden Fall an unser'm Dorf vorbei", beendet der Postbote seinen Bericht. „Und wer woaß, auf wos für Ideen die Narrischen im Wald kumma, um diesen Vormarsch aufzuhalt'n."

Trotz seiner Sorge um die Familie, um den Hof und um Fichtenried kehren Anderls Gedanken immer wieder zu der Werkstatt und seiner Umarmung mit Olga zurück. Hätte sie ihm gestern nur den kleinsten Wink gegeben, wäre all seine mühsam aufgebaute Zurückhaltung dem stürmischen Verlangen gewichen, sie zu küssen. Aber ihre Suche nach körperlicher Nähe war eher dem Bedürfnis nach Schutz als nach leidenschaftlicher Liebe zuzuschreiben. Das hatte er im letzten Moment erkannt. Nun ist er heilfroh, dass weiter nichts passiert ist. Wie konnte er sich einbilden, das junge Madl würde seine Gefühle erwidern? Wenn Theres ihn so gesehen hätte! Oder Walburga! Nicht auszudenken, zu welchem Durcheinander es gekommen wäre. Der drohende Einmarsch der Amerikaner brachte schon genug Chaos mit sich.

Dem Postboten antwortet er: „Wenn mir an kühlen Kopf bewahr'n, dann kina mir des Dorf rett'n. Der Pfarrer is auf unserer Seit'n. Und der bringt hoffentlich an göttlichen Beistand mit!"

„Amen!", erwidert daraufhin der Andere.

Walburga

Wie jeden Abend bei Anbruch der Dämmerung prüft die Mutter ganz genau, ob die Verdunkelung nahtlos ist. Erst dann darf Walburga die wenigen Kerzen in der Stube entzünden. Und wie jeden Abend sitzt der Vater vor dem Radio auf der Suche nach einem Sender, der nicht die üblichen Lügen über die Überlegenheit des deutschen Volkes verbreitet. Sie weiß, dass es gefährlich ist, den ausländischen Sender zu hören. Der Vater hat ihr aufs Strengste verboten, mit irgendjemandem darüber zu sprechen. Auch Ferdi darf sie davon nichts erzählen.

Walburga schaut verwundert auf, als die vertraute Melodie der deutschen Propaganda ertönt. Auch die Mutter hält einen Augenblick inne und lässt das Strickzeug in ihren Schoß fallen. Anderl bemerkt die irritierten Blicke und erklärt knapp, dass heute Abend der neue Gauleiter Ludwig Ruckdeschel im Regensburger Capitol eine Rede hält. Und jetzt, wo Neumarkt gefallen ist, und die Amerikaner weiter auf dem Vormarsch Richtung Süden sind, will er hören, was die Führung dazu zu sagen hat.

Walburga fällt das Gespräch mit Ferdi ein, der ihr bereits heute Nachmittag von der Eroberung Neumarkts berichtete. Für eine halbe Stunde konnte sie sich davonstehlen, um sich mit ihm an der alten Kastanie zu treffen. Mit wild klopfendem Herzen war sie einige Minuten früher am Treffpunkt und malte sich eine stürmische Umarmung aus. Als Ferdi schließlich eintraf, war er zwar ebenso aufgeregt wie sie, jedoch aus einem anderen Grund.

Er erzählte ihr in leidenschaftlichem Ton von seinem Zusammentreffen mit ungarischen SS-Soldaten, die in einem Waldstück in der Nähe des Dorfes Rast machten. Die sechs jungen Männer hatten als Einzige ihrer Einheit den tagelang andauernden Häuserkampf in Neumarkt überlebt und konnten noch rechtzeitig vor der Eroberung durch die Amerikaner fliehen. Ferdi besorgte ihnen etwas zu essen und im Gegenzug berichteten sie ihm in überraschend gutem Deutsch von ihrer Kampferfahrung mit dem Feind.

„Stöll dir vor, Burgi, oaner hat mir sei Messer zeigt. Am Schaft wor'n sechs Kerben eing'ritzt, für jed'n erstochan Feind oane!"

Sie schüttelt jetzt noch den Kopf und kann nicht glauben, wie begeistert ihr Freund von diesem Zusammentreffen geschwärmt hat. Immerhin hat er sich nicht diesen Hitzköpfen angeschlossen, die das Haus der Maierhofers angezündet haben, denkt sie erleichtert. Sonst bräuchte er sich bei uns nicht mehr blicken lassen, der Vater würde ihn sofort vom Hof jagen.

Trotzdem fühlt sie sich gekränkt. Nicht ein einziges Mal hatte er danach gefragt, wie es ihr geht. Von ihrem Verdacht, dass Olga und den Vater mehr als eine Freundschaft verbinden könnte, hat sie Ferdi natürlich nichts erzählt. Er weiß nur, dass Olga komisch ist und sich in den Vordergrund drängt. Mit ihm kann sie darüber nicht sprechen. Er würde das Ganze sicher als „Weiberkram" abtun.

Ein lautes „Jetzt kummt's!" reißt sie aus ihren Gedanken. Anderl dreht den Lautstärkenregler höher und nach einem kurzen Rauschen dringt eine feste und unnachgiebige Stimme durch die Stube: „Regensburg wird verteidigt bis zum letzten Stein. Je schlimmer die Not, um so fanatischer müssen wir sein, weil es immer um Deutschland geht. Die Parole für Regensburg lautet: Nicht schwach sein, nicht feige werden, nicht kapitulieren!" [4]

Schon nach diesen paar Sätzen schaltet der Vater das Gerät abrupt aus. Leise murmelt er vor sich hin: „Ja hat dene des no ned g'langt in Neimoark, woll'n die etz die nächste Schtod aa no dem Erdboden gleich macha?"

Schwerfällig lässt er sich auf die Bank neben Walburga fallen und starrt stumm vor sich hin. Sie tauscht einen kurzen, verwunderten Blick mit ihrer Mutter und bekommt es ganz langsam mit der Angst zu tun. Widerstand ist gleichbedeutend mit Zerstörung, soviel hat sie jetzt begriffen. Was passiert also, wenn hier im Dorf jemand Widerstand leistet? Wird dann ihr Zuhause ebenfalls zerstört? Was wird dann aus ihr und den Eltern? Wie wird sich Ferdi verhalten? Wird er Widerstand leisten und sein Leben aufs Spiel setzen? Eine große Einsamkeit überfällt sie. Instinktiv rutscht sie näher an den Vater heran, umklammert seinen Arm und lässt den Kopf auf seine Schulter fallen. Die Wärme seines Körpers und sein vertrauter Geruch können ihr zumindest ein kleines bisschen Halt und Sicherheit geben.

Für eine kurze Weile sitzen sie so zusammen. Dann zerreißt ein ohrenbetäubendes Pfeifen die Stille, gefolgt von einem dumpfen Einschlag. Walburga schreckt zusammen und hat nur noch einen Satz im Kopf: Der Krieg ist bei uns angekommen!

Teil III – 15. Juli 1973
Melchior

Schlaftrunken fällt sein Blick auf den gefalteten beige-gelben Zettel, der auf dem alten Holztisch liegt. In großen Buchstaben sind darauf die Forderungen „Fußgängerbereiche“, „Schaffung von Grün- und Freizeitflächen“ und „öffentliche Kinderspielräume“ zu erkennen. Sofort ärgert sich Melchior darüber, dass er nicht wie versprochen den Mitgliedsantrag der Altstadtfreunde ausgefüllt und abgegeben hat. Es ist zwar nur eine Unterschrift, und seine Mithilfe am heutigen Tag ist in jedem Fall wichtiger als die Formalität, dennoch verflucht er sich innerlich für seine Vergesslichkeit. Heute, an diesem besonderen Tag, wäre er gerne hochoffiziell Mitglied der Vereinigung „Freunde der Altstadt“ und gleichzeitig Veranstalter des ersten Bürgerfestes gewesen.

Seit vier Wochen dreht sich für ihn alles um das geplante Spektakel. Seine Arbeit als Volontär hat er schleifen lassen, was ihm in der Redaktion aber niemand übel nahm. Das viel gefürchtete Sommerloch wurde mit Meldungen über ständig gebrochene Hitzerekorde gestopft. Die wenigen Artikel, die der junge Journalist dennoch geschrieben hat, handelten allesamt von den geplanten Attraktionen auf dem Altstadtfest. Gut informiert sind unsere Mitbürger in jedem Fall, hatte der Kulturredakteur ihn wegen seiner Arbeit gelobt, ob sie auch kommen werden?

Darüber macht sich Melchior heute keinen Kopf. Auch nicht über das Wetter. Oft genug haben sie die letzten Tage die Prognosen abgefragt und gezittert, ob es auch wirklich halten wird, das angesagte Hoch „Ove“. Wenn er jetzt so aus dem Fenster sieht, strahlt ihm ein tiefblauer, bayerischer Himmel entgegen. Nicht eine einzige Wolke ist in Sicht, besser könnte es selbst Petrus nicht machen. Obwohl er sonst nicht viel vom Beten hält, schickt er trotzdem ein kleines Vaterunser nach oben, mit der Bitte, es möge sich die nächsten vierzehn Stunden wettermäßig nichts ändern.

Ein leises Rascheln lenkt seine Aufmerksamkeit vom Fenster weg. Auf der einfachen Matratze neben seinem Bett wühlt sich Franzi verschlafen aus der Decke und blinzelt ihn durch seine braunen Wuschellocken an. Der Freund war gestern Abend angekommen und sie hatten zusammen Brotzeit gemacht: Radieserl, Brezen, Leberkäse und Radler. Später öffneten sie eine Flasche Wein und unterhielten sich bis weit nach Mitternacht.

Heute will der dem Freund zeigen, was ihm an der Stadt so gefällt: die großen, weiten Plätze, die kleinen Gassen, das Donauufer und natürlich die alte Wurschtkuchl. Jahr für Jahr trotzt das kleine Häuschen dem Hochwasser. Und für den Fall, dass die Fluten trotzdem in den Gastraum eindringen, gibt es einen Notfallplan. Nach Abfluss der Donau wird alles sorgfältig abgespritzt und sauber gemacht. Kurz darauf geht der Verkauf weiter. Und das schon seit vielen hundert Jahren. Er fühlt sich seltsam verbunden mit dem historischen Gebäude. Immer, wenn er eine Bratwurstsemmel mit Kraut und süßem Senf isst, muss er an die Arbeiter denken, die im Mittelalter die Steinerne Brücke gebaut haben und in der Wurschtkuchl verpflegt wurden.

„Guad' Moarg'n", bringt Franzi verschlafen hervor. „Host du an Kaffee da? Ohne den kumm i sonst ned auf die Füß!"

„Ja klar, i mach dir glei oan. Geh du erschtmal ins Bad raus und mach di frisch. Es is glei die erschte Tür rechts im Treppenhaus. Gibt allerdings nur fließend kalt's Wasser. Aber damit wirst wenigstens gscheid wach!", ruft er seinem Freund lachend hinterher.

Großen Komfort bietet sein Zimmer in dem alten Turm nicht, dafür genießt er täglich den wunderbaren Ausblick über die Dächer der alten Stadt. Gerade jetzt glitzern die rot gedeckten Türme und Giebel im Licht der Morgensonne und über allem liegt eine feierliche Ruhe. Dass unter ihm die verschmutzten und zugemüllten Altstadtgassen liegen, entgeht Melchiors verträumtem Blick.

Auf meine morgendliche Schwimmrunde muss ich heute leider verzichten, stellt Melchior betrübt fest, dafür ist keine Zeit mehr. Er tröstet sich damit, dass er heute Nacht, nach getaner Arbeit und einem hoffentlich amüsanten und erlebnisreichen Tag, in die Fluten eintauchen wird. Und vielleicht findet sich dafür sogar weibliche Gesellschaft. Wer weiß, was der Tag heute alles bringt!

Fröhlich pfeifend gießt er das kochende Wasser in den alten Porzellanfilter und brüht frischen Kaffee auf. Dann holt er zwei ungleiche Tassen aus dem kleinen Regal über dem Spülbecken und stellt diese zusammen mit zwei angeschlagenen Tellern auf den Holztisch. Den Mitgliedsantrag legt er vorsichtig beiseite und stellt stattdessen Brot, Butter und die selbst gemachte Erdbeermarmelade seiner Mutter dazu.

Er ist stolz darauf, Franzi SEINE Stadt zeigen zu können. Nach einem Jahr hier kann er sich nicht mehr vorstellen, wieder in Fichtenried zu leben. Irgendwann wird die Mutter das verstehen und seine Entscheidung akzeptieren.

Er setzt sich auf den harten Holzstuhl und während er auf Franzi wartet, genießt er in aller Ruhe seinen Kaffee. Langsam wächst die Vorfreude auf das Fest. Stolz erfüllt genießt der junge Mann die Tatsache, dass er zum Gelingen der Feier beitragen darf. Wenn ihn nur die Mutter so sehen könnte oder der Großvater! Mit einem Mal überkommt ihn das Gefühl, dass er den heutigen Tag so schnell nicht mehr vergessen wird.

Walburga

Als Walburga an diesem Sonntagmorgen mit einem Haferl Kaffee am Küchenfenster steht, genießt sie die Stille und die erfrischende Brise, die durch das geöffnete Fenster hereinströmt. Sie hat eine Fünf-Tages-Schicht hinter sich und freut sich nun auf die kommenden freien Tage. Ihr Mann Clemens ist schon vor dem Morgengrauen in die Klinik aufgebrochen. Ein schwerer Verkehrsunfall in der Nacht hat ihn aus dem Schlaf gerissen und fort an den OP-Tisch geholt. Walburga denkt für einen kurzen Moment an die Eltern des in Lebensgefahr schwebenden jungen Mannes und wünscht ihnen Kraft und Zuversicht. Oft hat sie im Krankenhausalltag erlebt, wie Angehörige aufgrund schlechter Nachrichten einfach zusammenbrechen und sie im wahrsten Sinne des Wortes den Boden unter den Füßen verlieren.

Unweigerlich muss sie an ihren Sohn denken. Ausnahmsweise ist sie dankbar dafür, dass er in die Stadt gezogen ist. Dort wird er hoffentlich nicht in die Verlegenheit kommen, sich nachts und womöglich noch betrunken ans Steuer zu setzen. Dort kann er alles fußläufig erreichen oder zur Not mit dem Rad zu seiner Wohnung fahren, hofft sie. Wenn sie wählen könnte, hätte sie Melchior trotzdem gerne bei sich. Seit er weg ist, fühlt sie eine Leere, die sie mit nichts füllen kann. Sie hat es mit Literatur probiert, sich einen Lesekreis gesucht und akribisch jedes vorgeschlagene Buch durchgearbeitet. Bei Peter Handkes „Der kurze Brief zum langen Abschied" hatte sie die Geduld verloren und den Zirkel wieder verlassen. Ein Protagonist, der in der Ferne seine Frau und vielleicht auch sein Glück sucht, das konnte sie nicht nachempfinden. Um nichts in der Welt würde sie Fichtenried und den Hof verlassen. Hier ist ihre Heimat, hier will sie sein. Und wieder kehren ihre Gedanken zu Melchior zurück. Was sucht er in der Stadt? Was findet er dort, was es hier nicht gibt? Walburga kommt es fast so vor, als ob der Junge bei seinem Auszug einen Teil von ihr mitgenommen hätte. In Momenten wie diesen, wenn sie kurz zur Ruhe kommt, spürt sie diese Wunde ganz deutlich. Sie nimmt sich vor, den heutigen Tag zu genießen und sich nicht, wie sonst so oft, in das klaffende Loch zu verkriechen.

Walburga trinkt den letzten Schluck Kaffee, will sich umdrehen und weggehen, da bemerkt sie die leere Holzbank vor dem Haus. Wo ist denn der Vater, wundert sie sich. Auch die Katze Minka liegt nicht wie sonst üblich auf der Bank. Die werden beide oben in der Kammer schlafen, spekuliert sie. Der Vater war die letzten Tage so müde, ich lass ihn noch eine halbe Stunde ausruhen, bis ich im Bad fertig bin. Danach mache ich uns ein richtig schönes Frühstück! Walburga stellt sich unter die Dusche und mit dem warmen Wasser vertreibt sie die Anstrengung der letzten Arbeitstage.

Wenig später steht sie vergnügt in der Küche und bereitet ein herzhaftes Frühstück aus Eiern, Schinken und frisch aufgebackenen Semmeln für sich und den Vater zu. Ihre Laune ist gut. Nicht einmal die Wetterprognose kann sie dämpfen. Später, während der größten Hitze, will sie im Haus bleiben und fernsehen. Am Abend, wenn es etwas kühler geworden ist, werden sie und Anderl in den Biergarten gehen und dort etwas essen. Vielleicht schafft es Clemens auch dazuzukommen.

Für einen kurzen Moment starrt sie auf das sprudelnde Wasser im Topf vor sich und lässt die letzten Wochen noch einmal Revue passieren. Die Vergesslichkeit vom Vater hatte immer mehr zugenommen und oft musste sie ihm sogar sagen, dass sie seine Tochter Burgi und nicht seine Frau Theres sei. Er brachte die Tage durcheinander, vergaß sich zu waschen oder zog einen viel zu dicken Pullover in dieser Hitze an. Aber die letzten beiden Tage war er wieder ganz klar.

Widerwillig denkt sie an den Besuch von Olga vor vier Wochen zurück. Das muss der Grund sein, wieso der Vater so aus dem Gleichgewicht gekommen ist, findet sie eine Erklärung für seine Gedächtnislücken und wünscht sich gleichzeitig, dieses Wiedersehen hätte nie stattgefunden. Walburga hatte zwar nicht das ganze Gespräch zwischen Olga und dem Vater verfolgt, sie ist sich aber sicher, dass irgendwelche alten Geschichten aufgewärmt wurden. Und das hat ihm ganz und gar nicht gut getan! Resolut lässt sie die Eier in das kochende Wasser gleiten. Deshalb will sie heute besonders nett zu ihm sein und einen großen Bogen um alle verfänglichen Themen machen.

Walburga nutzt die Zeit, bis die Eier fertig sind, und spült das herumstehende Geschirr. Sie kann Unordnung in der Küche nicht leiden. Dann wischt sie schnell noch mit einem feuchten Lappen über die bereits saubere Arbeitsfläche und packt die Frühstücksutensilien auf ein Tablett. Hinter dem Haus im Schatten eines alten Obstbaumes deckt sie einen kleinen Tisch, geht dann eilig zum Schlafzimmer vom Vater und klopft zaghaft an. Als sich nichts rührt, lauscht sie einen Augenblick und öffnet dann energisch die Tür. Durch die halb geöffneten Gardinen mit dem altmodischen Blumenmuster fallen Sonnenstrahlen ins Zimmer. Alles ist ordentlich aufgeräumt, und außer den Filzpantoffeln vor dem Bett liegt nichts im Zimmer herum. An der Wand hängt ein altes Schwarzweißfoto, eine Aufnahme vom Hochzeitstag der Eltern. Die Mutter trägt, wie damals üblich, ein schwarzes Brautkleid und der Vater einen dunklen Anzug. Beide schauen streng in die Kamera. Aber das alles registriert Walburga in diesem Moment nicht. Denn weder der Vater noch Minka liegen wie vermutet schlafend in der Kammer. Das alte Holzbett ist leer und das Bettzeug frisch aufgeschüttelt.

Melchior

„Autogerechte Altstadt – wenn i des scho hör! Nix als parkendes Blech überall“, schimpft Melchior, als er mit Franzi sein Zimmer verlässt und die vielen, ausgetretenen Holzstufen des alten Turms nach unten geht. Die Innenwände sind dreckig, verrußt und hätten dringend einen neuen Putz nötig. Durch die kleinen, schmutzigen Holzfenster fällt nur spärlich Tageslicht in das Stiegenhaus, weshalb man sich auf der Treppe vorsehen muss. Melchior beobachtet Franzi dabei, wie dieser das Geländer fest mit der rechten Hand umklammert und Stufe für Stufe vorsichtig nach unten steigt.

„Wieso regst di denn so aaf? Wos is denn daran schlecht, wenn ma mit'm Auto überall hinkumma wüll?“, erwidert ihm dieser.

„Alles! Wie soi ma denn bitteschön die kloana und wunderbar verwinkelt'n Altstadtgassln autofahrerfreundlich macha? Des musst du mir amal erklär'n!“, regt er sich weiter auf. „Der Chef vom Tiefbauamt, der in der engst'n Gassn überhaupt wohnt, fordert scho seit Jahren, dass er mit seim dicken Benz bis vor die Haustüre fahr'n derf. Wahrscheinlich wüll der sogar no a Tiefgarage unter dem Haus baua lass'n, soweit kummt's no! Die Oberen von der Schtod hom allesamt an Weitblick, der ned amal bis zu ihrer Nasenspitz reicht!“

„Und weäih stöllst du dir die Innenstadt vor?“

„Ich würd als Erschtes alle Autos verbanna, Fußgängerzonen anleg'n und die oidn Häiser so herricht'n, dass ma wieder gerne dort wohnt. Die oide Schtod soll mit Leben und ned mit Beton g'füllt werd'n.“

Schweigend gehen sie weiter durch gespenstisch ruhige Gassen und Straßen. Die Polizei hat es tatsächlich geschafft, alle Autos, ob parkend oder fahrend, für diesen Tag aus der Innenstadt zu verbannen. Bis zuletzt hatte Melchior nicht daran geglaubt, dass dies tatsächlich möglich wäre. Am meisten erstaunt ihn, dass wirklich alle geparkten Fahrzeuge verschwunden sind. Soweit er weiß, musste die Polizei nicht ein Einziges abschleppen lassen. Stolz erfüllt stellt er sich vor, wie seine Berichterstattung vielleicht dazu beigetragen hat, dass sich die Menschen auf das Fest freuen und am Ende sogar mithelfen, dass es auch gelingt.

Nach wenigen Minuten erreichen die jungen Männer den Kohlenmarkt. Hier wimmelt es nur so von Helfern und es herrscht eine angespannte, aber dennoch fröhliche und positive Stimmung. Überall stapeln sich Bierbänke und Tische, Banner werden aufgehängt, die Bühne ist fast fertig aufgebaut und gerade fährt ein Bierlaster vor. Ganz ohne Fahrzeuge geht es halt doch nicht, schmunzelt Melchior. Auch seine Aufgabe am heutigen Tag hat mit einem fahrbaren Untersatz zu tun. Er freut sich darauf, wie er mit Franzi zusammen in dem für sie bereitstehenden Transporter ein Klavier von einer Bühne zur nächsten fahren wird. Der genaue Zeitplan steckt bereits in seiner Hosentasche.

Stadler, der Kopf des Organisationskomitees, hat ihn entdeckt und kommt auf ihn zu.

„Guten Morgen die Herren! Na, ausgeschlafen?“, fragt er lachend. „Es soll heute so richtig heiß werden, knapp vierzig Grad, „Ove“ hat uns fest im Griff! Ich hoffe, ihr übernehmt euch nicht mit dem schweren Klavier und schafft das mit dem Transport.“

„Der Franzi und i, mir kriegen des schon hin. Keine Sorge Herr Stadler.“

„Ach ja, noch was. Egal, was passiert oder wo ihr steckenbleibt: Das Klavier muss um Punkt 14 Uhr auf der Hauptbühne stehen. Dort wird es eine kleine Ansprache vom Oberbürgermeister und vom Staatssekretär Schmiedl geben. Das Ganze wird musikalisch untermalt. Wenn ihr das Klavier nicht rechtzeitig aufstellt, gibt’s Ärger mit mir! Wir wollen denen doch zeigen, was wir alles drauf haben!“

„Wie, der Schmiedl kommt auch? Ich dachte, der findet die ganze Idee von der Altstadtsanierung ziemlich bescheuert“, erkundigt sich Melchior.

„Politiker halt! Wenn die sich irgendwo profilieren können, dann stehen sie vorne dabei. Und gerade deshalb will ich, dass alles wie am Schnürchen läuft. Wir wollen vor denen doch nicht dumm dastehen!“

Schon wieder dieser Schmiedl! Wieso läuft mir der auf einmal ständig über den Weg, grübelt Melchior nach. Vielleicht ergibt sich ja eine Gelegenheit und ich frag ihn wegen dem Opa. Ich weiß immer noch nicht, was die Zwei miteinander zu tun hatten.

Der angehende Journalist in ihm wollte in dieser Sache immer wieder recherchieren. Aber die Organisation des Bürgerfestes hatte so viel Zeit in Anspruch genommen, dass dafür kein Platz war. Gerade fühlt er sich als Versager, der es nicht schafft, an einer Geschichte dranzubleiben.

„Also, woll'ma hier no länger rumstehen oder pack ma's?", hakt Franzi nach.

Sie verabschieden sich von Stadler und suchen ihr heutiges Einsatzfahrzeug: einen roten Möbelwagen.

Melchior zieht den Plan und den Schlüssel für den Transporter aus der Tasche und als er ihn auf dem Parkplatz vor dem Buchladen entdeckt, geht er mit den Worten „Auf geht's!" darauf zu. „Wird a langa Doch werd'n!"

Anderl

Ich muss sie aufhalten, dieser Gedanke schwirrt unaufhörlich in seinem Kopf herum. Gleichzeitig verspürt Anderl einen unbändigen Durst und eine bleierne Müdigkeit hat ihn erfasst. Ein dumpfes Pochen dröhnt in seinem Kopf. Sein Atem geht stoßweise, er schnappt nach Luft.

Nur fünf Minuten ausruhen, verhandelt er in Gedanken mit sich selbst, dann gehe ich weiter.

Am staubigen, ausgetrockneten Wegrand findet er eine kleine Hecke, unter deren Schatten er sich schwer atmend ins braune Gras fallen lässt. Er holt sein verschlissenes Taschentuch aus der Jackentasche, nimmt den alten Strohhut ab und wischt sich den Schweiß von der Stirn. Seine Atemzüge werden wieder gleichmäßiger.

Dann blickt er sich um. Wo wollte ich hin? Und wo bin ich überhaupt? Wo sind die Theres und die Burgi? Und die Olga … Wieder taucht der Gedanke auf: Ich muss sie aufhalten!

Er will sich aufrichten und aufstehen, doch seine Beine reagieren nicht. Nur für einen kurzen Moment die Augen schließen, denkt er. Gleich mache ich mich auf den Weg. Ich muss Schmiedl und Röschl aufhalten, sonst ist Fichtenried verloren!

Walburga

Panisch läuft Walburga von einem Nachbarn zum nächsten, klopft laut an die Türen und fragt nach dem Vater. Niemand hat ihn gesehen. Schon seit einer Stunde ist sie auf der Suche, zuerst hat sie im Haus, dem Hof und dem Garten nachgesehen, dann die Nachbarhöfe und die umliegenden Häuser in Fichtenried durchkämmt. Doch wo sie auch hinkommt, Walburga findet keine Spur von ihm und blickt nur in fragende Gesichter.

„Wo steckt der nur?", murmelt sie halblaut vor sich hin. „Weäih soll i den alloa find'n?" Walburga wird zornig. Wieder einmal ist sie auf sich alleine gestellt, wenn eine schwierige Situation auftaucht. Typisch, dass Clemens nicht da ist, ärgert sie sich. Und Melchior hat sie schon vor einem Jahr im Stich gelassen, als er ausgezogen ist. Um alles muss ich mich selbst kümmern, zetert sie.

Endlich! Der Kommandant der freiwilligen Feuerwehr bietet seine Hilfe an und trommelt seine Kameraden zusammen. In einer halben Stunde findet eine erste Lagebesprechung im Pfarrhof statt. Bis dahin soll Walburga daheim neben dem Telefon warten, vielleicht taucht der Vater von selbst wieder auf oder meldet sich. Der Kommandant verspricht, auch gleich noch die Polizei zu alarmieren. Er werde sich darum kümmern, dass diese sich an der Suche beteiligt, sichert der Kommandant Walburga zu.

Als sie sich nach dem Gespräch auf den Weg nach Hause macht, wird ihr die drückende Hitze bewusst. Ihr Kleid klebt mittlerweile durchgeschwitzt an ihrem Körper und das Wasser läuft ihr den Rücken hinunter. Wie heißt gleich nochmal das verdammte Hoch, welches uns dieses unerträgliche Wetter beschert, grübelt sie nach. Uwe? Ove! Was für ein bescheuerter Name, wer denkt sich so was aus? Dann erschrickt sie vor ihren eigenen Gedanken. Der Vater ist verschwunden und ich hab nichts Besseres zu tun, als über ein Wetterhoch zu schimpfen. Ihr Groll weicht einer lähmenden Verzweiflung. Es ist noch nicht einmal zehn Uhr, wie soll der Vater es in dieser Hitze lange aushalten? Was wird mit ihm geschehen, wenn wir ihn nicht bald finden? Anfangs dachte sie, die Suche wäre nur eine lästige Unterbrechung ihrer wohlverdienten Ruhe. Nun wird ihr klar, dass weit mehr auf dem Spiel steht.

Schnell läuft sie nach Hause, zieht rasch ein einfaches und luftiges Kleid an und geht zum Telefon. Im Hausflur ist es kühl und dämmerig und sie beginnt zu frieren. Um sich zu beruhigen und das Zittern unter Kontrolle zu bringen, wandert sie auf und ab und reibt die Hände aneinander.

Ich muss Clemens Bescheid geben! Und Melchior, fällt ihr ein. Sie greift zum Hörer und wählt die vertraute Nummer der Klinik. Ihr Mann sei in einer schwierigen Operation und im Moment nicht zu sprechen. Man werde ihm ausrichten, dass er sich umgehend daheim melden soll, bekommt sie dort zu hören.

Bei Melchior hat sie ebenfalls kein Glück. Sie lässt das Telefon so lange klingeln, bis das Besetztzeichen ertönt, und legt kraftlos den Hörer zurück auf die Gabel. Sie fühlt sich alleine gelassen, weiß nicht, wie sie die Situation ohne ihren Mann oder ihren Sohn durchstehen soll. Es ist, als ob sie von der Außenwelt abgeschnitten wäre. Walburga wartet ein paar Minuten, dann erträgt sie die Einsamkeit nicht länger. Um sich abzulenken, sucht sie nochmal Zimmer für Zimmer das Haus ab. Sie fängt in der Küche an, schaut sogar unter den Esstisch, dann geht sie ins Wohnzimmer, ruft immer wieder „Vater?" und „Wo bist du?", öffnet die Tür zum Badezimmer, schiebt den Duschvorhang beiseite, kontrolliert sein Schlafzimmer, wirft einen Blick in ihr eigenes Zimmer und in den Kleiderschrank und beendet den Rundgang in Melchiors Kinderzimmer. Nirgends ist der Vater zu finden.

Die Werkstatt, kommt ihr eine neue Idee. Sie eilt nach draußen und will das schwere Tor öffnen, doch dieses ist abgeschlossen. Sie rüttelt am Griff und ruft immer wieder nach dem Vater. Doch so schnell gibt Walburga nicht auf, sie geht zurück ins Haus und sucht fieberhaft nach dem Schlüssel. Wo hat der Vater den nur versteckt? Sie findet ihn schließlich in der Tasche seiner Arbeitsjacke und schließt das Tor auf. Enttäuscht blickt sie sich in dem staubigen Raum um. Auch dort ist der Vater nicht.

Als die Glocken des Kirchturms zweimal läuten, schreckt sie auf. Die halbe Stunde ist längst vorbei! Sie schließt daheim alles ab und macht sich mit einem flauen Gefühl im Magen zur Lagebesprechung im Pfarrhof auf.

Anderl

Er schreckt zusammen, ein leises Geräusch hat ihn geweckt. Anderl schaut sich um, kann sich nicht orientieren. Er liegt unter einem Strauch, die Sonne brennt auf ihn herab. Um ihn herum sind keine Anzeichen eines nahe liegenden Dorfes oder eines Einödhofes zu erkennen, er ist irgendwo draußen in der Natur. Er richtet sich mit pochenden Kopfschmerzen auf und streift dabei etwas Weiches. Eine Katze liegt schnurrend neben ihm. Er streichelt ihr ein paar Mal über das warme Fell und wundert sich, dass diese so zahm ist.

„Ja wo kummst du denn her?", freut er sich. „Mei Minzi, wo is denn dei Zuhause? Bist ganz alloa hier drauß'n?"

Er spürt, wie trocken seine Kehle und sein Mund sind. Ich brauche etwas zu trinken, wird ihm bewusst. Langsam kommt er auf die Füße, schaut in alle Richtungen, wägt ab, wohin er sich wenden soll. In der Ferne sieht er ein Tal, vielleicht ist dort ein Bach zu finden. Um sich vor der Sonne zu schützen, setzt er den alten Strohhut auf, der neben ihm auf dem ausgetrockneten Gras liegt, und macht sich auf den Weg. Die Katze erhebt sich ebenfalls und er beobachtet, wie sie ihm mit einigen Metern Abstand folgt. Und plötzlich ist dieser Gedanke wieder da: Ich muss sie aufhalten, sonst wird Fichtenried zerstört werden! Schmiedl und Röschl dürfen ihren Plan nicht umsetzen, ich muss das verhindern! Etwas wackelig, aber dennoch zielstrebig geht er davon.

Melchior

So anstrengend hatte sich Melchior seinen Einsatz nicht vorgestellt. Er ahnte zwar, dass es kraftraubend sein würde, das schwere Klavier aus dem Möbeltransporter und auf die Bühne zu schleppen, aber dieses Vorhaben bei knapp vierzig Grad auszuführen, grenzte an Selbstmord. Nun war es kurz vor Mittag und das herrschende Hoch „Ove" hielt jedes noch so kleine Wölkchen davon ab, den strahlend blauen Himmel zu stören. Ihr heutiger Zeitplan war in Gefahr, denn sie hatten gerade einmal die zweite Station ihrer heutigen Odyssee hinter sich gebracht.

Trotzdem kommt ihm und Franzi die erzwungene Pause auf dem Haidplatz gerade recht. Dort mühen sich vor ihren Augen zwei Dutzend junge Burschen in Lederhosen mit einem dreißig Meter langen, bunt geschmückten Maibaum ab. Das Spektakel wird ringsum von Hunderten von Zuschauern beobachtet und freudig gefeiert. Diese versperren dabei für den Moment alle Zufahrtswege. An ein Durchkommen ist für Melchior nicht zu denken, deshalb lässt er das rote Gefährt in der Krebsgasse stehen und macht sich mit seinem Freund auf die Suche nach etwas zu trinken und zu essen.

„Zugleich, AUF!", rufen die Zuschauer begeistert und der Maibaum ruckelt Stück für Stück in die Senkrechte. Ein panischer Feuerwehrmann verscheucht direkt unter dem hölzernen Ungetüm die applaudierende Menge. Doch sobald er ein paar Meter weiter gegangen ist, schließen die Menschen hinter ihm sofort wieder auf. Niemand von ihnen scheint auf den Gedanken zu kommen, dass der Baum direkt in das Publikum fallen könnte, stellt Melchior kopfschüttelnd fest.

In einem schattigen Innenhof entdeckt er ein einladend wirkendes Sofa und steuert sofort darauf zu, Franzi im Schlepptau.

Zu seiner Verwunderung wird der Platz bewirtschaftet. Wie sich herausstellt, haben eine Handvoll Studenten die Anwohner des Hauses überreden können, die Fläche für den heutigen Tag zur Verfügung zu stellen. Um sie stehen und sitzen bunt gemischt: ein junger Vater mit lachenden Kindern und Luftballons an der Hand, zwei strenge ältere Männer in Anzug und Krawatte, ein paar hübsche Frauen in knappen, eng anliegenden Sommerkleidern und drei langhaarige, rauchende Studenten. Über ihren Köpfen baumeln aneinandergereiht mehrere, leere Bilderrahmen und etwas abseits bieten Kinder auf abgenutzten Decken ihre Flohmarktwaren an.

Obwohl bei den Vorbereitungen für das Fest immer von den versteckten Höfen und ihrem Potential gesprochen wurde, ist Melchior dennoch von der wunderbaren Atmosphäre überrascht. Der Plan scheint aufzugehen. Die Regensburger entdecken ihre Stadt ganz neu. Anstelle einer Abstellfläche für Gerümpel ist hier ein Raum geschaffen worden, der zum Verweilen einlädt. Und damit das Bewusstsein, dass dieser Ort erhaltenswert ist und nicht ohne Weiteres einem grauen Betonbunker weichen darf.

„Was habt's denn alles im Angebot?", fragt Franzi augenzwinkernd eine junge blonde Frau, die hinter einem provisorisch aufgebauten Tresen steht und eine Schürze umgebunden hat.

Der Franzi, stellt Melchior anerkennend fest, versucht mit jeder halbwegs attraktiven Frau anzubandeln.

„Bier, Radler, Spezi, Brez'n und an Kas!", antwortet diese keck. „Und natürlich an frischen Radi aus Winzer, heut' morgen erst geerntet! Und für dich schneid ich ihn hauchdünn auf. Der zerläuft dir im Mund."

„Ja dann her damit! Und a Radler dazu", bestellt er voller Vorfreude die bayerischen Schmankerln.

Melchior hört das Geplänkel und Gelächter der beiden nur mit halbem Ohr, während er auf das Essen wartet. Er nimmt die erfrischend kühle Radlermaß und die Brotzeit in Empfang, beißt in ein knackiges Radieschen, stippt mit dem herrlich festen Emmentaler verlorene Salzkörner auf und bricht ein Stück von der knusprigen Breze ab.

Er fühlt sich wohl, schließt für einen Moment die Augen und genießt die entspannte Atmosphäre. So hatte er sich sein Leben in der Stadt vorgestellt. Frei und ungezwungen. Die Lockerheit, die ihn umgibt, ist ansteckend. Daheim war er sich eingesperrt und reglementiert vorgekommen. Hier ist es ganz anders. Hier kann er seine Eigenständigkeit in vollen Zügen genießen, kann machen, worauf er Lust hat. Davon hatte er schon immer geträumt, wird ihm nun klar.

Den nächsten Termin auf unserer Liste schaffen wir eh nicht mehr, beschließt er kurzerhand. Das Theaterstück im Haus Heuport muss eben ohne musikalische Untermalung auskommen. Wir machen jetzt Pause und bringen als Nächstes das Klavier um zwei Uhr zur Hauptbühne! Es wird uns schon niemand vermissen.

Walburga

Alle reden wild durcheinander. Walburga kann kein Wort verstehen, es ist viel zu laut in dem kleinen Pfarrbüro. Und zu stickig. Sie hat das Gefühl, keine Luft mehr zu bekommen, und bahnt sich einen Weg zum Fenster. Als sie es öffnet, kommt ihr ein Schwall heißer Luft entgegen und sie schließt es sofort wieder.

Sie blickt sich um und beobachtet die anwesenden Männer. Wie versprochen hat der Kommandant seine Mannschaft einberufen: Neben ihm stehen vier Männer am Schreibtisch, deuten auf eine Landkarte und besprechen die möglichen Einsatzgebiete der einzelnen Suchtrupps. Die Unterlagen und die Schreibmaschine des Pfarrers haben sie achtlos auf den Boden neben die Tür gelegt. Unschlüssig steht der Pfarrer daneben. Ab und zu murmelt er etwas vor sich hin und blickt zum Kreuz an der Wand. In der Ecke gegenüber stehen zwei Polizisten in kurzärmligen Hemden, ihre Polizeikappen haben sie auf einen Stuhl gelegt. Das Telefon steht zwischen ihnen auf der Fensterbank und sie sprechen lautstark mit der nächstliegenden Inspektion.

Walburga weiß nicht recht, was sie machen soll. Sie schaut in die Runde, alle sind in ihre jeweilige Tätigkeit vertieft. Selbst der Pfarrer, der wie sie keine Aufgabe hat, scheint sie nicht zu bemerken. Angespannt versucht sie sich zu erinnern, wann und wo sie den Vater das letzte Mal gesehen hat, was sie gesprochen haben. Es will ihr nicht einfallen. Die Ereignisse der letzten Tage purzeln durcheinander, sie bringt sie nicht in die richtige Reihenfolge. Es kommt ihr so vor, als ob sie zwischen den langen Schichten im Krankenhaus nur gegessen und geschlafen hätte.

Wo ist er nur hin, ruft eine verzweifelte Stimme in ihr. Haben wir gestritten, als wir uns das letzte Mal gesehen haben? Habe ich etwas Falsches zu ihm gesagt? Was hat ihn aus dem Haus getrieben? Oder ist er am Ende nicht mehr bei Verstand und findet nicht mehr zurück? Diese Vorstellung macht Walburga am meisten Angst.

„Also, alle amal herhör'n!", unterbricht der Kommandant ihre Gedanken. „Mir ham jetzt vier Suchgebiete ein'teilt und trommeln freiwillige Fichtenrieder zamm, die beim Sucha hölfa. Der Schorsch bleibt hier im Pfarrhof am Telefon sitz'n und gibt B'scheid, wenn si was rührt. Walburga, es wär am Best'n, wenn du dahoam bleibst und am Telefon wartst. Und sobald sich der Anderl meld't oder du sonst wos hörst, gibst dem Schorsch B'scheid."

Nein! Daheimsitzen und warten will sie auf keinen Fall. Es graut ihr davor, untätig zu sein und nicht zu wissen, was geschieht. „Ich kumm auf jeden Fall mit und suach den Vater sölber. A Nachbarin wird sich scho find'n, die sich bei uns dahoam ans Telefon hockt!"

„Na guad, wennst unbedingt moanst. Dann treff ma uns in ner Viertel Stund' draußen vor der Kirch! Und nehmts was zum Trinka mit, es wird a langa und hoaßer Nachmittag werd'n!", gibt er der Runde im Befehlston mit auf den Weg.

Als sich alle daran machen, den engen Raum zu verlassen, meldet sich einer der Polizisten zu Wort: „Halt! Warts no an Moment! I hob grad die Autobahnüberwachung an der Strippe. Die kannten uns an Hubschrauber vorbeischicka, der grod in der Gegend is und die A3 überwacht. Wenn alles glatt lafft, kannt der in a Stund hier sei. Die woll'n aber, dass a Hiesiger mitfliagt, weil die ja koane Ortskenntnisse ham."

Der Kommandant erklärt sich bereit, die Hubschrauberbesatzung zu unterstützen und sich mit ihnen in einer Stunde im Kleefeld am Dorfrand zu treffen. Dann gehen alle auseinander.

Walburga fühlt sich schon etwas besser. Auch wenn ihr Mann und Melchior nicht zur Stelle sind, ist sie zuversichtlich. Die gemeinsame Besprechung, die freiwilligen Helfer und die Unterstützung durch die Polizei vertreiben ihre Machtlosigkeit. Sie hat die Situation unter Kontrolle. Die Aussicht auf einen Suchtrupp am Boden und Unterstützung aus der Luft stimmen sie positiv. Bevor sie ihre Nachbarin Mare darum bittet, den Telefondienst zu übernehmen, will sie nochmal versuchen, Clemens und Melchior zu erreichen.

Anderl

Der Anlasser! Ich muss den Mechanismus sabotieren! Wenn ich sie nicht aufhalten kann, sind wir verloren und Schmiedl kann seinen zerstörerischen Plan umsetzen. Mit diesen Worten treibt sich Anderl weiter voran, auf der Suche nach etwas, was vor langer Zeit einmal wichtig war. Hastig durchschreitet er auf seinem Weg ein goldgelbes Kornfeld, lässt achtlos seine Hände über die Spitzen der Ähren gleiten, reißt gedankenverloren ein Büschel aus und kaut auf den Stielen herum. Doch sein Ziel kann er nicht finden. Seine Gedanken schweifen immer wieder ab, oft bleibt er stehen, schaut sich um und versucht sich daran zu erinnern, was er hier macht.

Die Kopfschmerzen sind wieder da. Für einen kurzen Augenblick hämmern sie so stark in seinem Kopf, dass ihm schwindelig wird und er die Augen schließen muss. Die Gegenwart schleicht sich in seine Fantasiewelt ein. Ich muss heim, die Burgi ängstigt sich bestimmt schon um mich! Doch so schnell sie gekommen ist, so schnell zieht die Sorge um seine Tochter auch wieder weiter und er vergisst, dass er nach Hause gehen wollte.

Die Sonne hat mittlerweile ihren höchsten Punkt überschritten und strahlt unbarmherzig herab. Die Luft um Anderl scheint zu vibrieren, kein Laut ist zu hören und keine Menschenseele zu sehen.

Sie haben sich alle versteckt oder sind geflüchtet, denkt er erleichtert. Wenn nur die Theres, die Burgi und die Olga in Sicherheit sind, das ist das Wichtigste! Um den Rest werde ich mich kümmern!

Melchior

Um halb zwei Uhr brechen die jungen Männer von ihrer Hinterhofoase auf, um sich auf den Weg zur Hauptbühne zu machen. Franzi hat das Steuer übernommen und Melchior sitzt mit heruntergelassenem Fenster auf der Beifahrerseite und saugt das Geschehen in sich auf.

Wo sie auch hinkommen, alles ist voller gut gelaunter Menschen. Sie stehen in Gruppen zusammen und lachen, sitzen auf Bierbänken, eilig herbeigeschafften Sofas, auf Weinkisten oder einfach auf dem Gehsteig. Er beobachtet, wie sich Jung und Alt, Bürgerin und Student oder Arbeiter und Stadträtin angeregt miteinander unterhalten und anstoßen. Nehmen die überhaupt die Schönheit ihrer Stadt wahr, zweifelt er kurz. Die Antwort gibt er sich selbst: Wenn das Fest gelingt und alle eine gute Zeit haben, werden die Bürger die Stadt künftig mit anderen Augen sehen.

Der Transporter kriecht im Schneckentempo dahin. An der nächsten Ecke ist ein Stand der Dombauhütte aufgebaut, der Meister höchstpersönlich bietet dort kleine, zersägte Bruchstücke der altehrwürdigen, gotischen Kirche an. Lachend macht Melchior seinen Freund darauf aufmerksam: „Schau hi, mit oide Stoaner kann ma die Leid des Geld also aa aus der Tasch'n ziagn! Auf die Idee musst erst amal kumma!“

„Die Rengschburger san scho Hund!“, antwortet Franzi respektvoll.

„Ja, des macht dene so schnell koaner nach!“, grinst Melchior.

Knapp zehn Minuten später kommen sie an der Hauptbühne an. Schnell finden sich zwei Helfer und zu viert hieven sie das schwere Klavier auf die Bühne. Punktlandung, beglückwünscht sich Melchior selbst. Bisher scheint niemand bemerkt zu haben, dass das Instrument bei der Theateraufführung im Haus Heuport gefehlt hat.

Melchior sieht sich nach Stadler um. Er entdeckt ihn am Rand der Bühne und geht zum ihm hinüber.

„Herr Stadler, is denn der Herr Schmiedl schon eingetroffen? Mein Großvater und er kennen sich von früher und i wollt bloß schnell zu ihm Grüß Gott sagen.“

Verwirrt schaut dieser ihn an. Er scheint sehr gestresst zu sein und es dauert einen Moment, bis er ihm antwortet.

„Der Schmiedl? Ach ja, dem ist etwas dazwischen gekommen. Irgend eine Vermisstensuche, an der ein Polizeihubschrauber beteiligt ist. Er hat sich doch im letzten Jahr für die Anschaffung dieser Hubschrauber zur Autobahnüberwachung eingesetzt. Sein Einsatz bei der Suche vor Ort ist wohl öffentlichkeitswirksamer als ein Auftritt hier bei uns. Aber was soll's, ich glaube, das Fest ist auch ohne ihn gelungen."

Melchior überkommt ein ungutes Gefühl. Er kann es nicht richtig einordnen, fühlt jedoch, dass er genauer nachfragen muss.

„Wissen Sie zufällig, wo die Suche stattfindet?"

Stadler überlegt kurz. „War irgendwas mit Ried oder so. Birkenried?"

„Fichtenried?" Melchior bringt das Wort fast nicht über die Lippen.

„Ja! Das war's. Kennst du den Ort?"

Ohne zu antworten, holt der den Fahrzeugschlüssel aus der Tasche, drückt ihn Stadler in die Hand und sucht Franzi. Dann besinnt er sich, dreht sich nochmal zum verdutzten Stadler um und erklärt ihm mit knappen Worten, dass es sich um einen Notfall handelt und er nun weg muss.

+++

Keine halbe Stunde später sitzt Melchior auf dem Beifahrersitz neben Franzi, diesmal jedoch in dessen klapprigem Opel Rekord. Trotz der heruntergelassenen Fenster ist es brütend heiß im Fahrzeug. Stumm hocken die Freunde nebeneinander, nicht einmal das Radio läuft.

Melchior versucht, sich an den Wortlaut des soeben geführten Telefonats mit der Nachbarin zu erinnern. Überrascht hatte er festgestellt, dass diese anstelle der Mutter den Apparat im Haus der Eltern abgenommen hatte.

„Ja, hallo?", kam ihm eine vertraute Stimme aus dem Hörer entgegen.

„Äh, ja. Servus. I bin's, der Melchior. Mare, bist du des?"

„Ja freilich. Mei Melchior, guad, dass du die meld'st. Rufst wega dem Anderl a?"

„Äh, nein. Also eigentlich scho. Geht's ihm guad? Und was machst eigentlich du bei uns dahoam?"

„Host es no gar ned g'hört? Der Anderl is wieder amal verschwund'n, des halbe Dorf suacht ihn. Und jetzt hülft aa no a Polizeihubschrauber bei der Suche. Die Burgi wollt ned dahoam bleib'n, sondern leäihba drauß'n helfa, deshalb bin i hier bei eich und schau auf des Telefon aaf."

„Weäih verschwund'n? Seit wann? Und wo wird er denn g'suacht?"

„Die Burgi hod heit früh g'sehn, dass sei Bett leer und unbenutzt war. Die gehn jetzt davon aus, dass er seit gestern Abend weg is. Weit kann er ned kumma sei. Der Feuerwehrkommandant hat a Suchmannschaft auf'gstöllt und die kämmen jetzt die Umgebung durch. Und von der Luft aus suachan's den Anderl aa."

„Und wo is der Vater?"

„Der Clemens? Der is im Krankenhaus und kummt wohl wegen a schwer'n Operation so bald ned hoam."

In diesem Moment war für Melchior klar, dass er schnellstmöglich seine Sachen packen und nach Fichtenried fahren musste. Auf dem Weg zu Franzis Auto holten sie Geld, Ausweis und ein paar Klamotten aus seiner Wohnung und kurz darauf waren beide auf dem Weg ins Dorf.

Jetzt, im Auto, kann er wieder durchatmen und seine Gedanken sortieren. Der Großvater ist weg! Aber das war er in letzter Zeit ja schon einige Male. Und immer ist er unbeschadet zurückgekommen. Melchior atmet tief ein und wieder aus und schließt dabei die Lider. Vor ihm erscheint das Bild seines Großvaters, wie er hilflos durch den Wald irrt. Panisch öffnet er seine Augen wieder und spürt, wie sein Pulsschlag abrupt ansteigt.

„Du Franzi, host du den Opa in letzter Zeit g'sehn? Hod er sich irgendwie komisch verhalten oder so?", fragt er und versucht dabei, seine Nervosität zu unterdrücken.

„Keine Ahnung. Tagsüber wars ja immer so hoaß, da is im Dorf koaner aus'm Haus ganga, wenns ned sein musste. Deshalb hob i den Anderl ned so oft g'sehn. Aber wart amal, am letzten Freitagabend war er auf a Halbe beim Dorfwirt. I hob bloß kurz Servus g'sagt. Mir ham grad Watten g'spült, als er kumma is. Aber auf'gfallen wär mir jetzt nix besond'res."

Kurz hält der Freund inne, als ob er genau überlegen müsse, was er sagen will, dann fährt er fort: „Hängt sei Verschwinden doch irgendwie mit die oiden G'schichten zam?"

Jetzt erst fällt Melchior der Artikel über Schmiedl und Röschl wieder ein. Nach dem Gespräch mit seiner Mutter und ihrer Weigerung, das Thema weiter zu besprechen, hatte er die Sache wieder vergessen. Zudem war er vollauf mit den Vorbereitungen für das Bürgerfest beschäftigt gewesen. Nun ärgert er sich, so schnell klein beigegeben zu haben. So wird er nie ein großer Journalist werden, er scheiterte ja schon an seiner Mutter!

Die Vorstellung, dem Opa könnte ein Unglück zugestoßen sein, macht Melchior eine Heidenangst. Er schwört sich in diesem Augenblick, dass er nicht aufgeben wird, bis er den Großvater gefunden hat.

Anderl

Immer noch brennt die Sonne gnadenlos auf die Felder und Wiesen herab. Ich muss mich im Schatten halten, darf nicht unter der prallen Sonne marschieren, denkt Anderl müde. Er blickt sich um, unsicher, in welche Richtung er gehen soll. Auf der einen Seite liegt ein kleines Wäldchen, welches den ersehnten Schatten bringen könnte. Wäre sein Durst nicht so groß, würde er sofort diesen Weg wählen.

Hier muss es doch irgendwo Wasser geben, einen kleinen Bach oder See, spricht er sich selbst Mut zu und setzt seinen Weg in die andere Richtung fort. Nur noch bis zum Hügel, dahinter liegen bestimmt ein kleines Tal und ein Bach versteckt!

Etwas unsicher steuert er auf den Hügel zu, die braunen und verdorrten Grashalme knicken unter seinen Füßen ein und er schmeckt den Staub, den er aufwirbelt. Sein Mund fühlt sich noch trockener an als zuvor und das Schlucken fällt ihm immer schwerer. Als er die Anhöhe erreicht hat, kann er es fast nicht glauben. Vor ihm liegt ein Tal und darin windet sich glitzernd ein Bach im hellen Sonnenschein.

Stolpernd läuft er den Hang hinunter, verliert kurz das Gleichgewicht, fängt sich wieder und steuert auf das rettende Wasser zu. Er sucht nach einer schattigen Stelle, kniet sich nieder, legt den Strohhut achtlos neben sich auf den Boden und hält inne.

Plötzlich schaut er sich um und fragt sich, wie er hier hergekommen ist und was er hier macht. Seinen Durst hat Anderl vergessen, er spürt stattdessen ein beklemmendes Gefühl in der Brust. Schwer atmend ringt er nach Luft. Er will aufstehen, doch seine Füße sacken sofort wieder ein und er spürt, wie ihn eine Schwere übermannt. Er bleibt sitzen und überlegt kurz, was er machen soll. Nur einen Moment hinlegen, dann komme ich wieder zu Kräften und gehe heim, entscheidet er daraufhin. Schon während er sich im Schatten einer Hecke ins Gras fallen lässt, schließt er die Augen und versinkt kurz darauf in einen unruhigen Schlaf.

Melchior

Die Autositze sind mit rissigem Kunstleder überzogen und sobald Melchior mit seinen verschwitzten Armen darüber streift, bleiben diese unangenehm daran kleben. Er rutscht nervös hin und her. In ein paar Minuten werden sie in Fichtenried ankommen, falls nicht wieder ein Mähdrescher oder Traktor vor ihnen auf der engen Landstraße auftaucht und sie gezwungen werden, im Schneckentempo dahinter herzukriechen.

Ohne Hast lenkt Franzi den Wagen. Wo der nur diese Gelassenheit hernimmt, fragt er sich. Er selbst sitzt wie auf Kohlen. Seit der Freund ihn vorhin an den Staatssekretär und den alten Lehrer erinnert hat, kann er kaum mehr ruhig bleiben. Immer wieder sucht er in Gedanken eine Verbindung zwischen dem Opa und den Männern. Was war im Krieg im Dorf geschehen? Wieso nur hatte er seine Recherche so leichtfertig aufgegeben? War das Bürgerfest wirklich wichtiger als seine eigene Familie? Jetzt hat er die Quittung für seine Tatenlosigkeit bekommen und fühlt sich elend, voller Schuldgefühle.

Melchior schaut angestrengt durch die Windschutzscheibe und erkennt in der Ferne die Kirchturmspitze von Fichtenried. Unweigerlich muss er an die Geschichte vom Schuster Michl denken, die ihm früher der Großvater oft erzählt hat.

Der Totengräber Johann Michael Schuster, kurz Schuster Michl genannt, war im Jahr 1726 für den Fichtenrieder Friedhof verantwortlich. Ein paar Jahre zuvor war die Dorfkirche vergrößert und die Friedhofsmauern dafür eingerissen worden. Die Gräber lagen nun jahrelang ungeschützt da und sämtliches Getier spazierte ungeniert darauf herum. Dies allein war dem gläubigen Michl schon ein Graus, aber hin und wieder kam es vor, dass Schweine oder weidende Schafe die Erde aufgruben. Eines Morgens kam der Schuster Michl zum Friedhof und wollte nach dem Rechten sehen. Es war Herbst und sehr neblig. Der Totengräber fröstelte, er zog seinen Janker enger und plötzlich hörte er ein leises Rascheln hinter sich. Er drehte sich langsam um, darauf gefasst, einer Katze oder einem Fuchs zu begegnen. Was er dann erblickte, ließ ihm den Atem stocken: Ein kleiner schwarzer Pudel mit feurigen roten Augen starrte ihn an. Aus seinem Maul hingen die Finger einer schlaffen Menschenhand. Der Schuster Michl rannte plärrend davon und machte dabei das halbe Dorf auf sich aufmerksam. Keuchend berichtete er von seinem Erlebnis und gemeinsam gingen er und eine Handvoll Fichtenrieder zurück zum Friedhof. Und tatsächlich, in einem der Gräber klaffte ein metertiefes Loch, welches allerdings leer war. Niemand traute sich in das Grab hinab und so wurde es eilig zugeschüttet. Um weitere Grabschändungen zu verhindern, wurde die Mauer um den Friedhof wieder aufgebaut. Aber pünktlich zu Allerseelen kam der schwarze Pudel mit den feurigen roten Augen wieder in den nun abgeschlossenen Friedhof zurück. Und, wie der Großvater immer betonte, seitdem war kein Jahr vergangen, an dem der Pudel nicht zur gewohnten Jahreszeit im Friedhof aufgetaucht wäre.

Als Kind hatte sich Melchior immer gefürchtet, wenn der Opa vom Schuster Michl erzählt hatte. Er hatte ihm versprochen, mit auf den Friedhof zu kommen und den Pudel zu suchen, wenn er erst größer wäre. Dazu war es aber nie gekommen.

Er hat es einfach vergessen, oder? Mit seinem Umzug in die Stadt hat Melchior sich auf einmal viel größer und erwachsener gefühlt und fast ein bisschen überheblich auf sein Dorf zurückgeschaut. Auch auf den Großvater.

Nein, er hat es nicht vergessen. Wenn er ganz ehrlich ist, dann muss er zugeben, dass er seit seinem Umzug vieles als Hirngespinste eines alten Mannes abgetan hat, auch den schwarzen Pudel. Nun schämt er sich dafür. Alles würde er dafür geben, jetzt mit dem Großvater auf den Friedhof zu gehen und den blöden Hund zu suchen. Mit oder ohne feurige Augen. Wütend auf sich und seine Überheblichkeit fährt er den überraschten Franzi an: „Geht des ned a bissl schnöller?“

Walburga

Die nahe Kirchturmuhr schlägt vier Mal und dann in einem etwas dunkleren Ton noch drei Mal. Walburga unterhält sich gerade mit dem Pfarrer, hat aber im Kopf mitgezählt und rechnet nun die Zeit aus, die der Vater schon weg ist. Fast achtzehn Stunden hat sie ihn nicht mehr gesehen. Falls er wirklich schon so lange unterwegs ist, kann sie nur hoffen, dass er etwas zu trinken gefunden hat.

„Walburga wirst sehen, es wird alles gut ausgehen. Dein Vater kommt gesund und munter zurück. Der Herrgott hält schützend seine Hand über ihn."

„Danke Herr Pfarrer für ihre Unterstützung. I mach mir nur Sorg'n, dass er diese Hitze ned aushält!"

Der Pfarrer zieht ein kariertes Baumwolltaschentuch aus seiner schwarzen Soutane und wischt sich fahrig den Schweiß von der Stirn.

„Ja, recht heiß ist es heute wieder. Aber ich bin mir sicher, dass sich der Anderl zu helfen weiß!"

Die Pfarrköchin kommt in diesem Augenblick mit einem Tablett voll kühler Erfrischungen für die Helfer aus dem Pfarrhof.

„Langsam müsste der Suchtrupp zurückkommen zur Lagebesprechung", nuschelt der Pfarrer und blickt nervös auf seine Armbanduhr. Walburga registriert überrascht, wie unangenehm dem Pfarrer seine Rolle als Seelentröster ist.

Prompt biegen drei Autos auf die Parkplätze vor dem Pfarrhof ein. Im ersten erkennt Walburga ihren Sohn und dessen Freund, gefolgt vom Feuerwehrkommandanten im zweiten Auto. Die Person im dritten Fahrzeug kann sie im ersten Moment nicht richtig erkennen. Als diese aussteigt, sieht sie sich ihrem alten Lehrer Röschl gegenüber.

Verwirrt über dieses zufällige Zusammentreffen geht sie auf Melchior zu und lässt sich in seine starken Arme fallen. Für einen kurzen Moment gönnt sie sich etwas Trost und auch der Sohn scheint die körperliche Nähe zu brauchen.

„Alles in Ordnung mit dir Mama?", flüstert er in ihr Ohr.

„Ja, es geht scho wieder."

Gleich macht sich Walburga wieder los und folgt den Männern zum Pfarrer und zu dem Tablett mit den Getränken.

Der Kommandant unterhält sich leise mit Röschl und dem Pfarrer. Alle verstummen, als sie mit Melchior und Franzi dazukommt.

Erst jetzt fällt Walburgas Blick auf den Gegenstand, den der Kommandant in der Hand hält. Es ist unverkennbar der alte, zerknautschte Strohhut vom Vater. Wortlos nimmt sie ihn an sich und dreht in ungläubig um.

„Wo habt's den g'funden?", fragt sie mit einem Beben in der Stimme.

„Äh, ja also", stammelt der Feuerwehrler, „der lag am Ufer der Schwarzen Laber, südlich vom Dorf. In dem kloana Tal."

Ratlos schaut er in die Runde. Hastig ergreift Röschl das Wort.

„Ich kenne den Leiter der hiesigen Wasserwacht persönlich. Mit dem werd ich gleich Kontakt aufnehmen und auf dem schnellsten Weg ein paar Taucher anfordern. Und dann müssen wir unbedingt das Rote Kreuz informieren, die sollen umgehend einen Einsatzwagen vorbeischicken."

„Da kümmere i mi drum", meldet sich Franzi und geht schnell an der Gruppe vorbei ins Pfarrbüro zum Telefon.

Walburga hat die Szene zwar verfolgt, schaut aber immer wieder mit bangem Blick auf den Hut in ihren Händen. Was macht der Hut so nah am Wasser, kreist es in ihrem Kopf. Wieso haben es alle auf einmal so eilig? Sie kann den Gedanken nicht zu Ende denken. Nein! Dem Vater geht es gut, alles ist in Ordnung. Gleich schon wird er heimkommen, als ob nichts gewesen wäre!

Sie spürt, wie ihr Melchior zaghaft den Hut aus der Hand nimmt und ihren Arm umfasst.

„Kumm Mama, mir geh'n etz erst mal hoam und du legst di für an kurz'n Moment hi. Die ham hier alles im Griff, mach dir koane Sorg'n. Die find'n den Opa ganz bestimmt und er kummt bald wieder hoam zu uns."

Widerstandslos lässt sich Walburga von ihrem Sohn nach Hause dirigieren. Alles um sich herum hat sie ausgeblendet, hört nur noch Rauschen in den Ohren. Mit letzter Kraft rettet sie sich in das kühle Haus und sackt dort im Wohnzimmer in sich zusammen.

+++

Durch die zugezogenen Gardinen fällt träge das Licht der Nachmittagssonne ins Wohnzimmer. Walburga öffnet die Augen und kann sich nicht orientieren. Sie sträubt sich innerlich gegen das Aufwachen, will lieber noch für ein paar Minuten in der Welt zwischen Wachen und Träumen versinken. Dort sein, wo es kein Gestern, kein Heute und auch kein Morgen gibt.

„Mama? Bist wach?", hört sie leise die Stimme ihres Sohnes und spürt, wie er sich über sie beugt.

Nein, schreit sie innerlich. Ich bin nicht hier. Ich bin an einem anderen Ort und will erst wieder aufwachen, wenn dieser Albtraum vorbei ist.

Dennoch öffnet sie die Augen und blickt ihn kraftlos an.

Es ist ganz still im Zimmer. Kleine Staubflocken tanzen im gedämpften Sonnenlicht, das durch einen Spalt im Vorhang in den Raum fällt.

Komisch, denkt sie. Hier auf dem Polster kann ich noch den feinen Geruch von Holzspänen wahrnehmen, den Anderl immer aus seiner Werkstatt mitgebracht hat. Früher ist mir der nie aufgefallen.

Mit einem Mal fällt ihr das Atmen schwer und sie richtet sich hustend und nach Luft ringend auf. Melchior ist sofort bei ihr und reibt ihr sanft über den Rücken.

„Alles in Ordnung, Mama. Tief ein- und wieder ausatmen", befiehlt er in einem sanften Tonfall.

Nach ein paar kräftigen Atemzügen ist der Anfall vorbei und sie nimmt dankbar einen großen Schluck Wasser, welches ihr Melchior in einem Glas zu trinken gibt. Vor ihr auf dem Tisch steht ein alter Porzellanteller mit Goldrand, darauf ein Stück selbst gebackener Pflaumenkuchen.

„Den hat die Mare für di mit'bracht. Du musst a bissl wos ess'n!", bestimmt der Sohn.

„Nà, i kann jetzt koan Biss'n runtabringa. Lass guad sei, Melchior!"

„Aber Mama, du wärst vorhin fast um'kippt. Grad noch, dass i di bis zum Sofa bracht hab!"

„Des war bloß die Hitze da draußen. Jetzt hob i mi ausg'ruht. Es geht scho wieder."

„Wennst moanst", entgegnet Melchior niedergeschlagen. „Du sag amal, was war überhaupt los mit'm Opa? War der in letzter Zeit wieder recht verwirrt?"

Betrübt schaut sie an ihm vorbei ins Leere. Noch immer kann sie sich nicht daran erinnern, ob der Vater die letzten Tage ein auffälliges Verhalten gezeigt hatte oder ob er einen verwirrten Eindruck gemacht hatte. Es kommt ihr so vor, als ob sie ihn tagelang nicht gesehen hätte. Sie weiß, dass das nicht stimmt und sie am Vorabend zumindest gemeinsam gegessen haben. Aber sie kann sich an kein Gespräch mit ihm erinnern. Kann sich nicht erinnern, ob er Sorgen hatte oder ob er glücklich war.

Beschämt wendet Walburga den Blick nach unten und versucht, ihre Angst und ihr schlechtes Gewissen zu unterdrücken. Es gelingt ihr nicht sonderlich gut, der ganze Körper beginnt zu zittern und ein unangenehmer Kloß sitzt in ihrem Hals fest. Mit einem lauten Schluchzer sucht sich dieser einen Weg nach draußen und die Tränen beginnen, unaufhaltsam zu fließen. Melchior nimmt sie in den Arm. Ihre Tränen hinterlassen große, dunkle Flecken auf seinem T-Shirt.

Nach einiger Zeit wird sie ruhiger, spürt, wie alles in ihr still wird. Mit dieser Stille kommt ein wenig Klarheit in den Kopf zurück.

„Geht's wieder?", will der Sohn besorgt wissen.

„Ja, i glaub scho", erwidert sie und putzt sich die Nase. Nun kommen langsam die Bilder der letzten Tage und Wochen zurück. Sie sieht, wie sie nur das Nötigste mit dem Vater geredet hat, wenn sie von ihrer Schicht im Krankenhaus nach Hause kam. Wie abweisend sie ihn behandelt hat, wenn er ihr voller Freude seine neueste Schnitzerei zeigen wollte. Wie kalt sie zu ihm war, als er ein bisschen Trost und Zuspruch zum ersten Todestag der Mutter bei ihr gesucht hat. Sie hat den Vater im Stich gelassen. Nach einer kurzen Pause nimmt sie all ihren Mut zusammen und gesteht dem Sohn ihr Versagen.

„Mei Melchior. I glaub, i hob den Vater die letzten Wochen ganz schön alloa g'lassen. I war irgendwie noch grantig wega der Olga. I hob dacht, dass er wega ihr'm Besuch und die oiden G'schichten manchmal so verwirrt woar. Und wenn's ihm guad ganga is, woar i eifersüchtig. I hob dacht, des liegt aa an der Olga. I woar sauer, weil i gmoant hob, i bin ihm als Tochter ned genug."

Erneut schluchzt sie laut auf.

Melchior spricht leise auf sie ein und versucht, sie zu beruhigen. Er versichert ihr, dass der Großvater immer stolz auf sie war und dass sie ihm eine gute Tochter war. Und dass sie sich wegen der Olga keine Sorgen machen müsse. Der Großvater hätte sich einfach nur gefreut, dass sich für sie und ihren Sohn alles zum Guten gewendet hat und beide nun ein zufriedenes Leben führen. Leider sei der Vater vom Andreas ja schon bald nach der Geburt gestorben.

Der letzte Satz lässt Walburga aufhorchen. Bilder aus der Vergangenheit tauchen auf. Ein zerlumpter, abgemagerter Mann sitzt neben Olga auf der alten Holzbank vor dem Haus und beide wirken sehr vertraut. Liebevoll streicht Olga dem Mann die Haare aus dem Gesicht.

Walburga fängt zu zittern an. Alles Blut ist aus ihrem Gesicht gewichen. Wird sie langsam verrückt? Hat sie den Vater jahrelang falsch verdächtigt? War ihre Eifersucht auf Olga so groß, dass sie die Wahrheit einfach nicht sehen wollte? In ihrem Kopf herrscht Chaos. Es fühlt sich so an, als ob nichts mehr an seinem richtigen Platz wäre. Sie kann keinen klaren Gedanken mehr fassen. Bestürzt schlägt sie die Hände vor das Gesicht.

„I hob ihn jahrelang links lieg'n lass'n. Mein Gott, wos bin i nur für a Tochter! I bin schuld, dass er weg is! I hob ihn aus'm Haus trieb'n."

Melchior

Seine erste Reaktion auf die Worte der Mutter ist ein instinktives Zurückweichen. So hat Melchior sie noch nie erlebt, an sich zweifelnd, die Schuld bei sich suchend. Früher waren immer die Anderen schuld. Der Vater an ihrer schlechten Laune, weil er mal wieder zu viel im Krankenhaus war und nicht daheim. Der Großvater, weil Melchior ausgezogen ist und der Opa ihn in seinem Entschluss bestärkt hatte, anstatt ihn zu überreden daheimzubleiben. Und dass die Mutter sich nach seinem Auszug so alleine fühlte, daran hatte ihrer Meinung nach Melchior ganz alleine die Schuld.

In Gedanken versucht er zu ergründen, wieso seine Mutter auf einmal so reagiert. Hat es mit Olga zu tun? Wieder ist er an dem Punkt angekommen, an dem er sich ausgeschlossen fühlt. Irgendwas muss im April 1945 in Fichtenried geschehen sein. Aber weder der Großvater noch die Mutter wollten darüber sprechen.

Das vertraute Gefühl aus seiner Kindheit ist zurück. Er spürt, dass etwas nicht stimmt. Den Grund dafür erfährt er aber nicht. Genau wie früher. Und genau wie früher macht er nun ebenfalls zu, kapselt sich noch mehr von seiner Mutter ab.

Jetzt wäre der richtige Zeitpunkt, sie zu trösten und zu unterstützen, sagt ihm sein Verstand. Gleichzeitig ist da die Hemmschwelle, die Melchior nicht überwinden kann und will. Er bleibt vorerst neben ihr sitzen, nur die Beine berühren sich leicht. Mehr Körperkontakt erträgt er ihm Moment nicht.

Vom Hausflur dringen leise Geräusche ins Zimmer. Das wird Mare sein, überlegt er. Hoffentlich hat die nicht alles gehört! Die Mutter wird nicht begeistert sein, wenn ihre Beichte die Runde macht.

Melchior faltet die Hände und reibt mit den Daumen abwechselnd über die Innenfläche. Ich muss die Mutter beruhigen! Und ich muss raus, den Opa suchen! Er ist unschlüssig, wie und wo er anfangen soll. Zu oft hat er in den Augen seiner Mutter die falsche Entscheidung getroffen. Und sie hat ihn das jedes Mal mit einer spitzen Bemerkung spüren lassen und dabei auf ihn herabgeblickt.

Doch dann hält er das untätige Herumsitzen nicht mehr aus. Egal welches Donnerwetter ihn gleich erwarten wird, er muss diesen verdammten Kreislauf endlich durchbrechen! Das Leben seines Großvaters hängt davon ab!

„Also Mama, vielleicht host recht und du woarst a bissl hantig zum Opa. Aber des woarst du scho immer und i glaub ned, dass des in letzter Zeit schlimmer g'worden is. Mir ham uns alle daran g'wohnt, dass du manchmal so bist. Aa der Opa. Also mach dir koane Sorg'n, dass du etz an seim Verschwind'n Schuld sei kanntst. Aber wenn mir etz ned schleunigst da rausgeh'n und den Opa sucha, dann san mir vielleicht Schuld daran, wenn er zu spät g'funden wird. Alles klar?"

Sein Ton war etwas lauter als beabsichtigt und er hat wohl auch schneller gesprochen als üblich. Sein Herzschlag schlägt in einer höheren Frequenz. Neugierig und gleichzeitig ängstlich wartet er auf die Reaktion der Mutter. Als diese sich nicht bewegt, wird er mutiger, steht auf, nimmt sie bei der Hand und zieht sie mit hoch.

„Alles klar?", fragt er noch einmal, diesmal mit mehr Nachdruck.

Melchior ist erstaunt, wie energisch er seiner Mutter gegenüber aufgetreten ist. Und noch mehr verblüfft ihn ihre Reaktion: wider Erwarten fährt sie ihn deshalb nicht an! Stattdessen nickt sie langsam und folgt ihm schließlich Richtung Tür. Er hört sie hinter sich murmeln: „Hoffentlich is no ned zu spät!"

Walburga

Von Weitem kann Walburga schon den Menschenauflauf vor dem Pfarrhof erkennen. Der Straßenrand ist zugeparkt mit einer ganzen Kolonne von Fahrzeugen: ein grünweißer VW-Bus der Polizei, ein kleiner, roter Einsatzwagen der Feuerwehr, ein beigefarbener Sanitätswagen vom Roten Kreuz, ein blauer Kombi mit Wasserwachtaufkleber und eine Handvoll anderer Autos, darunter auch der alte Opel Rekord von Franzi. Besonders auffallend aber ist eine große, dunkle Limousine mit Münchner Kennzeichen. Davor hat sich ein kräftiger Mann in Chauffeuruniform rauchend aufgebaut.

Jetzt am späten Nachmittag werden die Schatten schon etwas länger und die Temperatur nähert sich allmählich wieder der Dreißig-Grad-Marke. Walburga bemerkt dies jedoch nicht. Die kurze, aber heftige Predigt ihres Sohnes hat ihr klargemacht, dass es hier nicht um sie, sondern um den Vater geht. Aber dennoch ist sie mit ihrem Denken noch nicht im Hier und Jetzt angekommen. Sie hadert mit dem eigenen Versagen und geißelt sich innerlich dafür.

Als sie und Melchior näher kommen, kann sie einzelne Personen vor dem Gebäude ausmachen. Franzi steht etwas abseits und kickt verlegen kleine Steinchen vor sich her. Der Pfarrer unterhält sich angeregt und mit hochrotem Kopf mit dem Mann von Mare, der einen der Suchtrupps geleitet hat. Neben einer Reihe von Polizisten, Sanitätern und sonstigen Helfern, die Walburga teilweise vom Sehen her kennt, entdeckt sie Röschl. Neben ihm steht ein etwas kleinerer, gedrungener Mann, dessen Sakko locker über der Schulter hängt und der ihr den Rücken zugedreht hat. Er spricht angeregt, fast prahlerisch mit jemandem, der ein kleines Notizbuch in Händen hält und eifrig nickend mitschreibt.

„Des gibt's ned! Jetzt is der Schmiedl wirklich hier aufgetaucht!“, hört sie Melchior neben sich ärgerlich ausrufen.

„Weäih, welcher Schmiedl? Der Herr Staatssekretär?“ Verwirrt bleibt sie stehen. Auch der Sohn hält inne und wendet sich ihr zu.

„Ja, genau der. Eigentlich wär der heut' bei unser'm Fest als Ehrengast geladen g'wesen. Aber weäih's scheint, gibt er leäihba Interviews in der Provinz, um seine blöden Hubschrauber zu bewerben. Aber egal, Hauptsache mir kriag'n Unterstützung bei der Suche! Und jetzt kumm schnöll."

Walburga lässt sich von ihm mit zu der Gruppe ziehen, hält sich beim folgenden Gespräch aber etwas abseits.

„Grüß Gott Herr Schmiedl! Des is ja schön, dass sie uns bei der Suche unterstützen!", begrüßt Melchior den Gast aus München.

„Grüß Gott miteinander! Mir zwei kenna uns doch? Du bist der Enkel vom Anderl? Und Sie müssen die Walburga sein?", antwortet Schmiedl und hält ihr seine verschwitzte Hand hin.

„Machts Euch keine Sorgen! Wie ich gerade dem netten Vertreter der örtlichen Presse bestätigt habe, scheuen wir weder Kosten noch Mühe, um die abgängige Person", er räuspert sich kurz, „äh den Anderl, wiederzufinden. Die neuesten technischen Geräte und erstklassig ausgebildetes Personal sind schon seit geraumer Zeit unterwegs und durchkämmen die Gegend, von oben und von unten! Jeder Stein und jeder Grashalm wird extra umgedreht."

In Erwartung einer Kamera blickt er dem Journalisten selbstgerecht ins Gesicht. Dieser hat scheinbar in der Eile die Kamera vergessen und macht sich entschuldigend auf zum Auto, um das liegengelassene Gerät zu holen.

Walburga spürt, wie sich ein peinliches Schweigen zwischen ihnen ausbreitet. Um dieses zu brechen, fragt sie Röschl nach dem Fortgang der Suche. Sie bekommt zu hören, dass die Taucher schon vor Ort sind und die Schwarze Laber bereits absuchen. Der Hubschrauber hat mittlerweile über die Hälfte des abgesteckten Gebietes abgeflogen, bisher ohne Erfolg. Und drei der vier Suchtrupps sind noch unterwegs. Der vierte Trupp wird jeden Moment zu einer zweiten Begehung aufbrechen.

„Mama, i geh mit und suach den Opa. Oder soll i leäihba bei dir bleib'n?", fragt der Sohn besorgt und legt ihr die Hand auf den Rücken.

„I glaub, es is besser, wenn du mitgehst und i hier bleib. Falls was is ...", lässt sie den Satz unbeendet im Raum stehen.

+++

Walburga beobachtet ein paar halbwüchsige Buben, wie sie auf der Wiese neben dem Friedhof Fußball spielen, und denkt dabei an die Zeit zurück, als Melchior noch klein war und sie ihn zu seinen Heimspielen am Sonntagnachmittag begleitet hatte. Voller Stolz war sie gewesen, wenn er für seine Mannschaft ein Tor vorbereitet oder gar selbst eins geschossen hatte. Nach dem Spiel hatte sie ihm dann kurz über den Kopf gestrichen. Mehr Lob schien ihr damals nicht angebracht. War das falsch?

Sie dreht sich vom heiteren Spiel der Jungen weg und geht langsam zum Pfarrhof zurück. Die Kirchturmuhr zeigt kurz vor sechs Uhr an. Noch drei, maximal vier Stunden, dann wird es dunkel und die Suche muss abgebrochen werden, rechnet sie die verbleibende Zeit nach.

Knarrend öffnet sich das alte Tor zum Friedhof und Walburga stößt fast mit ihrem Sohn zusammen, der gerade auf die Straße tritt.

„Warst am Grab bei der Oma?"

„Ja, i wollt ihr noch Weihwasser geb'n, bevor i mit di anderen losgeh."

Walburga freut sich über die kleine Geste. Auch wenn sie weiß, dass der Sohn nur noch selten und zu ganz besonderen Anlässen in der Kirche anzutreffen ist, ist ihm der Besuch am Grab der Großmutter immer noch wichtig.

Schweigend gehen sie die paar Meter nebeneinander her zum Pfarrhof. Als sie an der mannshohen Hecke vorbeikommen, die den Eingang zum kleinen Gässchen fast vollständig verdeckt, hört sie zwei halblaute, männliche Stimmen. Walburga schnappt die Worte „Anderl", „Befehle" und „widersetzen" auf. Instinktiv bleibt sie stehen und bedeutet ihrem Sohn, es ihr gleich zu tun. Sie lauscht einen kurzen Moment, dann legt sie den rechten Zeigefinger auf die Lippen, blickt ihren Sohn kurz an und geht in geduckter Haltung auf die Hecke zu.

Zuerst kann sie die Stimmen nicht einordnen, doch nach ein paar Sätzen wird ihr klar, dass es sich um Röschl und Schmiedl handeln muss, die sich im Halbdunkel verbergen und hitzig unterhalten.

„... aber der kennt sich doch schon seit einer ganzen Zeit lang nimmer richtig aus. Der wird uns schon keinen Ärger machen“, hört Walburga den alten Lehrer beschwichtigend sagen.

„Und was ist, wenn doch? Der alte Depp hätt' uns damals um ein Haar hing'hängt. Wer weiß, ob er des in seinem verwirrten Zustand ned doch noch macht. Und ob er sich an unsere Vereinbarung erinnert, des is auch mehr als fraglich“, wettert der Staatssekretär.

„Ja aber was soll uns denn jetzt noch passieren? Wir haben damals doch nur unsere Befehle befolgt und uns an die Vorschriften gehalten. Was hätten wir denn anderes machen sollen? Wir waren doch gezwungen, mit den Wölfen zu heulen. Sonst wär es uns an den Kragen gegangen.“

„Dir, du dummer Hund, dir passiert freilich nix mehr. Du kriegst so oder so dei fette Rente! Aber ich bin dran! Was denkst, was los ist, wenn rauskommt, dass die Weste vom Herrn Staatssekretär nicht so weiß ist, wie's den Anschein g'habt hat? Was glaubst, was meine Parteifreunde dazu sagen werden?“

Eindringlich spricht er weiter: „Heutzutage versteht doch keiner mehr, wie des damals war. Die Amis wollten uns mit ihrem dämlichen Morgenthau-Plan den Garaus machen. Mir waren doch gezwungen, unser Vaterland zu schützen!“

Es entsteht eine kurze Pause. Dann fährt er in drohendem Tonfall fort: „Mir zwei sind damals noch mit einem blau'n Auge davongekommen. Aber bloß, weil alle des Maul g'halten haben. Nur weil die polnische Schlampe ein'gschüchtert war, weil die Theres glaubt hat, sie wird für den toten Wachmann bestraft und weil der Anderl sie schützen wollt. Nur deshalb ham's alle schön brav mitg'spielt, ham des Maul ned aufg'macht und uns is nix Schlimmeres passiert. So schaut's aus!“

Leise und gereizt fügt er hinzu: „Und wenn damals rauskumma wär, dass ich den jungen Burschen mit deinem Einverständnis wegen Fahnenflucht erschossen hab, dann hätten's uns zwoa ins Zuchthaus g'worfa!"

Walburga hört ungläubig zu. Wie bei einem Puzzle fügen sich mit einem Mal Teile ihrer Erinnerung mühelos zu einem ganzen Bild zusammen. Nur mühsam kann sie sich auf den Beinen halten. Erschüttert lehnt sie sich an die angrenzende Hausmauer und geht in Gedanken zurück zu einer kalten Nacht im April 1945.

Teil IV – 23. April 1945
Walburga

Lange hatte sie das Zubettgehen hinausgezögert. Dem krachenden Schuss, der am Abend zuvor laut durch die Nacht hallte, folgten zum Glück keine weiteren. Mit Engelszungen hatte der Vater Walburga schließlich kurz vor Mitternacht überreden können, sich schlafen zu legen. Seine Beteuerung, in dieser Nacht werde nichts Furchterregendes passieren, hatte sie nur halbherzig geglaubt und sich noch lange unruhig unter dem weichen und warmen Federbett hin- und hergeworfen.

Ein lautes und energisches Klopfen an der Haustüre lässt sie hochfahren. Verschlafen und verwirrt schaut sie zum Fenster, durch welches die Dunkelheit der Nacht nicht mehr so undurchdringlich erscheint. Sie muss, wenn auch nur für wenige Stunden, eingeschlafen sein. In Sekundenschnelle geht sie die Möglichkeiten durch, wer kurz vor dem Morgengrauen so vehement Einlass fordern könnte.

Ihr Zimmer befindet sich unter dem ungedämmten Dach und entsprechend der Außentemperatur ist es recht kalt. Im Winter kann es vorkommen, dass der grobe Überwurf, der dann über ihrem Federbett liegt, über Nacht steifgefroren ist. Ihr Atem bildet kleine Nebelwolken und sie fröstelt, als sie die nackten Füße auf die gehobelten Dielenbretter setzt. Schnell sucht sie ein paar Wollstrümpfe und eine warme Weste und geht so leise wie möglich auf dem knarrenden Boden zur Tür.

Von unten scheint das Licht einer kleinen Petroleumlampe zu ihr hinauf. Der Vater muss also bereits aufgestanden sein. Ängstlich und mit weichen Knien rutscht Walburga Stufe für Stufe die Holztreppe hinunter, darauf bedacht, ja kein Geräusch zu machen.

Ganz leise dringen Männerstimmen zu ihr hinauf. Am Treppenabsatz hält sie inne und lauscht angestrengt. Den Vater erkennt sie, doch wer ist der andere Mann? Die beiden unterhalten sich sehr leise und gedämpft, Walburga muss noch näher heran. Auf ihren Wollstrümpfen pirscht sie sich weiter vor und kauert sich schließlich auf der Treppe vor der Fletz zusammen. Dort, durch eine Türe von Walburga getrennt, unterhalten sich der Vater und der unbekannte Mann.

Sie wird etwas mutiger und riskiert einen Blick durch das Schlüsselloch. Ein Mann in brauner Uniform und schwarzen Reitstiefeln dreht ihr den Rücken zu. Wer kann das sein, wundert sich Walburga. Das Gespräch wird lebhafter und der Uniformierte beginnt, wild mit den Händen zu gestikulieren. Schließlich dreht er sich zur Seite und sie erkennt den Mann, der ihr auf dem Kartoffelacker so viel Angst eingejagt hatte: Schmiedl.

Die Stimmen werden etwas lauter, aufgebrachter und Walburga kann nun jedes Wort verstehen.

„Der Ami woar scho auf'm Vormarsch! Von Neimoark aus wüll er Richtung Rengschburg weider, aber mir hom's eana zeigt! Der Volkssturmführer Röschl und seine Maaner hom fleißig Panzersperr'n baut und weäih da Zufall so wüll, is aa no ein Trupp von ungefähr zwanz'g Wehrmachtssoldaten daherkumma. Die woarn auf'm Rückzug von Neimoark und unterstütz'n uns jetzt! Werst seh'n, mir halt'n die aaf!", ereifert sich Schmiedl.

„Weäih, aafhalt'n?", fragt der Vater besorgt nach.

„Ja bist etz du bled? Kennst ned die Befehle? Der Vormarsch is unter all'n Umständ'n zu stopp'n! Für's Erschte ham mir die Amerikaner aufg'halt'n! Die san ja ohne besond're Vorsichtsmaßnahmen einfach so daher spaziert kumma. Vom Wald aus hom mir a wunderbare Sicht g'habt und konnt'n sie scheäih der Reihe nach abschieß'n. Da sans aber dann g'rennt, kann i dir sog'n. Und der oane Schuss aus ihr'm Panzerrohr hod nur die Friedhofsmauer troff'n, des musst dir amal vorstöll'n!", prahlt der Ortsgruppenleiter.

„Wollt's ihr eich wirklich aaf an Kampf einlass'n? Moanst ned, dass es dafür a bissl zu spät is?", hört sie den Vater unsicher fragen.

„Ja spinnst du denn? Freilich müss'n mir die aafhalt'n! Aber mir schaff'n des ned alloa. Mir brauch'n deine Hülfe!"

„Ja aber was kann i denn ausricht'n?"

„Du musst die oide Diesellok am Bahnhof zum Laffa bringa. Was für a Glück, dass mir direkt an der Bahnlinie lieg'n und die Strass' unter die Gleise durchgeht. Wenn mir die Unterführung mit der Lok blockier'n, dann kummt der Ami nimmer weider. Und die Wehrmachtssoldaten kina Verstärkung aus der Luft anfordern und aus is!", spricht Schmiedl mit triumphierender Stimme weiter.

„Wie wollt's ihr denn die Unterführung blockier'n? Des versteh i ned."

„Sag amal, hörst du überhaupt zu? Mir fohr'n die Lok direkt bis zu der Unterführung, und dann schmeiß ma sie runter auf die Strass."

„Und wenn der Ami zruckschlagt und Fichtenried bombardiert?"

„Wo g'hobelt wird, fall'n aa Späne", hört sie den Besucher lapidar sagen.

Aus dem Raum dringen raschelnde Geräusche zu Walburga ins Treppenhaus. Schnell macht sie kehrt und schleicht so leise wie möglich zurück in ihr Zimmer.

Mit klopfendem Herzen schlüpft sie in das noch warme Bett zurück und versucht, das eben Gehörte in ihrem Kopf zu ordnen. Aber dazu ist sie viel zu aufgebracht. Sie sieht immer wieder einen Panzer vor sich, der das Dorf beschießt, sieht Explosionen und tote Menschen.

Ferdi! Erst jetzt denkt sie an den Freund, der auch beim Volkssturm dient. Ob er geschossen hat, jemanden verwundet oder gar getötet hat? Aber ja, was sollte er sonst tun? Wenn er sich weigert, wird er wahrscheinlich bestraft werden. Aber vielleicht konnte er sich irgendwie davonstehlen, hat eine Ausrede gefunden? Aber welche Ausrede könnte da schon gelten. Nein, sie ist sich sicher. Ferdi muss mitkämpfen und dabei sein eigenes Leben aufs Spiel setzen. Die Ausweglosigkeit seiner Situation wird ihr mit einem Schlag klar. Egal, wie er sich entscheidet, er gefährdet sich dabei selbst.

Still und lautlos weint sie in ihr Kissen.

Anderl

Leise und darauf bedacht, niemanden zu wecken, schließt Anderl die schwere Holztür hinter Schmiedl und sperrt sorgfältig ab. Er ist es gewohnt, in einem unverschlossenen Haus zu leben. Aber in Zeiten wie diesen verriegelt er das Schloss lieber zweimal.

Es ist ihm schwergefallen, dem feisten Wüstling nicht an die Gurgel zu gehen. Nur mit Mühe konnte er verdrängen, welches Leid dieser Mistkerl Olga zugefügt hatte. Aber er wusste genau, dass dies nicht der richtige Zeitpunkt war, das schändliche Verhalten des Anderen zu vergelten.

Seine Gedanken sind mittlerweile bei der Diesellok am Bahnhof. Dort gibt es eine Möglichkeit, dem Ortsgruppenleiter eine schmerzhafte Niederlage zu bereiten. Er muss einen Weg finden, die Lokomotive außer Gefecht zu setzen. Denn selbst wenn er sich weigern würde, die schwere Zugmaschine zum Laufen zu bringen, wäre die Gefahr noch nicht gebannt. Schmiedl würde einen anderen Weg finden, den Stahlkoloss zu starten. Aber wie soll er das anstellen? Er hat zwar eine Ahnung davon, wie ein Traktor funktioniert, aber mit einer Diesellok hatte er es bisher nicht zu tun.

Niedergeschlagen und bedrückt schlurft er in die Stube und kauert sich auf der Eckbank zusammen. Die Temperaturen sind in der Nacht von Sonntag auf Montag wieder gefallen und im ganzen Haus ist es eiskalt. Er geht in die Küche und überlegt, ob er den Holzofen anfeuern soll, lässt es aber bleiben. Er will nicht unnötig Brennholz vergeuden. Stattdessen öffnet er die Klappe und stochert mit dem Schürhaken in der Glut herum. Der Herd strahlt noch ein letztes bisschen Wärme aus. So bleibt er dort stehen und spielt die möglichen Szenarien des kommenden Tages in Gedanken durch.

Wenn Schmiedl es wirklich schafft, die Straße zu blockieren, kommt es in jedem Fall zum Kampf. Wir müssen das Dorf räumen, folgert der Bauer. Selbst wenn die Häuser zerstört werden, die Menschen müssen gerettet werden. Gleich in der Früh will er zum Pfarrer gehen und ihn bitten, die

Glocken zu läuten. Die Fichtenrieder werden dem Aufruf hoffentlich folgen und das Dorf verlassen.

Sollte der Plan mit der Blockade aber aus irgendeinem Grund scheitern, gibt es noch Hoffnung! Wir könnten eine friedliche Übergabe des Ortes mit den Amerikanern aushandeln! Mit diesem Gedanken wächst seine Zuversicht und er beginnt fieberhaft zu überlegen, wie er verhindern kann, dass die Lok gestartet wird.

Anderl legt seine Handflächen auf die Metallplatte der Kochstelle, um diese aufzuwärmen. Das ist es! Der Vorglühmechanismus! Wenn der nicht mehr funktioniert, kann der Antrieb nicht gestartet werden. Ich muss ihn lahm legen! Er erwägt, den Anlasser komplett zu zerstören. Aber dann würde Schmiedl ihn sofort verdächtigen. Er muss eine Möglichkeit finden, die Maschine so zu blockieren, dass niemand einen Sabotageakt vermutet. Nur dann rührt sich die Lokomotive nicht von der Stelle und er wird dennoch nicht zur Verantwortung gezogen.

Schnell zieht Anderl seine Arbeitsjacke und Hose an und schleicht sich im Schutz der Dunkelheit nach draußen. Ich muss mich beeilen, bald schon graut der Morgen und bis dahin muss es geschafft sein! Ich kann sie aufhalten!

Theres

Besorgt geht Theres auf den Hof hinaus und hinunter zur Straße, um nach Anderl Ausschau zu halten. Als sie am Morgen aufwachte, war sein Bett bereits leer gewesen. Nachdem sie in der Küche Feuer gemacht und Wasser für das Frühstück aufgesetzt hatte, ging sie hinaus in den Stall, um ihn dort zu suchen. Aber auch da war er nicht zu finden.

Jetzt schaut sie suchend in beide Richtungen, kann aber nirgends ihren Mann entdecken. Dafür kommt Josefa auf sie zu, die kurz zuvor aus ihrem Lebensmittelladen auf die Straße getreten ist. Sie winkt Theres in einem wadenlangen, dunkelblauen Kleid mit Spitzenbesatz zu. Eigentlich versteht sie sich mit ihrer Nachbarin gut. Doch seit sie dem Werben der Anderen endgültig nicht nachgegeben hatte und der örtlichen NS-Frauenschaft nicht beigetreten war, wurde die massige, plumpe Frau ihr gegenüber immer überheblicher.

„Griaß di Theres. Host gestern den Schuss g'hört? Bei uns hod des ganze Buffet g'wackelt. Woaßt du, wos da los woar?", beginnt Josefa das Gespräch. Sie wirkt leicht verunsichert hinter ihrer aufgesetzten Fröhlichkeit.

Theres schüttelt nur den Kopf, will sich nicht weiter auf eine Unterhaltung einlassen. Doch Josefa scheint sich daran nicht zu stören, unbekümmert plappert sie weiter.

„Na ja, jetzt wird's nimmer lang dauern und der Spuk is vorbei. Mir hom ja scho immer g'sagt, dass der Führer mit seim Russlandfeldzug an groaßen Föhler g'macht hod. Und jetzt kina mir die Zeche dafür zahl'n. Seit Jahren gibt's scho koan Bohnakaffee mehr und aa die scheäihna Tanzabende, die die Partei früher veranstaltet hod, gibt's scho lang nimmer. Und Urlaub hom mir scho seit Jahren koan mehr g'macht. Wos mir oarme Deitschen alles erleid'n müss'n!"

Theres kann dieses mitleiderregende Getue nicht mehr ertragen. Wütend schmettert sie der anderen entgegen: „Ihr mit ei'rer Partei! Nur Elend und Verderb'n hod die über ganz Europa bracht. Überall verhungern die Leit und du beschwerst di, weil's koan Kaffee und koan Urlaub gibt!"

„Aber Theres, wos bist'n so aufbracht? Mir musst'n doch in die Partei eintret'n, sunst hätt i den Laden ned weiderhalt'n kina! Und wenn's die Russen und die Franzosen schlecht geht, da san die sölber schuld. San doch alles unzivilisierte Tiere! Unser Führer hod auf sei Volk g'schaut. Da is es nur guad und recht, dass mir ned hungern müss'n." Die Händlerin fährt unbewusst mit ihren feisten Fingern über den dicken Bauch, wie um das eben Gesagte zu unterstreichen.

Und du hast dir mit deiner Parteizugehörigkeit eine goldene Nase verdient, stellt Theres in Gedanken grimmig fest.

„Und i sag dir oans: Ohne den Führer wär unser ganzes Land nach die Versailler Verträge auf Gant kumma!", setzt Josefa in spitzem Ton ihre Schimpftirade fort. „Mir woll'n amal ned vergess'n, dass Polen uns zuerst an'griff'n hod und die Engländer uns dann den Krieg erklärt hom! Die wolltens ned anders!" Sie streicht sich eine Strähne der perfekt in Wellen gelegten, blonden Haare hinters Ohr, dreht sich um und geht erhobenen Hauptes zurück in ihr Geschäft.

Sprachlos über so viel Engstirnigkeit, Kaltherzigkeit und Selbstmitleid macht sich Theres weiter auf die Suche nach ihrem Mann.

+++

Lautes und eindringliches Geläut hallt durch die Fichtenrieder Straßen und Gassen. Sterbeglocken? Ist jemand gestorben, ist das Erste, woran Theres denkt. Nachdem das Läuten aber nicht endet, sondern vielmehr mit ungewohntem Nachdruck vom Kirchturm her tönt, macht sie sich schließlich auf den Weg dorthin.

Nach und nach versammeln sich die Dörfler vor der Kirche. Überall ist leises Getuschel zu hören. Theres hält sich etwas abseits von der Gruppe, sie will ein weiteres unangenehmes Gespräch mit Josefa verhindern.

Aus dem Pfarrhof neben der Kirche tritt der Geistliche, begleitet von Anderl, zu den versammelten Menschen. Theres ahnt nichts Gutes, als sie ihren Mann mit versteinertem Gesicht dort stehen sieht. In Sekundenschnelle macht sich die Sorge um Walburga in ihr breit. Hoffentlich sitzt sie im Augenblick mit Olga beim Frühstück in der Stube, wünscht sie sich.

„Fichtenrieder!“, beginnt der Pfarrer mit sicherem und forderndem Tonfall seine Ansprache. „Die Amerikaner stehen kurz vor dem Dorf! Es könnte zu Kampfhandlungen kommen! Ich rufe euch auf, verlasst's Fichtenried so schnell wie möglich! Nehmt's nur das Nötigste mit! Und helft's bitte denen, die alt und krank sind. Wer mit einem Pferdewagen oder einem Ochsengespann fahren kann, lässt bitte Kinder, Alte und Kranke aufsitzen!“

„Ja aber mir werd'n doch vum Volkssturm verteidigt!“, ruft der Mann von Josefa erbost dazwischen. „Wieso soll mir denn etz flücht'n?“

Theres nimmt wahr, wie sich die Gesichtsfarbe ihres Mannes verändert. Sein eher blasser Teint wird dunkelrot. Von einer Sekunde auf die andere wird aus dem reglosen Mann ein brodelnder Vulkan, der sich nur mühsam kontrollieren kann.

„Glaubst du denn im Ernst, dass a Dutzend Kinder und oide Maaner mit oide G'wehre ohne Munition und a Handvoll Wehrmachtssoldaten die Amerikaner aafhalt'n kina?“, schreit Anderl außer sich vor Zorn. „Streng amal dei Hirn a und überleg dir, wos mit'm Dorf passiert, wenn die Amis auf Widerstand stoß'n! Wennst dei Leben unbedingt auf's Spiel setz'n wüllst, dann bitte. Aber schick wenigstens dei Frau und die Kinder weg!“

Die hitzige Diskussion wird von einem lauten Pfeifen in der Luft unterbrochen, gefolgt von einem Einschlag und einer Explosion, die den Boden unter Theres Füßen erschüttern lässt. Sekunden später erkennt sie das Ziel des Angriffs. Ein Holzstadel, nur hundert Meter entfernt, steht lichterloh in Flammen.

Panisch schaut sie sich in dem folgenden Durcheinander nach Anderl um. Dieser hat sie in der Menge längst ausgemacht, läuft auf sie zu und nimmt sie beschützend in die Arme.

„Fehlt dir wos?“, fragt er besorgt.

„I glaub, mir fehlt nix. Aber mir müss'n schnöll hoam, die Olga und die Burgi in Sicherheit bringa!“, antwortet sie mit klopfendem Herzen. Auch wenn körperlich alles in Ordnung ist, in ihrem Inneren herrscht großer

Aufruhr und sie kann nur mit Mühe einen klaren Gedanken fassen. Doch die Sorge um die Tochter lässt sie wie mechanisch funktionieren.

Eilig laufen sie zurück zum Hof. Olga und Walburga haben die Explosion ebenfalls gehört und stehen nun verängstigt vor dem Haus.

„Schnöll, runter in Kartoffelköller!“, befiehlt Anderl.

Die Vier laufen hinter das Haus zum unterirdischen Erdkeller und kauern sich dort auf den Boden. Theres nimmt die leise schluchzende Tochter in den Arm und wiegt sie sanft hin und her. Wegen der Dunkelheit kann sie die Gesichter von Anderl und Olga nicht erkennen. Doch sie spürt, wie die Angst jede Ritze und jeden Winkel des Kellers ausfüllt.

Durch den dünnen Baumwollstoff ihres Kleides fühlt sie die kalte Feuchtigkeit des erdigen Bodens und fröstelt. Sie zieht Walburga noch enger an sich heran und trocknet deren Tränen mit dem Ärmel ihres Kleides.

Die Minuten verstreichen nur zäh und langsam. Obwohl um sie herum alles ruhig bleibt, hält Theres die Angst nicht länger aus. Sie hat das dringende Bedürfnis, sich mit Anderl zu unterhalten, seine Stimme zu hören.

„Wer löscht jetzt eigentlich des Feuer?“, fragt sie, um ein Gespräch anzufangen.

„Nachdem der Herr Volkssturmführer die freiwillige Feuerwehr auf’glöst hod, die Uniformen eingesammelt und dem Volkssturm geben hod, dad i sog’n, dass die si jetzt g’fälligst aa um des Feuer kümmern soll’n“, antwortet Anderl grimmig. „Falls ned, könn ma froh sein, wenn von dem Dorf no wos steh bleibt!“

Anderl

In ruhigem und bestimmten Tonfall gibt er den drei Frauen Anweisung, bis auf Weiteres im Keller zu bleiben und abzuwarten. Er selbst will sich ein erstes Bild vom Angriff machen und dann wieder zurückkommen.

Vorsichtig öffnet er einen Flügel der Bodenklappe, blickt sich wachsam um und lauscht. Er hört nichts außer ein paar gackernden Hühnern aus dem nahegelegenen Gehege. Bedächtig überquert Anderl den Hof und wendet sich auf der menschenleeren Straße in Richtung des Stadels, der kurz vorher dem Angriff zum Opfer gefallen ist.

Ein dumpfes Dröhnen lässt ihn auf Höhe des Friedhofs innehalten. Als es lauter wird und immer näher kommt, sucht er Schutz im Leichenschauhaus. Die letzten Tage waren am Himmel nur feindliche Flieger vorübergezogen, die deutsche Luftwaffe scheint geschlagen zu sein.

Erst nachdem Anderl die Tür des kleinen Häuschens geschlossen und sich in Sicherheit gebracht hat, bemerkt er, dass er nicht alleine ist. Vor ihm liegt ein toter Wehrmachtssoldat aufgebahrt. Es scheint, dass er in aller Eile und ohne besondere Sorgfalt auf die Trage gelegt wurde. Sein Gesicht und seine Uniform sind mit Schlamm verkrustet, sein Helm verdeckt das halbe Gesicht. Anderl schätzt, dass der Tote nicht älter als siebzehn oder achtzehn Jahre sein kann. Großes Mitleid überkommt ihn. So jung musste der arme Bub sein Leben lassen.

Bevor er das Leichenschauhaus verlässt, tritt er zu dem Jungen, wischt ihm mit seinem Taschentuch den gröbsten Schmutz aus dem Gesicht, faltet die Hände vor der Brust und spricht ein leises Vaterunser. Zumindest diese Ehre will er dem Jungen auf seinem letzten Weg erweisen. Leise verlässt er den Raum.

Draußen vor der Kirche kommt der Pfarrer auf ihn zu.

„Anderl! Der Schmiedl war grad bei mir! Er will um jeden Preis das Dorf verteidigen! Die Amerikaner haben ihm ein Ultimatum gestellt. Wenn er heute Nachmittag um drei das Dorf nicht kampflos übergibt, kommt es zum Angriff. Er sagt, er hat einen Plan, der verhindern wird, dass die Amis ins Dorf einmarschieren! Was machen wir bloß?", überschlägt sich seine Stimme fast vor Sorge.

„Jetzt bleiben S' amal ganz ruhig, Herr Pfarrer. Kümmern Sie sich weider d'rum, dass die Leit des Dorf verlass'n. In jedem Fall is es besser, wenn es geräumt is. Und i kümmer mi drum, dass der Schmiedl koan Schmarrn macht", antwortet er bemüht gelassen und ruhig.

„Aber wie willst du denn den Schmiedl aufhalten? Du bringst dich damit doch selbst in Gefahr!"

„Machen S' sich um mi koane Sorg'n. I woaß genau, was i zu tun hob!", antwortet Anderl zuversichtlich. Aber zuerst, setzt er in Gedanken hinzu, muss ich die Frauen in Sicherheit bringen!

Schnellen Schrittes geht er nach Hause und weist Theres an, Decken, Kissen, Kleider und etwas zu Essen in den Leiterwagen zu packen und dafür zu sorgen, dass sie mit Olga und Burgi in spätestens einer halben Stunde zum Abmarsch bereit ist. Dann nimmt er seine Frau fest in den Arm, gibt ihr einen Kuss und erklärt ihr, dass er sie nicht begleiten wird.

Verdutzt schaut sie ihn an.

„Wos host denn vor?", fragt seine sonst so starke Frau furchtsam.

Er will ihr keine Angst machen. Anlügen will er sie aber auch nicht.

„I hob die Diesellok am Bahnhof sabotiert, damit der Schmiedl ned die Unterführung blockier'n kann. Die Amis würd'n sunst unser Dorf bombardier'n. I muss hierbleib'n und schaua, ob des funktioniert hod. I halt mi versteckt und bring mi ned in Gefahr!"

„Und kummst du dann nach?"

„Ja freilich! Mir treff'n uns im Nachbardorf in der Kirch'n." So zuversichtlich wie möglich fügt er noch hinzu: „Wirst sehn Theres, alles wird guad!"

Tief im Inneren hat er jedoch große Zweifel, ob sein Plan aufgehen wird.

Theres

Aus der Vorratskammer holt sie Proviant und packt alles in einen Korb. Diesen stellt Theres zu den Decken, Kissen und ihrem und Anderls gutem Sonntagsgewand in den abgenutzten Leiterwagen. Walburga weist sie an, ein paar Strümpfe, Unterwäsche und eine Weste zu holen. Auch Waschzeug, Seife und ein Handtuch soll diese bringen. Olga hat ihre Tasche bereits gepackt. Sie ist nun in den Stall gegangen und füttert die Tiere ein letztes Mal.

Bei dem Gedanken an die Viecher überkommt Theres ein schlechtes Gewissen. Wer weiß, wie lange diese ohne uns auskommen müssen? Sie hat Olga angewiesen, die kleinen Kälber zu den Muttertieren in den großen Stall zu bringen, damit zumindest diese säugen können.

Ein letztes Mal geht sie durch das Haus, schaut sich in jedem Zimmer um. Sie will sich jede Einzelheit einprägen, ein Bild von ihrem Zuhause in ihrem Kopf abspeichern. So viele Dinge würde sie gerne mitnehmen und retten. Die alte, handgeschnitzte Marienstatue, deren Kopf schon ganz abgewetzt ist vom vielen drüber streichen. Oder ihre geliebte Hochzeitstruhe, in der bereits die ersten Stücke für Walburgas Aussteuer verstaut sind. In der Stube fällt ihr Blick auf den verstaubten Herrgottswinkel und den duftenden Rosenkranz aus Rosenholz, den ihr eine Base aus Altötting mitgebracht hat. Diesen und eine schwarze Wetterkerze steckt sie in ihre Tasche, verschließt dann sorgfältig jedes Zimmer, schaut nach, ob die Glut im Ofen aus ist und ruft nach ihrer Tochter und Olga.

Abmarschbereit stehen die beiden jungen Frauen vor dem Haus, Walburga hat einen Rucksack mit Schulbüchern und Proviant geschultert und Olga steht beim Leiterwagen, den Griff fest umschlossen. Ängstlich und unsicher blicken sie Theres an. Reiß dich zusammen! Die beiden dürfen nicht merken, dass du genau so viel Angst hast wie sie, jetzt wo der Anderl weg ist, mahnt sie sich.

Unten an der Straße kommen gerade die ersten Fichtenrieder vorbei. Es herrscht eine niedergeschlagene und gedrückte Stimmung an diesem wolkenverhangenen, grauen Tag, der jeden Moment Regen bringen könnte. Kein Gespräch ist zu hören. Stumm und mit gesenktem Blick trotten sie dahin. Theres erkennt das vertraute Gesicht des Postboten unter der Menge. Seine Uniform hat er gegen zivile Kleidung eingetauscht. Er trägt eine graue Stoffhose und eine derbe Wolljacke. Die Zuverlässigkeit, die er in seinem Beruf tagtäglich ausstrahlt, hat er jedoch nicht abgelegt. Einem plötzlichen Impuls folgend, ruft sie ihn zu sich. Sie kann den Hof jetzt nicht alleine lassen! Und Anderl auch nicht! Sie muss dafür sorgen, dass ihre Heimat unversehrt bleibt. Um ihrer Familie Willen muss sie ihr Zuhause schützen!

„Du sog amal, kannst du a Auge auf die Burgi und die Olga hom? I muss hier dringend no wos Wichtiges erledig'n und kumm dann nach!", erklärt sie dem verdutzt dreinschauenden Mann, der dennoch zustimmend nickt.

„Aber Mutter, du kannst uns doch ned alloa geh'n lass'n!", fleht die Tochter sie an. „Bitte kumm mit! Jetzt, wo der Vater weg is!"

Eindringlich sieht sie abwechselnd die Tochter und die Magd an, während sie beide auffordert: „Hörts mir zu! Mir und dem Anderl wird nix passieren. Mir passen guad auf uns auf. Ihr beide geht's jetzt mit dem Postboten und wart's in der Kirche auf uns. Versprechts mir des?"

Die jungen Frauen nicken zögerlich. Theres umarmt jede von ihnen, winkt dem Mann dankbar zu und wendet sich zum Haus. Sie muss ihre Tränen und ihre Unsicherheit verbergen. Was auch kommen mag, sie kann hier nicht weggehen.

Walburga

Das Dorf ist außer Sichtweite, sie müssen also über eine halbe Stunde unterwegs sein. Walburga schimpft sich im Stillen dafür, dass sie ihre Armbanduhr auf dem Nachtkästchen neben dem Bett hat liegen lassen. Nun muss sie entweder jemanden nach der Uhrzeit fragen oder die Zeit selbst einschätzen. Anhand des Sonnenstandes ist das nicht möglich, alles ist düster, grau und voller Wolken. Nicht ein bisschen Sonne will sich zeigen.

Kurz vor ein Uhr wird es sein, rechnet sich Walburga aus. Stumm und kraftlos trottet sie hinter Olga und dem Postboten auf dem schlammigen Weg her. Der Regen und das schlechte Wetter der letzten Tage haben aus der kleinen Straße einen matschigen Pfad gemacht. Der Leiterwagen bleibt immer wieder in einer der vielen sumpfigen Pfützen stecken. Zum Glück ist es am Himmel ruhig, denkt sie, nicht ein einziges Flugzeug war bisher zu sehen oder zu hören. Trotzdem sind alle auf der Hut. Sie haben den Weg so gewählt, dass sie entlang von Hecken, Büschen oder Bäumen laufen, um dort Schutz suchen zu können.

„Burgi!", hört sie ein leises Flüstern aus der Hecke hinter sich. Ferdi? Ferdi! Sie hat seine Stimme erkannt, ihr Herzschlag setzt einen Moment aus. Unsicher blickt sie nach vorne zu Olga, die scheinbar nichts gehört hat und weitergeht.

„I muss amal bisln, geht's ruhig weider. I kumm glei nach!", schreit sie der Gruppe zu und verschwindet hinter dem Gestrüpp. Voller Freude umarmt sie den Freund. Dieser lässt sich im ersten Moment ebenfalls von seinen Gefühlen überwältigen und drückt ihr einen raschen Kuss auf die Lippen. Doch im nächsten Moment ermahnt er Walburga zur Ruhe und hält sie eine Armlänge von sich entfernt. Er wirkt blass, seine dunklen Haare sind zerzaust und seine Wangen mit Schmutz befleckt. Auch die behelfsmäßige Volkssturmuniform, eine umfunktionierte Feuerwehrmontur, wirkt mitgenommen: Die Hose ist am rechten Knie eingerissen, zwei Knöpfe an der Jacke fehlen und sie hängt lose herum. Verletzungen kann Walburga auf den ersten Blick nicht erkennen. Ihre Wiedersehensfreude verwandelt sich in Beklommenheit. Was macht der Freund hier? Wieso versteckt er sich?

„Burgi, i hob ganz scheäih Mist baut! Nach dem erschten Angriff auf die Amerikaner hob i des vor lauter Angst nimmer ausg'halten und bin davu g'laffa. Der Schmiedl oder der Röschl, wenn mi erwisch'n, dann is' aus! Aber i hob nimmer kina. I kann doch koan Menschen erschieß'n." Leise und eindringlich setzt er noch hinzu: „Und i wüll aa ned sterb'n."

Ihr Puls rast. Ihr ist es nur recht, dass der Freund getürmt ist und sich selbst in Sicherheit gebracht hat. Sollen die anderen doch kämpfen und das Dorf verteidigen. Für Walburga steht fest, dass sein Leben an erster Stelle steht. Aufgeregt überlegt sie, wie sie ihm nun helfen kann. Er kann sich keinesfalls der Gruppe anschließen. Am Ende wird er verraten und für sein Verhalten verurteilt. Er muss sich im Wald verstecken! Das ist die einzige Chance, die er hat.

Mit ungeahnter Willensstärke und Zielstrebigkeit schmiedet das Mädchen einen Plan. Sie wird ihn retten! Sie wird dafür sorgen, dass ihm nichts passiert.

„Du wartst etz hier an Moment. I laff schnöll zum Leiterwag'n und hol des Sonntagsgewand vom Vater. Des ziehst du an und dei Uniform vergrabst irgendwo im Wald. Dort versteckst di aa, bis die Amerikaner da san. Dann kann dir nix mehr passieren!"

Ohne seine Antwort abzuwarten, eilt sie zurück zur Gruppe, hält Olga an und sucht die Kleidungsstücke heraus. Der Polin signalisiert sie mit einer energischen Geste, den Mund zu halten. Dann läuft sie zurück zu Ferdi. Sie ist selbst überrascht, wie entschlossen sie ihr Vorhaben umsetzt.

„G'schwind, zieh di um." Mit den Worten: „Hier host no a bissl wos zum Essen", macht Walburga ihren Rucksack auf und holt Brot und Käse hervor.

Dankbar nimmt der Freund alles entgegen.

Sie verabschiedet sich mit einem Kuss und setzt hinzu: „Schnöll, beeil di und lauf in Wald!"

Mit klopfendem Herzen und rotem Gesicht blickt sie Ferdi hinterher. Nach ein paar Minuten ist er in einer Tannenschonung verschwunden und sie wendet sich zum Gehen. Die Gruppe hat sich mittlerweile ein ganzes Stück entfernt und Walburga muss sich beeilen, um wieder aufzuschließen.

Ein einzelner Schuss hallt vom Wald zu ihr. Sie wirbelt herum und starrt mit vor Schreck geweiteten Augen in die Richtung, die Ferdi vorher eingeschlagen hatte. Zwischen den lichter werdenden Bäumen am Waldrand kann sie eine Bewegung ausmachen. Angespannt kneift sie die Lider zusammen und versucht die Gestalt zu fixieren, die zwischen den Tannen auftaucht. Ein tiefer Wehlaut dringt aus ihrer Kehle, als sie begreift, dass die gedrungene Person in der braunen Parteiuniform nicht ihr Freund sein kann.

Panisch dreht sie sich um und rennt angsterfüllt zur Gruppe zurück. Sekunden später nimmt sie leise das Aufheulen eines Motors wahr, dann herrscht Totenstille.

Olga

Sie schwankt zwischen Hoffen und Bangen. Die Momente, in welchen sie sich zuversichtlich fühlt und kaum erwarten kann, dass ihre Gefangenschaft endet, wechseln sich immer wieder mit düsteren Zukunftsvisionen ab, in welchen sie ihre Heimat und ihre Lieben nie mehr wiedersieht.

Unvermittelt bleibt sie stehen. Olga ist sich nicht sicher. War das ihr Kind, dass sich gerade in ihrem Bauch bewegt hat? Ja! Jetzt spürt sie es noch einmal. Es fühlt sich wie ein Hüpfen unter der Bauchdecke an. Als ob das Kleine Schluckauf hätte! Sie knöpft den dicken Wollmantel, unter dem sie das kleine Bäuchlein vor den Augen der Anderen gut versteckt hält, auf, und legt beide Hände auf die kleine Wölbung ihres Unterleibes. Mit dieser Berührung wird das Toben in ihrem Inneren noch stärker und Olga wird von einem warmen Glücksgefühl durchströmt. Mit geschlossenen Augen genießt sie dieses Hochgefühl und blendet das Geschehen um sich herum aus. Sie sieht sich und das Kind daheim in Polen, im Sommer in einem grünen Garten, Jozef an ihrer Seite, eine kleine Familie glücklich vereint. Um sie herum hängen rote Äpfel an den Bäumen, Kohlköpfe und Paprika gedeihen prächtig in den Beeten ringsum und von irgendwoher kommt fröhliche Musik.

Eine Frau schließt zu ihr auf und das holt sie wieder in die Gegenwart zurück. Schnell knöpft sie den Mantel wieder zu und geht langsam weiter. Verstohlen blickt Olga nach rechts und schaut die andere forschend an. Diese hat wohl nichts von ihrem plötzlichen Gefühlsausbruch mitbekommen, ruhig und mit verschlossenem Gesicht marschiert die Frau dahin. Olga kennt die Bäuerin aus Fichtenried. Ist es nicht die Frau, deren Haus abgebrannt ist? Die Maierhoferin?

Olga betrachtet sie genauer. Über einer ausgewaschenen Schürze trägt sie einen dunklen Wollmantel, das ergraute Haar ist straff am Hinterkopf zum Knoten gebunden. Als die Bäuerin ein Taschentuch aus ihrer Schürze holt, fällt etwas zu Boden. Olga bückt sich danach und hebt einen gefalteten Zettel auf. Erst bei näherem Hinsehen erkennt sie, dass es sich um einen Brief handelt, der abgegriffen und speckig ist. Sie gibt ihn der Frau zurück.

Die Bäuerin nimmt ihn mit zitternden Händen entgegen. Stumm faltet sie ihn auseinander und beginnt lautlos zu lesen. Nach einigen Minuten beben ihre Lippen und sie lässt die Hände sinken.

„Was ist?", fragt Olga nach. Auch wenn die Deutschen ihr Mitleid nicht verdienen, kann sie doch nicht tatenlos danebenstehen, wenn jemand Trost braucht.

„Den Brief trog i nun seit fast zwoa Joahr mit mir rum. Jeden Doch nehm i ihn zur Hand und les ihn durch. Mein Mann bringt er mir ned z'ruck, aber er is dennoch a Trost für mi!", entgegnet die Maierhoferin und hält Olga den Brief hin.

Eigentlich will sie den Brief nicht lesen, will nicht wissen, was dort steht. Trotzdem überfliegt sie die Zeilen: *„Zu Ihrem schweren Verlust, der Sie durch den Heldentod Ihres Mannes Xaver getroffen hat, möchte ich Ihnen, als seinem damaligen Btl.-Führer, mein herzlichstes Beileid aussprechen. In schwerer Stunde des Bataillons hat Ihr Mann in vorderster Linie kämpfend durch seinen rücksichtslosen Einsatz mitgeholfen, die Bolschewisten hinauszuwerfen und damit einen vielleicht folgenschweren Durchbruch zu verhindern. In Anerkennung seiner vorbildlichen Tapferkeit und selbstlosen Opfers seines Lebens für unser Volk und Vaterland hat der Herr Divisions-Kommandeur Ihrem Mann das Eiserne Kreuz 2. Klasse verliehen. Möge diese Auszeichnung Ihnen Beweis sein für die heldenhafte und gefechtsentscheidende Tat ihres Mannes, zugleich aber auch Unterpfand, dass meine Jäger ihren gefallenen Kameraden nie vergessen werden, sondern in seinem Geist weiterkämpfen bis zum Endsieg im Vertrauen auf unseren Führer, im Glauben an die Zukunft unseres ewigen Deutschlands."*

Olga ist sprachlos. Dieses Volk ist durch und durch obrigkeitshörig und jeder einzelne Mensch scheint sich darin vollkommen vergessen zu haben. Wie kann diese Frau in einem so herzlosen Schreiben Trost über den Verlust des geliebten Mannes finden? Noch dazu kommt es von einem System, welches gerade ihre eigene Existenz bedroht und zerstört hat. Olga kann nicht glauben, dass in Deutschland die Bürokratie wichtiger ist als der Mensch selbst. Wie kann ein Schreiben, welches sauber und ordentlich den Tod dokumentiert, am Ende bedeutender sein als der Grund, warum der Mensch sterben musste?

Die Deutschen bleiben ihr ein Rätsel. Sie tadelt sich dafür, sich in die Angelegenheit der Maierhoferin eingemischt zu haben, und nimmt sich vor, künftig mehr Abstand zu den Einheimischen zu wahren. Noch dringender als je zuvor hat sie das Bedürfnis, hier wegzukommen.

Theres

Unschlüssig wandert Theres zum wiederholten Mal zwischen dem Haus und dem Stall hin und her. Sie schaut nach, ob die Tiere gut versorgt sind und überlegt, was sie für den Fall einer plötzlichen Flucht noch vorbereiten kann. Auch wenn sie den Hof verteidigen will, ihr Leben will sie dafür nicht aufs Spiel setzen. Immer wieder hält sie Ausschau nach Anderl. Sie geht hinunter zur Straße, die mittlerweile menschenleer geworden ist, und blickt in beide Richtungen. Das ganze Dorf ist wie ausgestorben. Der Aufruf des Pfarrers scheint gewirkt zu haben. Wer jetzt noch nicht geflohen ist, hält sich wahrscheinlich irgendwo daheim versteckt.

Selbst die Tiere sind verschwunden oder verhalten sich zumindest ruhig, nimmt Theres wahr. Weder Katzen noch Hunde streunen umher und die Kühe, Schweine und Hühner sind auffallend leise. Kein Muhen, kein Gackern und kein Grunzen sind zu hören. Es ist, als ob ganz Fichtenried den Atem anhält, sich klein macht und vor dem Kommenden duckt. Nur die unablässig aufsteigende Rauchsäule über dem brennenden Stadel stört das eingefrorene Bild des Dorfes.

Das Getrampel von marschierenden Füßen dringt leise in Theres Bewusstsein, gefolgt von wütenden Befehlen und dem donnernden Knall einer Peitsche. Angst macht sich in ihr breit, sie will schon kehrt machen und sich im Stall verstecken, da kommt ihr ein Polizist auf einem Fahrrad entgegen und hält direkt auf sie zu.

„Grüß Gott! Des ganze Dorf is ja wie ausgestorben! I bin auf der Suche nach meim Schwager, dem Postboten. Is der ned da?“, fragt dieser. „Mir wollten dort Rast machen!“

„Der is mit die ander'n Fichtenrieder gefloh'n“, antwortet Theres eingeschüchtert.

Ihr ist nicht wohl. Sie überlegt, was ein Polizist im Moment hier zu suchen hat. Als sie ihren Mut zusammennehmen und ihn danach fragen will, kommt eine kleine Kolonne zu Fuß die Straße entlang. Stumm und mit weit aufgerissenen Augen beobachtet sie, wie etwa zwei Dutzend ausgemergelte Männer langsam dahin schlurfen. Einige tragen gestreifte Sträflingskleidung, viele sind auch nur in Lumpen und Altkleider gehüllt. Die Schwächsten unter ihnen werden von anderen Gefangenen gestützt und kommen nur mühsam voran. Aus der Masse von dünnen, mageren Gestalten ragt ein besonders großer, dürrer Mann hervor. Mit einem flehenden, bittenden Ausdruck in den tiefliegenden Augen schaut er Theres direkt an und formt mit dem Mund stumme Worte. Begleitet wird die Gruppe von drei bewaffneten SS-Soldaten. Einer davon, wahrscheinlich der Anführer, hält eine Peitsche drohend in die Luft. Auch sie sehen mitgenommen aus, fast verwahrlost. Ihre Uniformen sind schmutzig und nachlässig geknöpft. Die Hände, mit denen sie drohend ihre Gewehre schwenken, sind stark verdreckt.

Am Ende des Zuges fällt ein Mann lautlos wie ein Blatt zu Boden. Zwei Häftlinge sind sofort bei ihm und wollen ihm wieder aufhelfen, werden jedoch grob mit dem Gewehrkolben von einem Wachmann weggestoßen. Nach kurzem Zögern nimmt der Soldat eine Pistole aus seiner Halterung, hält dem am Boden Liegenden den Lauf an die Stirn und drückt ab. Der Schuss hallt lange in der Stille des verwaisten Dorfes. Theres will zu dem zusammengebrochenen Bündel am Straßenrand eilen, ist aber vor Entsetzen wie gelähmt.

Der Peitschenschwinger gibt daraufhin den Befehl zum Haltmachen und Rasten. Vor dem Hof kommen alle zum Stehen, ein Großteil der Gefangenen lässt sich auf der Straße nieder. Einige schauen aus ihren riesigen, eingefallenen Augenhöhlen bittend zu Theres und formen mit den Lippen leise die Worte „Bitte Wasser“. Theres ist entsetzt, sprachlos, weiß nicht, wie und wo sie als Erstes helfen soll. Sie ist erschüttert über das Leid, das die Männer ausstrahlen, und ahnt, dass das Martyrium der Geschundenen ihre eigene Vorstellungskraft sprengen würde.

Es wurde viel gemunkelt über die Behandlung von Menschen in den sogenannten Konzentrationslagern. Jetzt, wo sie die wandelnden Skelette vor sich sieht, ist sie sicher, dass nicht einmal ansatzweise bekannt ist, was die Inhaftierten dort erleiden müssen. Weiter will und kann Theres darüber jetzt nicht nachdenken. Sie muss helfen, muss Wasser holen, Essen und Decken.

„Sie da!“, schreit der Peitsche schwingende SSler. „Wir wollen hier Rast machen! Wir brauchen Verpflegung. Zeigen Sie uns die Vorratskammer!“

„Und wos is mit denen da?“, fragt sie irritiert zurück. Die Sträflinge müssen dringend versorgt werden. Es scheint, als ob einige dem Tod näher sind als dem Leben. Sie kann ihre Augen nicht von den geschundenen Körpern abwenden.

„Erst verpflegen Sie uns!“, schreit der Soldat ungehalten zurück. „Dieser Abschaum ist es nicht wert, dass sich jemand um ihn kümmert!“

„Aber lassen S' die Männer doch wenigstens im Stall ausruh'n. Da is es wärmer!“, versucht Theres sich für die Häftlinge einzusetzen. „Hier drauß'n hol'n die sich den Tod!“

„Schön wär's!“, murmelt der andere. Trotzdem lässt er die Häftlinge von einem Bewacher in den Stall bringen und geht mit Theres und den anderen beiden ins Haus. In der Stube stürzen sie sich auf den geräucherten Speck, den saftigen Schinken und die rahmige Milch, die Theres auftischt.

In Gedanken ist sie draußen bei den Häftlingen und überlegt, wie sie ihnen helfen kann. Wenn nur der Anderl hier wäre, wünscht sie sich. Der wüsste genau, wie er mit den sturen Soldaten reden müsste, wie er helfen könnte.

Sie versucht es erneut: „Wenn die Herrn etz zufried'n san, dann würd i zu die Gefangenen in Stall geh'n und sie mit Wasser versorg'n.“

„Das ist zwar verlorene Liebesmühe, die krepieren sowieso bald“, lacht der Anführer und der andere Soldat stimmt mit ein. „Aber wenn Sie unbedingt meinen, dann will ich Sie nicht aufhalten, gute Frau. Am besten lassen Sie den Abschaum aus den Futtertrögen saufen!“

Schallendes Gelächter begleitet Theres, als sie aus der Stube verschwindet. Sie geht zum Brunnen, füllt einen Eimer mit frischem Wasser, sucht nach einer Schöpfkelle und geht zum Stall.

Das Brummen eines Motors lässt sie innehalten. Immer noch in Sorge wegen Anderl wartet sie einen Moment, um zu sehen, woher das Geräusch kommt. Keine Minute später hält Schmiedl mit seinem Motorrad vor ihr und fragt sie aufgeregt nach ihrem Mann. Er erklärt, die Lok springe nicht an und müsse nun bis zur Unterführung geschoben werden. In nur zwei Stunden würde das Ultimatum der Amerikaner ablaufen und bis dahin müsste die Barriere fertig sein, um den Einmarsch zu verhindern.

Gerade, als sie zu einer Erwiderung ansetzen will, kommen die Soldaten aus dem Haus und fragen Schmiedl, was los sei. Dieser schildert kurz sein Anliegen. Schnell sind sie einig, dass sie gemeinsam die Amerikaner aufhalten können. Der anführende SS-Soldat bestimmt einen Bewacher, der im Stall bei den Gefangenen bleiben soll. Er und die anderen eilen Schmiedl zu Hilfe.

Endlich kann Theres die Männer im Stall versorgen. Einen nach dem anderen lässt sie klares, frisches Wasser trinken, geht immer wieder zurück zum Brunnen und füllt den Blecheimer auf. Sie ermahnt die Männer, nicht zu hastig und überstürzt zu trinken. Gerne würde sie etwas Brot holen und verteilen, dies hat der Anführer jedoch verboten. Um den verbleibenden Bewacher etwas milder zu stimmen, versucht sie, ein Gespräch zu beginnen.

„Wo kummt's ihr eigentlich her?“

„Die Gefangenen wurden aus dem Gefängnis in Amberg evakuiert, als die Stadt kurz vor der Eroberung stand“, erwidert dieser in gleichgültigem Tonfall.

Bei genauerem Hinsehen erkennt sie in dem Soldaten denjenigen, der vor wenigen Minuten den wehrlosen Häftling gnadenlos hingerichtet hatte. In ihr keimen Abscheu und Wut auf. Sie versucht trotzdem ruhig zu bleiben.

„Und wos hom die ausg'fressen?“

„Sind politische Straftäter aus ganz Europa. Sie dürfen dem Feind um keinen Preis in die Hände fallen. Vorher ...“ Mit der Hand fährt er sich an die Kehle und macht eine eindeutige Bewegung.

Geschockt wendet sich Theres ab und schaut sich die Männer genauer an. Viele haben schmutzige und zerlumpte schwarz-weiß gestreifte Häftlingskleidung an. Ihre Schädel sind kahl rasiert, ihre Wangen eingefallen und die Körper bis auf die Knochen abgemagert. Einige wenige tragen Holzpantinen, die meisten haben nur notdürftig Lumpen um ihre Füße gewickelt. Kein einziger hat einen Mantel an, ein paar von ihnen haben alte, löchrige und stinkende Decken über den Schultern liegen. Sie kann sich nicht vorstellen, wie diese abgemagerten, leidenden Menschen auch nur eine Nacht im Freien überstehen sollen.

Einer der Männer kommt ihr irgendwie bekannt vor. Immer wieder schaut sie verstohlen zu ihm und grübelt nach, woher sie ihn kennt. Plötzlich sieht sie wieder das Foto vor sich, welches Olga ihr gezeigt hat. Das kann nicht sein! Jozef? Ein kalter Schauer läuft ihr über den Rücken, sie bekommt schweißnasse Hände. Erneut nimmt sie den Wassereimer zur Hand, geht durch die Reihen der Häftlinge und bleibt vor dem Mann stehen. Leise flüstert sie „Jozef" und schaut ihn dabei an. Erstaunt hebt dieser den Kopf, ein kleiner Hoffnungsschimmer flackert in seinen dunklen Augen und er nickt.

Bestärkt durch diese Begegnung geht Theres nach draußen und holt alle Vorräte an Brot, die sie noch im Haus hat. Sie will und kann diese Menschen nicht weiter leiden lassen, egal was die Soldaten befehlen.

Zurück im Stall fängt sie an, mit einem scharfen Messer Scheibe um Scheibe von einem großen Laib abzuschneiden. Die Häftlinge nehmen das duftende Brot dankbar entgegen. Es entsteht um die auf den Boden gefallenen Brotkrumen ein kleines Gerangel, welches den Soldaten auf ihr Tun aufmerksam macht.

Er eilt auf Theres zu und schlägt ihr mit einem kraftvollen Hieb auf den Unterarm. Sie verliert das Gleichgewicht, stürzt zu Boden und verletzt ihre Hand unglücklich am Messer.

„Trau dich und widersetz dich nochmal unseren Befehlen. Dann hat auch für dich die letzte Stunde geschlagen!", droht er ihr im Weggehen.

Ein pochender Schmerz jagt durch ihren rechten Arm und auf der linken Handfläche klafft eine blutende Wunde. Mit ungeahnter Energie rappelt sie sich wieder auf. Wie kann er es wagen, die Hand gegen eine wehrlose

Frau zu erheben? Theres will sich das nicht bieten lassen. Zügellose Wut überkommt sie. Trotz der Schmerzen greift sie nach dem Blecheimer, holt weit aus, zielt und trifft den Wachmann damit an Hinterkopf und Nacken. Mit einem aggressiven Ausdruck auf dem Gesicht will er sich nach ihr umdrehen, verliert aber auf dem rutschigen und nassen Stroh das Gleichgewicht und fällt nach hinten. Mit wild um sich schlagenden Bewegungen will er sich fangen oder irgendwo festklammern, findet jedoch keinen Halt und schlägt schließlich mit dem Kopf hart auf dem Rand des steinernen Futtertrogs auf. Reglos bleibt er dort liegen. Unter ihm vermischt sich das klare Wasser mit rotem Blut.

Anderl

Knapp zwanzig Männer mühen sich mit dem Stahlkoloss ab. Anderl kann aus seinem Versteck zwischen den abgestellten Güterwagons gut erkennen, wie Röschl mit seinen Volkssturmleuten und einer Handvoll Wehrmachtssoldaten erfolglos versucht, die rostfarbene Lok von der Stelle zu bewegen.

Anderl lobt sich im Stillen für sein umsichtiges Handeln und die Tatsache, dass die Lokomotive aufgrund seiner Sabotage nicht anspringt. So werden die es nie schaffen, das schwere Gerät von der Stelle zu bewegen! Die Zeit läuft gegen diese Bande! In knapp zwei Stunden ist das Ultimatum vorbei und die Amerikaner werden ungehindert in das Dorf einfahren können, rechnet er nach.

Er fragt sich, wo der verhasste Ortsgruppenleiter Schmiedl abgeblieben ist. Dieser taucht Minuten später mit zwei SS-Soldaten und einem Polizisten im Schlepptau auf und eilt den anderen zu Hilfe. Verdammt, die werden es am Ende nicht doch noch schaffen, die Unterführung zu blockieren? Aufgeregt und mit klopfendem Herzen pirscht sich Anderl näher an die Gruppe heran, um verstehen zu können, was gesprochen wird.

Einer der SS-Soldaten, ein großer feister Mensch mit einer schwarzen Peitsche am Gürtel, übernimmt ganz selbstverständlich das Kommando. Er dirigiert die Männer zu unterschiedlichen Positionen an der Lokomotive und unter seinen gleichmäßigen „Hauruck"-Rufen stemmen sich alle dagegen. Doch nichts geschieht, die Lok bewegt sich keinen Millimeter. Anderl beobachtet aus sicherer Entfernung, wie sich die Aggressivität des Kommandierenden mit jedem vergeblichen Versuch steigert und er kurz davor ist, seine Peitsche zu Hilfe zu nehmen.

Die Zeit verrinnt schnell, die Ratlosigkeit der Männer steigt. Schmiedl, der SSler und der Anführer der Wehrmachtssoldaten tuscheln aufgeregt miteinander, schauen immer wieder auf die Armbanduhr und scheinen schließlich eine Entscheidung getroffen zu haben.

„Treue Kameraden! Bis zum Letzten haben wir versucht, den Feind aufzuhalten! Da dies hier an dieser Stelle nicht mehr gelingen mag, rufe ich Euch auf, den Kampf weiter im Süden fortzusetzen. Ich selbst und meine Männer werden uns nach Hemau aufmachen, wo eine größere Einheit bereitsteht, um das Vordringen der Amerikaner zu verhindern!“, ruft der Wehrmachtssoldat im Brustton der Überzeugung den verwirrten Männern zu.

Die SSler reagieren sofort. Unter dem ungläubigen Blick von Schmiedl gehen sie zum Motorrad, rufen etwas von Beschlagnahmung und fahren davon.

Für Anderl hat das eher nach Flucht als nach motiviertem Kampfeinsatz ausgesehen. Ob die je in Hemau ankommen und dort weiter die Heimat verteidigen, fragt er sich. In jedem Fall haben sie einen fahrbaren Untersatz ergattert. Da es sich dabei um Schmiedls geliebtes Motorrad handelt, kann Anderl ihnen nur gratulieren. Ein schadenfrohes Lächeln huscht über sein Gesicht.

„Kreizkruzifix!“, schreit Schmiedl schließlich den Männern vom Volkssturm entgegen, als er sich aus seiner Erstarrung wieder gelöst hat. „Wos schaut's denn so bled? Habt's ned g'hört? Fichtenried is verloren, schaut's dass ihr weider kummts! Hier wimmelt's bald vor lauter Amis!“

Auch die Wehrmachtssoldaten lassen sich das nicht zweimal sagen. Im Laufmarsch setzen sie sich mit ihrem Anführer in Richtung Süden in Bewegung. Ob sie flüchten und ihr Leben in Sicherheit bringen wollen oder an anderer Stelle weiterkämpfen, das vermag Anderl nicht zu beurteilen. Aber es ist ihm auch egal. Er ist nur froh, dass die größte Gefahr für das Dorf gebannt ist.

„Röschl!“, schreit Schmiedl weiter. „Du und deine Maaner, ihr versteckts eich für's erste im Wold und verbrennts die Uniformen! Sofort!“

Fast schon hysterisch laufen alle durcheinander. Anderl hat genug gesehen. Nun will er schnell ins Dorf zurück und nachschauen, ob er dort helfen kann. Falls der Pfarrer noch da ist, will er mit ihm die friedliche Kapitulation vorbereiten.

Theres

Reglos steht sie vor dem Soldaten. Auch die Gefangenen sind still geworden, niemand rührt sich. Nur Jozef hat die Kraft und den Mut und beugt sich über den Wachmann. Er fühlt den Puls, schaut zu Theres auf und schüttelt den Kopf: „Tot!"

Was soll sie nun tun? Sie hat ihn umgebracht! Sie ist schuld am Tod eines Menschen! Theres kauert sich auf den Boden und vergräbt ihr Gesicht in den Händen. Wenn nur Anderl hier wäre! Was soll ich nun tun, fragt sie sich immer wieder. Es war ein Unfall! Ich wollte doch niemanden töten!

Nach einigen Minuten spürt sie eine Hand auf ihrer Schulter. Fragend schaut sie auf, vor ihr kniet Jozef und hält ihr einen Stofffetzen hin, den sie um ihre blutende Hand wickelt.

„Du kennen meine Namen?", fragt dieser in gebrochenem Deutsch.

Auch wenn Theres im Moment ganz andere Sorgen hat, muss sie dem Polen von Olga und dem Kind erzählen.

„Ja, die Olga hod mir a Büld von dir zeigt. Sie is hier aaf'm Hof unterkumma. Ihr geht's guad. Dem Kind aa", fügt sie aufmunternd hinzu, auch wenn ihr selbst ganz anders zumute ist.

„Wo?", fragt Jozef und schaut sich suchend um.

„Sie is in Sicherheit, koa Sorge. Bald kummt sie wieder her."

Das eingefallene Gesicht des Polen leuchtet für einen kurzen Moment auf, dann lässt er sich erschöpft ins Stroh fallen. Im nächsten Augenblick geht die Stalltüre auf, Anderl kommt herein und stürzt auf sie zu. Besorgt schaut er zwischen ihr, Jozef und dem Toten hin und her. Theres erzählt ihm in knappen Worten das Geschehene. Nach ihrem Bericht schaut sie ihren Mann abwartend an. Sie ist wie gelähmt, fühlt weder Angst noch Mitleid. Vielmehr hat sie das Gefühl, neben sich zu stehen und alles von außen zu beobachten.

Anderl nickt nur, denkt angestrengt nach und schaut immer wieder zum Toten. Dann spricht er in ruhigen Worten zu den Häftlingen: „Bald kumma die Amerikaner, dann seids ihr frei! Bleibts hier drinnen und worts ab. Dann passiert eich nix!“

Die Worte von Anderl werden in italienischer, polnischer und französischer Sprache leise übersetzt, bis alle Gefangenen verstanden haben, dass sie nicht mehr in Gefahr sind. Diejenigen, die noch die Kraft dazu haben, liegen sich lachend und weinend in den Armen. Diese Ausgelassenheit erreicht schließlich auch Theres und Tränen der Erleichterung und Freude steigen ihr in die Augen.

„Theres, i hob a Idee! Im Leichenschauhaus liegt scho a toter Wehrmachtssoldat. Mir leg'n den Wachmann einfach dazu. Da fragt koaner nach, wo der herkummt und wie der g'storben is“, flüstert ihr Anderl im allgemeinen Tumult zu.

Er geht nach draußen, holt eine hölzerne Schubkarre und lädt den leblosen Körper mit Theres Hilfe darauf. Zu zweit machen sie sich auf den Weg zum Friedhof. Immer noch ist das Dorf menschenleer und still. Die Bäuerin sieht ihrem Mann an, wie er sich mit der schweren Last auf der holprigen Straße abmüht. Fast haben sie es geschafft. Der Friedhof ist schon in Sichtweite, da taucht wie aus dem Nichts Schmiedl auf und versperrt ihnen den Weg. Seine braune Parteiuniform hat er abgelegt und gegen zivile Kleidung eingetauscht.

„Ja was hom mir denn da?“, fragt er höhnisch grinsend.

„Es war a Unfall!“, platzt Theres panisch heraus.

„Des is doch oaner von die SS-Soldaten, die den Sträflingstrupp bewacht hom? Host du den aaf'm G'wissn?“, spekuliert er und geht drohend auf Theres zu.

Unsicher schaut sie zu Anderl. Dieser antwortet stattdessen: „Host doch g'hört. Es war a Unfall!“ Er umrundet die Schubkarre und baut sich demonstrativ vor Schmiedl auf. Er will seine Frau schützen und gleichzeitig dem Nazischergen die Stirn bieten.

„Und du, spül di bloß ned so aaf. I woaß genau, wos ihr vorg'habt habts. Wird die Amis ned g'falln, wenn die erfohr'n, dass der Herr Ortsgruppenleiter die Unterführung blockier'n wollt! Und die Fichtenrieder werden aa ned begeistert sei, wenn's hör'n, wer da ihr Dorf aaf's Spiel g'setzt hod!"

„Und auf dei Frau woart as Zuchthaus!", schmettert ihm Schmiedl wutentbrannt entgegen. „I werd dafür sorg'n, dass du dei Leb'n lang nimmer froh wirst!"

Theres bekommt es mit der Angst zu tun. Zuchthaus? Daran hatte sie noch gar nicht gedacht. Es ist schon schlimm genug, für den Tod eines Menschen verantwortlich zu sein. Aber für einen unglücklichen Unfall mit Zuchthaus bestraft zu werden, diese Vorstellung versetzt sie in Panik.

„Schmiedl, i bitt die recht scheäih. Lass guad sei! Es war a Unfall! I schwör dir, i wollt dem Maa koa Unrecht antun!"

„Des kannt ja a jeder sog'n!", antwortet dieser und schaut lauernd zwischen ihr und Anderl hin und her. „I dad scho vergess'n, was i hier g'sehn und g'hört hab. I dad eich sogar hölfa, den hier verschwind'n zu lass'n." Er deutet abschätzig auf den Soldaten und wartet einen Moment, bis er weiter spricht. „Dafür vergesst's ihr aber, wos der Röschl und i mit der Lok vorg'habt ham!"

Anderl

Obwohl er weiß, dass es keine Alternative zu seiner Entscheidung gibt, hadert er dennoch damit. Er trägt die Verantwortung dafür, dass diese Lumpen für ihren zerstörerischen Plan nun ungestraft davonkommen. Er kann nur hoffen, dass Schmiedl und Röschl ihre anderen Vergehen, die sie selbst so perfide als „Befehle und Vorschriften" bezeichnen, gut dokumentiert und sauber aufbewahrt haben. So, wie es sich für einen deutschen Befehlsempfänger gehört, denkt er sarkastisch. Dann werden sie am Ende hoffentlich doch noch zur Rechenschaft gezogen, auch ohne sein Zutun.

All diese Gedanken gehen Anderl durch den Kopf, als er im Haus nach weißen Betttüchern sucht. Nachdem sie zu dritt dem Wachmann im Leichenschauhaus zu seiner letzten Ruhe verholfen haben, hatte er Theres angewiesen, im Stall bei den Befreiten zu bleiben, sie weiter zu versorgen und dort zu warten. Schmiedl hatte sich sofort nach getaner Arbeit verdrückt. Weiß der Himmel, was der nun wieder im Schilde führt, bemerkt er kopfschüttelnd. Eine Gefahr für das Dorf stellt Schmiedl seiner Meinung nach nicht mehr dar. Soll dieser nur machen. Die Schlinge zieht sich so oder so immer enger um seinen Hals, prophezeit Anderl.

Ihm bleibt keine Zeit mehr, ein Laken an einem Mast vor dem Haus zu befestigen. Behelfsmäßig hängt er deshalb eines aus dem Dachfenster und hofft, dass dieses gut sichtbar ist. Dann läuft er zum Pfarrhaus und klopft laut und energisch an die schwere Holztüre. Drinnen rührt sich nichts. Er versucht es erneut, diesmal noch lauter und fester.

„Herr Pfarrer! I bin's, der Anderl!", will er laut schreiend, den Gottesmann auf sich aufmerksam machen und geht hinter das Haus. Im Pfarrgarten spitzen schon die ersten Tulpen und Narzissen aus dem Boden. Die Natur schert sich halt nicht um die Belange der Menschen und folgt wie eh und je dem Jahreszyklus, stellt der Bauer nüchtern fest.

„Anderl?", hört er die vertraute Stimme des Pfarrers hinter sich. „Wieso bist du noch hier?"

„Herr Pfarrer! A Segen, dass Sie ned gefloh'n san! In a boar Minuten lafft des Ultimatum ab und mir müss'n unbedingt no die weißen Tücher aufhänga. Der Ami wird bald da sei!"

„Aber der Schmiedl und der Röschl, was ist, wenn die ihren Plan umgesetzt haben?"

„Koa Sorge, die werd'n koan Blödsinn macha. Die san am End doch no zur Vernunft kumma. Mir kina des Dorf friedlich übergeb'n. Sie und i!" Mehr will er dem Pfarrer nicht verraten, sonst müsste er weiter ausholen und die Sache mit Theres und dem Wachmann käme ans Licht.

Aber zum Glück fragt der Geistliche nicht weiter nach. Rasch beginnen beide, die mitgebrachten Tücher aus den Fenstern des Pfarrhofes zu hängen. Das letzte Tuch will Anderl am Kirchturm befestigen, damit man schon aus aller Ferne den Willen zur friedlichen Kapitulation Fichtenrieds erkennen kann.

Im Laufschritt nimmt er zwei Stufen der ausgetretenen Holztreppe, die zu den Glocken im Kirchturm führt, gleichzeitig. Atemlos kommt er oben an, überlegt kurz, aus welcher Richtung die amerikanischen Soldaten kommen werden, entscheidet sich dann für das nordöstliche Fenster und hängt das Betttuch gut sichtbar dort auf. In diesem Moment beginnt, die große Glocke zu läuten. Anderl zählt aufgeregt mit. Erst vier Schläge, die die volle Stunde anzeigen, und dann nochmal drei Schläge. Das Ultimatum ist soeben abgelaufen. Gespannt schaut er zu der Straße, die von Norden zum Dorf führt. Dort kann er einen Spähtrupp erkennen, der Richtung Fichtenried Ausschau hält. Aufgeregt winkt er diesem zu und hofft, dass alles Weitere ohne Zwischenfälle ablaufen wird.

+++

Unvermittelt fallen Schüsse und hallen unnatürlich laut durch Fichtenried. Der Pfarrer dreht sich mit schreckgeweiteten Augen zu Anderl und schaut ihn fragend an. Beide stehen vor dem weiß beflaggten Pfarrhaus bereit, um die Amerikaner zu empfangen.

„Die prüf'n wahrscheinlich, ob jemand Gegenwehr leistet", versucht er den Gottesmann und sich selbst zu beruhigen. „Wird nimmer lang dauern, dann san's da."

Und wirklich, keine zehn Minuten später kommen die ersten GIs mit Maschinengewehren im Anschlag auf sie zu. Misstrauisch und voller Argwohn gehen sie in geduckter Haltung von Gebäude zu Gebäude, immer wieder Schutz suchend hinter Mauervorsprüngen und Hausecken. Die Ausrüstung der GIs mit geschnürten, wadenhohen Stiefeln, Stahlhelm und Schutzweste scheint schwer auf ihnen zu lasten. Anderl kann beim Näherkommen der Männer erkennen, wie ihnen der Schweiß das Gesicht hinunterläuft. Er und der Pfarrer stehen erstarrt und mit erhobenen Händen da. Der Bauer traut sich nicht, sich auch nur einen Millimeter zu bewegen, bis die Soldaten direkt vor ihm stehen und ihn nach Waffen abtasten.

Er lässt die ruppige Kontrolle ohne Gegenwehr über sich ergehen. Vor lauter Anspannung ist sein Mund trocken und das Schlucken fällt ihm schwer. Einer der GIs gibt schließlich das erlösende Zeichen und beide lassen erschöpft ihre Arme sinken.

„Soldaten? Nazis?", fragt dieser mit starkem amerikanischem Akzent und schaut sich suchend in der Umgebung um.

Der Pfarrer schüttelt den Kopf, zeigt auf die weißen Fahnen und ergreift das Wort: „Im Dorf befinden sich keine Soldaten. Wir wollen es friedlich an Sie übergeben."

Ihm ist die Unsicherheit deutlich anzumerken, kreidebleich hebt sich sein Gesicht von der schwarzen Soutane ab. Das gleichfarbige, vierkantige Birett sitzt schräg auf seinem Kopf und droht jeden Moment herunterzufallen. Verkrampft hält er sich an einem Rosenkranz fest.

Der Soldat spricht etwas in sein Funkgerät, lässt zwei GIs zur Bewachung von Anderl und dem Pfarrer zurück und durchsucht weiter das Dorf.

Unruhe macht sich in Anderl breit. Er hatte gedacht, die Übergabe würde schnell und schmerzlos vonstattengehen. Die Amerikaner vertrauen uns nicht. Und das zu Recht, denkt er bitter. Der Bauer betrachtet die Befreier, die zu seiner Bewachung abgestellt sind, genauer. Beide sehen abgekämpft und müde unter ihren Stahlhelmen aus. Rauchend lehnen sie am Zaun. Doch der Schein trügt, in ihren Augen spiegelt sich äußerste Konzentration wieder. Die würden uns beim geringsten Anlass und ohne mit der Wimper zu zucken über den Haufen schießen, vermutet Anderl. Und noch dazu verstehen sie wahrscheinlich kein Wort Deutsch. Fremde aus tausenden Kilometern Entfernung müssen ihr Leben aufs Spiel setzen, um uns zu befreien. Was für ein Irrsinn!

Eine halbe Stunde lang stehen sie wortlos da und warten. Die Erde ist mittlerweile übersät mit Kippen. Dann kommt ein grüner Jeep mit vier Soldaten die Straße entlang und hält direkt vor ihm und dem Pfarrer.

„In einem Stall haben wir Gefangene entdeckt! Arme, erschöpfte und kranke Männer in Fetzen gehüllt! Wem gehört der Hof?“, schreit einer der Amerikaner, vermutlich ein Dolmetscher, sie zornig und mit österreichischem Akzent an.

Anderl räuspert sich: „Mir g'hört der Hof.“

Der Soldat wendet sich ihm zu und brüllt mit hochrotem Kopf: „Bist du ein Nazi?“

Der Bauer ist zunächst verwirrt, dann schüttelt er eingeschüchtert den Kopf.

Der GI macht noch einen Versuch, diesmal noch lauter und eindringlicher: „Bist du Mitglied in der nationalsozialistischen Partei?“ Er betont jedes Wort voller Abscheu.

Anderl verneint erneut. Er begreift langsam, dass man ihn als Täter, bestenfalls als Mitläufer sieht und für die Häftlinge verantwortlich macht. Ängstlich blickt er den Soldaten an. Was kann er sagen? Wie kann er begreiflich machen, dass er kein Verbrecher ist? Für die Amerikaner müssen sie alle wie gefühllose Unmenschen wirken, denen das Schicksal Anderer völlig egal ist. Die dabeistehen und zusehen, wie Unrecht geschieht.

Da ergreift der Pfarrer das Wort und setzt sich für ihn ein: „Der Anderl war niemals Mitglied in der Partei. Ebenso wenig wie ich. Das schwöre ich bei Gott!“

„Euer Gott!" Der Dolmetscher spuckt die Worte wie Waffen aus. „Wo zum Teufel war euer Gott, als Ihr Hitler an die Macht gewählt habt? Wo war euer Gott, als Ihr vor sechs Jahren den Krieg begonnen habt? Wo war euer Gott, als die Juden in Deutschland verschleppt und umgebracht wurden?" Und sehr leise setzt er hinzu: „Wo war euer Gott, als meine Familie im KZ umgebracht wurde?"

Mit einem Schlag ist es totenstill. Anderl ist so erschüttert und überrascht von diesem persönlichen Verlust, diesem unfassbaren Schicksal, dass er keine Worte findet. Das Resultat von Hitlers krankem Nazismus steht nun leibhaftig vor ihm. Erst als ein weiterer Soldat Theres grob am Arm zerrend zu der Gruppe schleppt, kann er wieder sprechen.

„Des is mei Frau, die Theres. Sie hod die Gefangenen versorgt, nachdem die Bewacher getürmt san! Sie hod nix Böses g'macht!", fleht er.

Schüchtern nickt Theres, die Todesangst steht ihr ins Gesicht geschrieben. Kreidebleich und zitternd umklammert sie den Oberarm ihres Mannes.

Der GI flüstert dem Dolmetscher etwas ins Ohr. Dieser nickt daraufhin und antwortet, nun wieder gefasst: „Das haben die Befreiten bestätigt."

Dann bespricht er sich mit den anderen Insassen des Jeeps, über Funk werden neue Befehle eingeholt und nach einigen Minuten wendet er sich wieder Anderl zu: „Wir nehmen die Kapitulation an. Wir ernennen dich für das Erste zum Bürgermeister. Sorg dafür, dass alle Parteimitglieder ihrer Ämter enthoben werden und mach später darüber Meldung bei uns! Und kümmere dich um die Männer in deinem Stall! Alle sollen anständige Kleidung, etwas zu essen und Quartiere erhalten! Ich mache dich dafür verantwortlich, wenn die Befreiten schlecht behandelt werden und es zu Klagen kommt!"

Dann steigen die vier Soldaten in ihr Fahrzeug und fahren weiter. Anderl bleibt mit Theres und dem Pfarrer wie vor den Kopf geschlagen zurück.

Olga

„Kummts alle z'ruck! Es is vorbei!", hallt Anderls Ruf laut durch die Kirche. Aufgeregtes Stimmengewirr ist überall zu hören. Olga sieht ungläubiges Staunen in den Gesichtern der Geflohenen und auch Tränen der Erleichterung fließen hier und da.

Die junge Polin springt freudig auf. Hoffnung verdrängt die Angst, die sie die letzten Stunden begleitet hat. Auch wenn ihre Odyssee noch nicht endgültig vorbei ist, rückt ihre Heimkehr nach Polen und hoffentlich auch das ersehnte Wiedersehen mit Jozef immer näher.

Walburga, die bisher in sich gesunken und still auf dem kalten und blank gescheuerten Steinfußboden der Kirche gesessen hatte, steht langsam auf. Das junge Mädchen zeigt keine Gefühlsregung. Olga geht auf sie zu und umarmt sie stürmisch. Aber auch das lässt Walburga ungerührt über sich ergehen.

Die Polin hat keine Zeit, sich um die Befindlichkeiten der Anderen zu kümmern. Sie will so schnell wie möglich hier weg. Eilig rafft sie die Taschen, die Bücher und das restliche Hab und Gut zusammen und bahnt sich einen Weg durch die Menge zu Anderl. Walburga trottet langsam hinterher. Sie verstauen die Sachen auf dem Ochsenkarren und laden zusammen den hölzernen Leiterwagen auf.

Zu dritt machen sie sich im fahlen Abendlicht auf den Weg nach Fichtenried. Hinter ihnen marschieren die ausgelassenen Dörfler in einer langen Kolonne. Ungewöhnlich schweigsam fährt das Trio auf dem holperigen Weg die wenigen Kilometer zurück. Am Horizont reißt die Wolkendecke kurz auf und lässt den Abendhimmel in roten und orangefarbenen Tönen schimmern. Olga sitzt zwischen Anderl und Walburga auf dem Kutschbock und jubelt innerlich. Bald ist es auch für sie vorbei und die Bauernfamilie wird sie entlassen und zurück nach Polen schicken. Und dort wird sie endlich Jozef treffen! Bei dem Gedanken an ihn bekommt Olga ganz rote Wangen, ihr Gesicht strahlt geradezu mit dem Himmel um die Wette.

Dann fällt ihr ein, dass sie sich gar nicht nach Theres erkundigt hat. „Ist die Bäuerin in Fichtenried geblieben? Geht's ihr gut?"

„Sie is wohlauf", antwortet Anderl beruhigend und reibt sich müde die Augen. Olga sieht ihm die Strapazen des heutigen Tages deutlich an.

Sie spürt, dass ihn etwas bedrückt. „Ist auf dem Hof alles in Ordnung?"

Abrupt hält er das Gespann an und wendet sich ihr zu: „Der Jozef is bei uns auf'm Hof." Er macht eine kurze Pause, fügt dann kummervoll hinzu: „Es geht ihm schlecht. Er war lang in Amberg in Haft und is ned guad behandelt word'n. Jetzt sind er und die anderen Gefangenen frei."

Zuerst wird sie von einem unbändigen Glücksgefühl erfasst. Jozef ist hier! Er ist frei! Gleich wird sie ihn wiedersehen und in die Arme schließen können. Dann erfasst sie eine Welle der Angst. Zögerlich fragt sie nach, ob der Geliebte verletzt sei.

Anderl schaut verlegen zur Seite. Leise antwortet er, dass die Häftlinge in Amberg schlecht versorgt wurden und ihr Verlobter daher sehr schwach sei. Nun werde die Dorfbevölkerung aber alles in ihrer Macht stehende tun, um den Männern zu helfen und sie gut zu versorgen.

Einen kurzen, zornigen Augenblick lang würde Olga den Bauern am liebsten am Kragen packen und anschreien. Aber ihre Wut vergeht genauso schnell wie sie gekommen ist. Sie hat einfach keine Kraft mehr. Stattdessen richtet sie ihren Blick hoffnungsvoll auf die Kirchturmspitze, die am Horizont in den Himmel ragt. Mit einem Kopfnicken gibt sie Anderl zu verstehen, dass er die Fahrt fortsetzen soll.

Walburga scheint von alledem nichts mitbekommen zu haben. Steif sitzt sie auf dem Kutschbock und starrt stumm zum Wald hinüber.

+++

Mit zitternden Knien steigt Olga vom Kutschbock ab und rennt auf die Holzbank vor dem Haus zu. Dort sitzt, in mehrere Lagen Decken gehüllt, ihr geliebter Jozef. Sie fällt vor ihm auf die Knie und lässt ihren Kopf in seinen Schoß fallen. Hemmungslos beginnt sie zu weinen, kann sich lange nicht beruhigen. Die andauernde Ungewissheit, ob er noch am Leben ist, das Hoffen, ihr Kind möge einen Vater haben, und die Sehnsucht nach der Heimat hatten ihr in den vergangenen Monaten die letzten Kraftreserven abverlangt. Jetzt fühlt sie sich leer und ausgelaugt.

Doch ein Blick in seine Augen genügt und Olga reißt sich sofort zusammen. Wie viel mehr Leid als sie, muss er ertragen haben? Behutsam streicht sie ihm mit der Hand über die eingefallenen Wangen und das kurzgeschorene Haar und empfindet dabei unendliches Glück. In diesem Moment regt sich das Kind in ihrem Bauch und Olga nimmt Jozefs Hand und legt sie sanft auf die Wölbung unter ihrem Busen. Augenblicklich erhellt sich sein Gesicht und gemeinsam freuen sie sich über die sanften Tritte ihres ungeborenen Kindes.

Ein starker und zäher Hustenanfall schüttelt Jozef und er zieht die Hand zurück. Hilfesuchend schaut sich Olga um, doch niemand ist zu sehen. Alle anderen sind damit beschäftigt, die Männer im Stall zu versorgen und für diese Quartiere bei den zurückkommenden Fichtenriedern zu besorgen.

Vorsichtig streicht sie Jozef über den Rücken und wartet ab, bis der Anfall vorüber ist. Als er sich wieder gefasst hat, blickt er ihr traurig in die Augen und bittet sie, nach einem Pfarrer zu suchen. Im ersten Moment stockt ihr der Atem, sie muss an das Schlimmste denken. Doch er kann sie beruhigen. Er wünsche sich nichts sehnlicher, als sie zu heiraten und dem Kind ein Vater zu sein, begründet er seinen Wunsch. Und traurig fügt er hinzu, dass er nicht wisse, wie lange er noch Zeit dazu habe.

Olga verspricht ihm, sich darum zu kümmern. Aber zuerst bringt sie Jozef in ihre Kammer und versorgt ihn notdürftig. Sie hilft ihm aus den alten Lumpen und reicht ihm Hemd und Hose von Anderl. Dann lässt sie ihn Schluck um Schluck warme Milch trinken und gibt noch etwas Brot dazu. Als sie sich vergewissert hat, dass er hier für den Moment gut aufgehoben ist und Jozef müde die Augen schließt, begibt sie sich auf die Suche nach dem Pfarrer.

Es ist mittlerweile Nacht geworden, doch in fast jedem Haus brennt noch Licht und auch auf der Straße sind viele Fichtenrieder unterwegs. Es herrscht eine ungewohnte Aufbruchsstimmung. Die Menschen sind zwar nicht gerade ausgelassen, aber sie wirken zuversichtlich. Hier und da schnappt die Polin Gesprächsfetzen über optimistische Zukunftspläne auf.

Wie vermutet findet Olga den Pfarrer vor der Kirche, wo er gerade Anweisungen zur Versorgung der befreiten Häftlinge gibt.

„Herr Pfarrer?", fragt sie, nachdem er das Gespräch mit einem Bauern beendet hat. „Darf ich stören?"

Er schaut sie verdutzt an. Ihm ist anzusehen, dass er mit der Lage überfordert ist.

„Was willst du denn?", fragt er barsch.

„Mein Verlobter ist unter den Befreiten. Ihm geht es sehr schlecht. Weiß nicht, ob er gesund wird. Wir wollen heiraten." Und wie zum Beweis der soeben geäußerten Bitte zeigt sie auf ihren Bauch. „Das Kind braucht einen Vater."

Der Geistliche atmet lautstark ein. Im Gehen ruft er ihr zu: „Für diesen Schmarren habe ich jetzt keine Zeit. Und überhaupt ist es verboten, Ausländer zu trauen."

Olga bleibt wie angewurzelt stehen und schaut dem Pfarrer mit offenem Mund hinterher. Schnell fasst sie sich wieder und schimpft dann auf Polnisch leise vor sich hin. So viel Zurückweisung und Ausgrenzung hat sie während ihrer gesamten Gefangenschaft in Deutschland nicht erfahren.

Ein GI, der soeben aus dem Pfarrhaus kommt, hat die wütende Olga bemerkt und geht auf sie zu. Sie mustert den leger wirkenden Mann. Er trägt einen olivgrünen Strickpullover unter einer weit geschnittenen Armeejacke und einen mattglänzenden Stahlhelm, ist aber nicht bewaffnet. Unter der Kopfbedeckung kringeln sich schwarze Locken. Mit einem sympathischen und aufmunternden Lächeln bietet er ihr eine Zigarette an. Olga schüttelt schüchtern den Kopf.

„Gibt es ein Problem?", fragt er auf Deutsch.

Olga schaut ihn und seine amerikanische Uniform verwirrt an.

„Ich komme ursprünglich aus Wien, bin aber schon vor Jahren in die USA ausgewandert", klärt er sie lachend auf. „Und sie kommen auch nicht von hier? War das eben Polnisch?"

Sie erläutert ihm in wenigen Worten, dass sie vor einem halben Jahr aus Polen verschleppt und später zur Zwangsarbeit gezwungen wurde. Die Bauernfamilie vor Ort habe sie jedoch sehr gut behandelt. Nun aber rege sie sich über den Pfarrer auf, der sie und ihren Verlobten nicht vermählen will.

„Diese deutschen Krautköpfe! Dann wollen wir dem Gottesmann mal raten, sich künftig an andere Gesetze zu halten. Bei uns ist es nämlich nicht verboten, Ausländer zu trauen!"

Energisch öffnet er die Tür zum Pfarrhaus und verlangt lauthals nach dem Geistlichen. Dieser erscheint augenblicklich und schaut den Besatzer ängstlich an. Der fordert im Befehlston, dass Olga und ihr Verlobter noch heute in der Kirche getraut werden. Ohne ein einziges Widerwort gibt der Pfarrer das Versprechen ab, sich sofort darum zu kümmern.

Gemeinsam mit dem jungen Soldaten macht sie sich auf den Rückweg zum Hof, um Jozef die gute Nachricht zu überbringen. Fröstelnd zieht Olga den Wollschal enger um ihre schmalen Schultern. Ihr Atem bildet wegen der niedrigen Temperatur eine kleine Nebelwolke, die sich nasskalt auf ihre Wangen legt. Sie muss dem Impuls widerstehen, zurück zum Haus und zu Jozef zu laufen. Stattdessen passt sie sich dem bedächtigen Schritt ihres Retters an. Um die unangenehme Stille zu durchbrechen, fragt sie den jungen Mann nach dem Buch, welches aus der rechten Seitentasche seiner Jacke spitzt. Schmunzelnd holt er es heraus und Olga erkennt auf dem blauen Buchrücken das Wort „Bemelmans" und den englischen Titel „The Blue Danube" in einer auffallend roten Schrift.

„Ich habe es mir aus Amerika schicken lassen, ist gerade erst erschienen. Der Autor ist hier ganz in der Nähe, in Regensburg, aufgewachsen, aber schon in jungen Jahren nach Amerika ausgewandert. Trotzdem hat er seine Heimatstadt regelmäßig besucht und nun über sie geschrieben. Ein sehr poetisches Buch, auch wenn der darin beschriebene NSDAP-Terror allgegenwärtig ist und mit einer schockierenden Beiläufigkeit von der Bevölkerung hingenommen wird."

Er macht eine kurze Pause, dreht das Buch nach vorne und Olga erkennt auf dem tiefblauen Untergrund die ebenfalls in roter Farbe skizzierte Abbildung einer Stadt. Im Hintergrund ist ein Dom zu sehen, davor eine Brücke, die sich über einen breiten Fluss spannt, auf dem ein kleines Ruderboot von einem Steuermann sicher durch den Strudel gelenkt wird.

„Ich habe das Buch in einer Nacht gelesen, so fasziniert war ich von der Beschreibung der Zustände in diesem Land. Leider fand sich darin nur ein einziger, eher unfreiwilliger Held, der dem System die Stirn geboten hat. Und auch der musste letzten Endes mit dem Leben dafür bezahlen."

Wieder macht er eine Pause. Diesmal bleibt er stehen und blickt Olga direkt in die Augen.

„Auch wenn ich es selbst nicht glauben wollte, der Autor hat recht. In diesem Land gibt es keine Helden mehr. Ein Armutszeugnis für die Heimat der Dichter und Denker!"

Die junge Frau hat im ersten Moment das Gefühl, Anderl und seine Familie verteidigen zu müssen. Wenn diese nicht gewesen wären, hätte ihr noch viel Schlimmeres zustoßen können. Aber dann nickt sie nur zustimmend und geht schweigend weiter. Der Soldat hat recht. Hier gibt es keine Helden. Auch wenn Anderl und Theres alles in ihrer Macht stehende getan haben, um sie zu schützen, so waren sie dennoch keine Helden. Gegen das System haben sie sich nicht aufgelehnt.

In diesem Moment erwacht der kämpferische Teil in der jungen Frau wieder zum Leben. Der Teil, der in der Kanalisation von Warschau mutig den deutschen Besatzern die Stirn bieten wollte. Mit einem Mal fühlt sie sich stark und sicher. Sie weiß noch nicht, wohin der Weg sie und Jozef führen wird. Auf jeden Fall werden sie bald aus Fichtenried weggehen. Sie will ein neues Leben anfangen, jenseits der engen Beschränkungen dieses kleinen Dorfes.

Vor dem Hof verabschiedet sich der GI von Olga und wünscht ihr und Jozef alles Gute für die Zukunft. Ja, denkt sie zuversichtlich, mit ein bisschen Glück werden wir es irgendwo da draußen schaffen.

Epilog – 15. Juli 1973

„Walburga, schnöll! Die hom den Anderl g'funden!"

Die Worte reißen Walburga aus ihren Gedanken. Sie hastet zurück zum Pfarrhaus, achtet dabei weder auf Schmiedl noch auf Röschl, ja nicht einmal auf ihren Sohn, der ratlos versucht, neben ihr Schritt zu halten.

Schorsch, der seit dem Vormittag den anstrengenden Telefondienst übernommen hatte, steht freudestrahlend im Türrahmen und winkt alle Umstehenden heran. Walburga drängt sich durch die Ansammlung von Helfern, Nachbarn und Freunden und bleibt erwartungsvoll vor Schorsch stehen.

Dieser ist sichtlich vom Nervenkrieg des heutigen Tages gezeichnet, hat wahrscheinlich unzählige Zigaretten und Unmengen von Kaffee konsumiert. Trotzdem schafft er es, der wartenden Menge in ruhigen und klaren Worten zu erklären, dass die Mannschaft des Hubschraubers vor zehn Minuten eine männliche Gestalt am Rand des drei Kilometer entfernten, westlich gelegenen Laubwaldes entdeckt hat.

Alles Weitere hört sie nicht mehr, sie dreht sich um, hält Ausschau nach dem Sohn und überlegt, wie sie auf dem schnellsten Weg zu dem Gehölz kommt. In diesem Moment fährt Franzi in seinem alten Opel Rekord vor, mit dem winkenden Melchior auf dem Beifahrersitz. Schnell steigt sie ein, klettert auf den Rücksitz und schaut zwischen den Vordersitzen angespannt auf die Straße. Nur mühsam kann sie ihre Position halten, während Franzi mit hohem Tempo um die Kurven jagt. Keine fünf Minuten später haben sie die besagte Stelle am Waldrand erreicht und alle drei stürzen aus dem Fahrzeug.

In einiger Entfernung, auf einem abgeernteten Getreidefeld, thront der grüne Hubschrauber wie eine überdimensionale Heuschrecke auf dem Sprung. Von der Suchmannschaft ist jedoch weit und breit nichts zu sehen.

Für Sekunden bleibt Walburga stehen und schaut in den Wald. Eine unbestimmte Ahnung zieht sie nach rechts, hinein in ein dichtes Gewirr aus

Brombeersträuchern. Die beiden Jungen sind kurz darauf tief im Unterholz verschwunden. Walburga spürt, dass der Vater hier ganz in der Nähe sein muss.

Vorsichtig tritt sie auf das raschelnde, trockene Laub und hört das Knacken der kleinen Äste unter ihren Füßen. Sie bleibt stehen und horcht, ob der Vater ein Lebenszeichen von sich gibt. Doch es ist ruhig, gespenstisch leise. Augenblicke später wird die Stille von einem gedämpften Laut durchbrochen. Es klingt wie eine Art Seufzer und Walburga setzt sich langsam in Bewegung.

Sie macht ein paar Schritte in die Richtung, aus der sie das Geräusch vermutet, und steht dann am lichter werdenden Waldrand vor einem Schlehenstrauch. Sie umrundet ihn und vor ihr, auf einem weichen Bett aus Moos, liegt der Vater mit geschlossenen Augen. Dicht an ihn gedrängt liegt Minka mit gespitzten Ohren und schaut sie neugierig an.

Das Herz schlägt wild in ihrer Brust. Sie beugt sich vorsichtig über ihn und prüft seinen Atem. Zum Glück, sein Oberkörper hebt und senkt sich in regelmäßigen Abständen. Stumme Tränen laufen über Walburgas Wangen, sie kniet sich nieder, schließt kurz die Augen und schickt ein stilles Dankgebet zum Himmel.

„Burgi?“, hört sie die vertraute Stimme des Vaters.

Schnell wischt sie die Tränen beiseite, umfasst seine Hände und schaut ihm in die Augen.

„Ja, i bin’s, die Burgi. Alles wird guad, Vater. Jetzt bin i da!“

Mühsam will sich der Vater aufrichten, sein Atem wird schneller. Walburga drängt ihn sanft auf den weichen Waldboden zurück. Erschöpft und keuchend lässt er sich wieder fallen.

„I musst den Schmiedl aufhalt’n. I wollt’ doch di und die Theres schütz’n. Und die Olga aa. Die hod doch außer uns niemand mehr g’habt, des arme Madl.“

Die Sätze haben ihn viel Kraft gekostet. Mit geschlossenen Augen liegt er nun vor ihr.

„Ruhig, Vater, brauchst ned red'n. I woaß jetzt, weäih des damals wor. I hob den Schmiedl und den Röschl belauscht und so die Wahrheit erfoarn. Du und die Mutter hobt's eich wie anständige Menschen verhalt'n."

Mühsam presst er die Worte hervor, die Lider immer noch geschlossen: „Ja, aber der Schmiedl! Der is nie für seine Schandtat'n bestraft word'n. Bloß weil i ihn gedeckt hob."

„Vater, mach dir deshalb koan Kopf", versucht sie beruhigend auf ihn einzureden. „Der kriagt scho no sei gerechte Straf. Der Melchior und i hom alles über seine Verbrech'n g'hört. Mir kina des bezeug'n."

Sie spricht nun sehr leise: „Er is aa am Tod vum Ferdi schuld."

Noch einmal öffnet Anderl die Augen. Er wirkt alt, alt und sehr müde. Schwer atmend flüstert er ihr zu: „Es duad mir so leid, dass mir all die Joahr ned drüber g'redt hom! Verzeihst mir, Burgi?"

In ihrer Brust zieht sich alles zusammen, erneut steigen Tränen in ihre Augen.

„Aber Vater, i muss di um Verzeihung bitt'n. All die Joahr hab i gmoant, des Kind von der Olga is vu dir und du hoast die Mutter betrog'n. I woar so grausam zu dir."

Weinend bricht sie über ihm zusammen und vergräbt ihr Gesicht im Ärmel seiner staubigen Arbeitsjacke. Sie spürt, wie seine schwielige Hand sanft über ihren Kopf streicht. Die Bewegungen werden immer langsamer und schließlich bleibt seine schwere, warme Linke beruhigend auf ihr liegen.

Reglos verharrt sie in dieser Position und atmet den feinen Duft von Holzspänen ein, den der Vater verströmt. Auch Minka liegt nun schnurrend und bewegungslos da, die Pfoten eingezogen, den Schwanz eingerollt, dicht an ihn gekuschelt.

Vater, denkt sie in diesem stillen Moment, so lange Zeit haben wir nebeneinander gelebt und schweigend der Vergangenheit zu viel Raum gegeben. Diesen Fehler will ich wieder gut machen und alles dafür tun, dass mein Verhältnis zu Melchior künftig besser wird und nicht unter der Last von Vergangenem zerbricht.

Diese Erkenntnis bringt eine Leichtigkeit mit sich, die für Walburga bisher nicht vorstellbar war. Sie richtet sich schließlich auf und will den Vater ebenfalls zum Aufstehen bewegen. Doch dieser rührt sich nicht, seine Augen blicken starr zum Blätterdach hinauf und die letzten, zarten Sonnenstrahlen huschen weich über sein Gesicht.

Dank

Mein Dank und meine Wertschätzung gehen an meine hingebungsvollen Probeleserinnen Christina, Elisabeth und Elke, ohne sie wäre schon die erste Version im Papierkorb gelandet; an Günter Gebauer für seine gelungene und unterhaltsame Einführung zum Thema „Altstadtsanierung in Regensburg"; an Herbert Schedlbauer und Heiner Fichtner für die vertrauensvollen Einblicke in ihre eigenen, unfassbaren letzten Kriegstage; an Gerd Hecht für kostbare Literaturempfehlungen und gute Gespräche; an Barbara Krohn und Jutta Mehler für behutsame Einführungen ins Schreiberhandwerk; an Bastian Wierzioch und Florian Eckert für ihre Ausdauer bei der Besprechung der Idee und des Manuskripts; an Dr. Angela Schedlbauer für ihren wertvollen Rat bei medizinischen Fragen; an Klaus Weigelt für seine wunderbare Rezension und an Andreas Dick und Stefanie Spangler für die harmonische Zusammenarbeit beim Lektorat. Ein besonderer Dank gilt meiner Familie, die mit ihren Erinnerungen zum Gelingen dieses Buches beigetragen hat.

Bei meinem Mann und meinem Sohn möchte ich mich dafür bedanken, dass sie bereitwillig das Arbeitszimmer mit meinen Figuren geteilt und sie so zum Leben erweckt haben. Ihr habt mir von Anfang an den Rücken gestärkt. Danke!

Quellennachweis

1) Zitat Rede Dr. Hans Jochen Vogel, Seite 15:
Robert Knüppel, Arbeitsgemeinschaft Bamberg-Lübeck-Regensburg: Eine Zukunft mit Vergangenheit, in: 20 Jahre Arbeitsgemeinschaft Bamberg, Lübeck, Regensburg, Arbeitsgemeinschaft historischer Städte 1973 – 1993, Regensburg 1993, S. 8

2) Zitat von Martin Bormann, Leiter der Parteikanzlei, Seite 70
Rainer Ostermann: Kriegsende in der Oberpfalz, MZ Buchverlag in der H. Gietl Verlag & Publikationsservice GmbH, Regenstauf 2015, S. 19

3) Zitat zum "Flaggenbefehl" von Reichsführer SS Heinrich Himmler, Seite 91
Rainer Ostermann: Kriegsende in der Oberpfalz, MZ Buchverlag in der H. Gietl Verlag & Publikationsservice GmbH, Regenstauf 2015, S. 8

4) Zitat Radioansprache von Gauleiter Ludwig Ruckdeschel aus dem Regensburger Capitol am 22.04.1945, Seite 115
Rainer Ostermann: Kriegsende in der Oberpfalz, MZ Buchverlag in der H. Gietl Verlag & Publikationsservice GmbH, Regenstauf 2015, S. 118

Romane

Sabine Eva Rädisch:
Brot und Bitterschokolade
1. Auflage 2016, Format 13,5 x 20,5 cm,
ca. 240 Seiten, Hardcover

ISBN 978-3-86646-764-4 14,90 EUR

Karin Holz:
Herbstfinsternis
1. Auflage 2016, Format 13,5 x 20,5 cm,
ca. 150 Seiten, Broschur

ISBN 978-3-86646-756-9 13,90 EUR

Verband deutscher Schriftstellerinnen und Schriftsteller Ostbayern (Hg.):
Schauriges Ostbayern
1. Auflage 2016, Format 13,5 x 20,5 cm,
ca. 160 Seiten, Hardcover

ISBN 978-3-86646-761-3 16,90 EUR

Paul Fenzl:
Der Freigänger von Stadelheim
1. Auflage 2016, Format 13,5 x 20,5 cm,
ca. 180 Seiten, Hardcover

ISBN 978-3-86646-753-8 14,90 EUR

Fordern Sie kostenlos unser Verlagsprogramm an!

battenberg
gietl verlag

Pfälzerstraße 11 • 93128 Regenstauf
Tel. 0 94 02/93 37-0 • Fax 93 37-24
www.gietl-verlag.de • E-Mail: info@gietl-verlag.de

Erhältlich im Buchhandel oder direkt beim Verlag!